CIDADE EM RUÍNAS

DON WINSLOW

CIDADE EM RUÍNAS

Tradução
Marina Della Valle

Rio de Janeiro, 2025

Copyright © 2024 por Samburu, Inc. Todos os direitos reservados.
Copyright da tradução © 2025 por Casa dos Livros Editora LTDA.
Todos os direitos reservados.

Título original: *City in Ruins*

Todos os direitos desta publicação são reservados à Casa dos Livros Editora LTDA. Nenhuma parte desta obra pode ser apropriada e estocada em sistema de banco de dados ou processo similar, em qualquer forma ou meio, seja eletrônico, de fotocópia, gravação etc., sem a permissão dos detentores do copyright.

COPIDESQUE	Bonie Santos
REVISÃO	Jacob Paes e Alanne Maria
CAPA	Adaptada do projeto original de Gregg Kulick
ADAPTAÇÃO DE CAPA	Osmane Garcia Filho
IMAGEM DE CAPA	© Magdalena Russocka/ Trevillion Images
DIAGRAMAÇÃO	Abreu's System

Dados Internacionais de Catalogação na Publicação (CIP)
(Câmara Brasileira do Livro, SP, Brasil)

Winslow, Don
  Cidade em ruínas / Don Winslow; tradução Marina Della Valle. – 1. ed. – Rio de Janeiro: HarperCollins Brasil, 2025. – (Trilogia Danny Ryan ; 3)

  Título original: City in ruins.
  ISBN 978-65-5511-680-9

  1. Ficção norte-americana I. Título II. Série.

25-254715   CDD-813

Índice para catálogo sistemático:
1. Ficção : Literatura norte-americana   813
Bibliotecária responsável: Aline Graziele Benitez – CRB-1/3129

HarperCollins Brasil é uma marca licenciada à Casa dos Livros Editora LTDA.
Todos os direitos reservados à Casa dos Livros Editora LTDA.

Rua da Quitanda, 86, sala 601A – Centro
Rio de Janeiro/RJ – CEP 20091-005
Tel.: (21) 3175-1030
www.harpercollins.com.br

Para Shane Salerno, que fez tudo o que disse que faria. Que viagem, hein? Obrigado, irmão.

E para terminar como começamos — para Jean e Thomas, o como e o porquê.

"Por que não pereceram nas planícies do Sigeu?
Por que não foram feitos cativos?"
— Virgílio, *Eneida*, Livro VII

PRÓLOGO

Danny Ryan observa o prédio cair.

O edifício parece estremecer como um animal alvejado, então fica perfeitamente imóvel só por um instante, como se não conseguisse perceber sua morte, e por fim cai sozinho. Tudo o que resta do lugar onde um dia estivera o velho cassino é uma torre de poeira subindo pelo ar, como um truque cafona de algum número de um mágico óbvio.

"Implosão" *é como eles chamam*, pensa Danny.

Colapso por dentro.

Não é sempre o caso?, pensa Danny.

A maioria deles, de qualquer forma.

O câncer que tinha matado sua mulher, a depressão que destruíra seu amor, a podridão moral que levara sua alma.

Todas implosões, todas por dentro.

Ele se inclina na bengala porque sua perna ainda está fraca, ainda está dura, ainda lateja como uma recordação do...

Colapso.

Ele observa a poeira subir, uma nuvem em forma de cogumelo, um cinza-amarronzado sujo contra o céu azul limpo do deserto.

Lentamente ela se dissipa e desaparece.

Agora, nada.

Como eu lutei, pensa, *o que eu dei para esse...*

Nada.

Esse pó.

Ele se vira e manca por sua cidade.

Sua cidade em ruínas.

PARTE UM

A FESTA DE ANIVERSÁRIO DE IAN
LAS VEGAS
JUNHO DE 1997

"Tendo concluído as exéquias de acordo com os ritos, Enéias, varão piedoso, e erigido o sepulcro... salta as velas ao vento e do porto se afasta..."

— VIRGÍLIO, *ENEIDA*, LIVRO VII

UM

Danny está descontente.

Olhando para a Las Vegas Strip da janela do escritório, ele se pergunta por quê.

Há menos de dez anos, ele pensa, *estava fugindo de Rhode Island em um carro velho com um filho pequeno, um pai senil e todas as coisas que eu tinha enfiadas no porta-malas.* Agora Danny é sócio de dois hotéis na Strip, mora numa maldita mansão, é dono de um chalé em Utah e todo ano está com um carro novo, pago pela empresa.

Danny Ryan é um multimilionário, o que ele acha tão curioso quanto surreal. Nunca havia sonhado — inferno, ninguém que o conhecia nos velhos tempos havia sonhado — que um dia teria um patrimônio além do próximo pagamento, muito menos que seria considerado um "magnata", um figurão de poder no grande jogo de poder que é Las Vegas.

Quem não acredita que a vida é engraçada, pensa Danny, *não entende a piada.*

Ele se lembra facilmente de quando tinha vinte paus no bolso da calça jeans e achava que estava rico. Agora o clipe que ele mantém em um de seus ternos feitos sob medida normalmente guarda mil ou até mais, e isso é só o dinheiro para o dia a dia. Danny se lembra de quando ele e Terri podiam pagar um restaurante chinês numa noite de sexta, e como isso era uma grande coisa para eles. Agora "janta" em restaurantes com estrelas Michelin mais do que deseja, o que explica parcialmente a lombada que se desenvolve em torno de sua cintura.

Quando questionado se está prestando atenção ao peso, ele normalmente responde que sim, que está prestando atenção ao peso que "sobra" do cinto, os cinco quilos a mais que ganhou por uma vida em sua maior parte sedentária, à mesa.

A mãe tentou fazer com que jogasse tênis, mas ele se sente estúpido caçando uma bola apenas para bater nela e vê-la voltar logo em seguida, e ele não joga golfe porque, primeiro, acha chato pra caramba e, segundo, associa o jogo a médicos, advogados e corretores de ações, e ele não é nada disso.

O velho Danny costumava caçoar desses tipos, desdenhava daqueles empresários fracos. Ele enfiava a touca no cabelo bagunçado, colocava o velho casaco de marinheiro, pegava o almoço na sacola de papel marrom, com orgulho e ressentimento, e ia trabalhar nas docas de Providence, o tipo de cara do Springsteen. Agora ele escuta *Darkness* em um sistema de som Pioneer que lhe custou cento e cinquenta dólares.

Mas ainda prefere um cheeseburger a filé de Kobe, um bom peixe com batata frita (impossível de conseguir em Las Vegas por qualquer preço) a robalo chileno. E, nas raras ocasiões em que precisa voar para algum lugar, vai de voo comercial em vez de usar o jato corporativo.

(Ele voa, no entanto, na primeira classe.)

Sua relutância em usar o Lear da empresa irrita imensamente o filho. Danny entende — que menino de dez anos não quer voar em um jato particular? Danny prometeu a Ian que nas próximas férias que tirarem, não importa a distância, vão fazer isso. Mas ele vai se sentir culpado.

"Dan tem sopa de marisco na cabeça", seu sócio, Dom Rinaldi, dissera uma vez, o que quer dizer que ele é um cara da Nova Inglaterra velho e prático... bem, *mão de vaca*... para o qual qualquer tipo de indulgência física é algo profundamente suspeito.

Danny desviou a questão. "Tente conseguir um prato decente de sopa de marisco aqui. Não aquele vômito de bebê leitoso que servem, mas sopa de marisco *de verdade* com caldo claro."

"Você emprega cinco chefs executivos", falou Dom. "Eles vão fazer sopa de marisco de prepúcio de sapos virgens peruanos se pedir a eles."

Claro, mas Danny não vai fazer isso. Quer que seus chefs passem o tempo preparando para os convidados qualquer coisa que *eles* queiram.

É de onde vem o dinheiro.

Ele se levanta, fica na frente da janela — escurecida, para combater o sol implacável de Las Vegas — e olha para o Hotel Lavinia.

O velho Lavinia, pensa Danny, *o último dos hotéis da explosão de construções dos anos 1950 — uma relíquia, um remanescente, mal se sustenta. Seu* apogeu tinha sido na era do Rat Pack, de mafiosos e dançarinas, de roubos na sala de contagem e dinheiro sujo.

Se aquelas paredes pudessem falar, pensa Danny, *invocariam a quinta emenda*.

Agora está no mercado.

A empresa de Danny, Tara, já é dona das duas propriedades adjacentes ao sul, incluindo aquela na qual ele está. Um grupo rival, Winegard, tem os cassinos ao norte. Quem terminar com o Lavinia vai controlar o local mais prestigioso que resta na Strip, e Las Vegas é o tipo de cidade do prestígio.

Vern Winegard tem a compra quase fechada, Danny sabe. Provavelmente é melhor assim, provavelmente não é sensato a Tara se expandir com tanta rapidez. Ainda assim, *é* o único espaço que resta na Strip, e...

Ele liga para Gloria.

— Vou para a academia.

— Precisa que eu diga o caminho?

— Engraçado.

— Lembra-se de que tem um almoço com o sr. Winegard e o sr. Levine?

— Agora lembro — diz Danny, embora desejasse não lembrar. — A que horas?

— Meio-dia e meia — informa Gloria. — No clube.

Embora Danny não jogue tênis ou golfe, ele é membro do Las Vegas Country Club and Estates, porque, como a mãe o instruíra, é basicamente obrigatório para fazer negócios.

"Você precisa ser visto lá", dissera Madeleine.

"Por quê?"

"Porque é a Vegas antiga."

"Eu *não* sou a Vegas antiga", respondeu Danny.

"Mas eu sou", ela falou. "E, goste ou não, para fazer negócios nesta cidade, você precisa fazer no estilo Vegas antiga."

Danny se tornou sócio do clube.

— E o castelo pula-pula vai ser entregue às três — diz Gloria.

— O castelo pula-pula.

— Para o aniversário de Ian? — fala Gloria. — Você se lembra de que a festa de Ian é hoje à noite.

— Eu lembro — diz Danny. — Só não sabia de um castelo pula-pula.

— Eu fiz o pedido — explica Gloria. — Não se pode ter uma festa de aniversário de criança sem um castelo pula-pula.
— Não se pode?
— É esperado.
Bem, então, pensa Danny, *se é esperado...* Um pensamento horrendo o atinge.
— Eu preciso montá-lo?
— Os caras vão inflar o castelo.
— Que caras?
— Os caras do castelo pula-pula — diz Gloria, ficando impaciente. — Sério, Dan, tudo o que você precisa fazer é aparecer e ser gentil com os outros pais.

Danny tem certeza de que isso é verdade. A cruel, mas eficiente, Gloria tinha se juntado à sua mãe, igualmente metódica, para planejar a festa, e as duas juntas são uma combinação apavorante. Se Gloria e Madeleine dirigissem o mundo — como acham que deveriam —, não haveria desemprego, nenhuma guerra, fome, peste ou praga, e todos sempre chegariam no horário.

Quanto a ser gentil com os convidados, Danny é sempre gentil, afável, até charmoso. Mas ele tem uma reputação justificada de sair de fininho das festas, mesmo as dele. De repente alguém nota a ausência, e ele é encontrado em um cômodo dos fundos sozinho ou vagando pelo lado de fora, e em mais de uma ocasião, quando uma festa tinha seguido até tarde da noite, ele simplesmente fora para a cama.

Danny odeia festas. Odeia conversinha, papo furado, canapés, ficar sem fazer nada e toda aquela merda. É difícil, porque socializar é uma grande parte do seu trabalho. Ele consegue, é bom nisso, mas é a coisa de que menos gosta.

Quando o The Shores abriu, apenas dois anos antes, depois de três anos em construção, a empresa preparou um espetáculo sofisticado de estreia, mas ninguém se recorda de ter visto Danny lá.

Ele não deu um dos vários discursos, não apareceu em nenhuma das fotografias, e aí começou a lenda de que Danny Ryan não comparecera nem à abertura do próprio hotel.

Ele tinha comparecido, somente ficara em segundo plano.

— Ian vai fazer nove anos — diz agora. — Não é muito velho para um castelo pula-pula?

— Nunca se é muito velho para um castelo pula-pula — retruca Gloria.

Danny desliga e olha pela janela de novo.

Você mudou, ele pensa.

Não são apenas os quilos a mais, o cabelo lambido para trás à la Pat O'Reilly, os ternos da Brioni em vez dos da Sears, abotoaduras em vez de botões. Antes de Las Vegas, você só usava ternos em casamentos e funerais. (Dados os duros fatos sobre a Nova Inglaterra naqueles dias, havia mais dos últimos que dos primeiros.) Não é apenas ter dinheiro vivo no bolso, poder pagar uma refeição sem se preocupar com a conta ou um alfaiate ir até seu escritório com uma fita métrica e "amostras".

É o fato de que você gosta disso.

Mas há essa sensação de...

Descontentamento.

Por quê?, ele se pergunta. Você tem mais dinheiro do que consegue gastar. É só ganância? O que foi que o cara naquele filme idiota — o nome dele era tipo algum lagarto ou coisa assim — disse, "ganância é bom"?

Foda-se isso.

Danny se conhece. Com todas as suas falhas, seus pecados — e eles são muitos —, ganância não é um deles. Ele costumava brincar com Terri que poderia morar no carro, e ela respondia: "Divirta-se".

Então o que é? O que é que você quer?

Permanência? Estabilidade?

Coisas que você nunca teve.

Mas você as tem agora.

Ele pensa no belo hotel que construiu, The Shores.

Talvez seja beleza o que você quer. Alguma beleza nesta vida. Porque você com certeza teve a feiura.

Uma esposa morta de câncer, uma criança deixada sem mãe.

Amigos assassinados.

E as pessoas que você assassinou.

Mas você fez isso. Construiu algo belo.

Então é mais que isso, pensa Danny.

Seja honesto consigo mesmo — você quer mais dinheiro porque dinheiro é poder, e poder é segurança. E você jamais poderá ter segurança o suficiente.

Não neste mundo.

DOIS

Danny almoça uma vez por mês com seus dois maiores rivais.
Vern Winegard e Barry Levine.
A ideia fora de Barry, e é boa. Ele é dono de três mega-hotéis ao leste da Strip, do lado oposto às propriedades do Tara. Há outros donos de cassino, é evidente, mas esses três formam o centro de poder em Las Vegas. Assim, eles têm interesses compartilhados e problemas em comum.

Agora, o maior deles é uma investigação federal iminente.

O Congresso acabou de criar a Comissão de Estudos dos Impactos de Apostas para investigar os efeitos da indústria de jogos de azar nos americanos.

Danny conhece os números.

Os jogos são um negócio de trilhões de dólares, gerando mais de seis vezes o total de dinheiro que todas as outras formas de entretenimento combinadas. No último ano, jogadores perderam mais de dezesseis bilhões de dólares, sete bilhões bem ali em Las Vegas.

Vem ganhando força a ideia de que apostar não é apenas um hábito, ou mesmo um vício, mas uma doença, uma dependência.

Quando ilegais, os jogos de azar eram o celeiro do crime organizado, de longe o maior centro de lucro depois que a Lei Seca e o contrabando de bebidas alcoólicas terminaram. Fosse com a fraude dos "números" vendidos a cada esquina ou com o telégrafo das corridas de cavalo, as apostas em esportes ou os jogos de pôquer, roleta e 21 em salas dos fundos, a máfia acumulava vastas quantidades de dinheiro.

Os políticos viam aquilo e é óbvio que queriam sua parte. Então o que um dia tinha sido um vício privado se transformou em uma virtude cívica conforme governos estaduais e locais forçaram a entrada com as próprias loterias. Ainda assim, Nevada era praticamente o único lugar em que se podia apostar, de modo legal, em jogos de mesa ou esportes, então Las Vegas, Reno e Tahoe basicamente detinham o monopólio.

Até que as reservas de povos indígenas nativos perceberam que tinham uma brecha e começaram a abrir seus cassinos. Estados, particularmente New Jersey com Atlantic City, começaram a fazer a mesma coisa, e os jogos de azar proliferaram.

Agora qualquer um pode simplesmente entrar num carro e ir perder o dinheiro do aluguel ou da hipoteca. Alguns reformistas sociais estão comparando jogos de azar ao crack. Então vai haver uma investigação do Congresso.

Danny é cínico quanto aos motivos, suspeita ser apenas uma tentativa do Congresso meter o nariz onde não foi chamado. Alguns democratas já tinham aventado a ideia de um imposto federal de quatro por cento em lucros de jogos de azar.

Para Danny, o imposto não é o pior.

Do modo que está, a proposta de lei dará à comissão poderes totais de convocação para realizar interrogatórios, chamar testemunhas sob pena de perjúrio, exigir registros e declarações de imposto de renda, investigar companhias de fachada e sócios ocultos.

Como eu, pensa Danny.

A investigação poderia explodir o Grupo Tara em pedaços.

Me forçar a sair do negócio.

Talvez até me colocar na cadeia.

Eu perderia tudo.

Essa ameaça de intimação não é apenas um aborrecimento ou outro problema — é uma questão de sobrevivência.

— Uma *"doença"*? — pergunta Vern. — *Câncer* é uma doença. Poliomielite é uma doença.

Poliomielite?, pensa Danny. *Quem se lembra de poliomielite?* Mas diz:

— Não podemos ser vistos lutando contra isso. Pega mal.

— Danny está certo — diz Barry. — Precisamos fazer o que a indústria do álcool fez, as grandes companhias de tabaco...

Vern não larga o osso.

— Você me mostre uma mesa de dados que tenha dado câncer em alguém.

— Soltamos alguns anúncios de serviço público sobre responsabilidade em jogos de azar — diz Barry. — Colocamos algumas brochuras dos Jogadores Anônimos nos quartos, patrocinamos alguns estudos sobre vício em jogos.

Danny diz:

— Podemos soltar alguns *mea culpa*, enfiar dinheiro nas linhas que Barry sugeriu, certo. Mas não podemos deixar essa comissão sair numa caçada a nossos negócios. Precisamos impedir o poder de intimação. Esse deve ser o limite, como sempre foi.

Ninguém discorda. Danny sabe que nenhum deles quer a roupa lavada de suas finanças exposta em público. Algumas peças podem não estar totalmente limpas.

— Aqui está o problema — diz Danny. — Nós doamos dinheiro apenas para os Republicanos.

— Eles estão do nosso lado — diz Vern.

— Certo — diz Danny. — Então os democratas nos veem como o inimigo. Se estiverem nesse comitê, virão atrás de nós para se vingar.

— Então quer dar dinheiro aos nossos inimigos — diz Vern.

— Quero segurar nossas apostas — diz Danny. — Continuar dando aos republicanos, mas dar algum dinheiro discreto aos democratas também.

— Subornos — diz Vern.

— Nunca passou pela minha cabeça — diz Danny. — Estou falando de contribuições de campanha.

— Acha que consegue persuadir os democratas a aceitar nosso dinheiro? — pergunta Vern.

— Acha que consegue persuadir um cachorro a aceitar um osso? — questiona Barry. — A questão é como começamos a ser bonzinhos.

Danny hesita, então diz:

— Convidei Dave Neal para a festa hoje à noite.

Dave Neal, uma figura importante no Partido Democrata que não tem posição oficial e, portanto, é livre para manobras. O que se diz é que se quiser chegar ao presidente, basta seguir o caminho por Neal.

— Acha que poderia ter conversado conosco sobre isso antes? — pergunta Vern.

Não, pensa Danny, *porque vocês teriam se oposto. Era uma daquelas situações de perdão/permissão.*

— Estou falando com vocês agora. Se não acham que devo fazer uma abordagem, não farei. Ele vem para a festa, come e bebe, volta para o hotel...

— Nesse nível — diz Barry —, uma suíte de cortesia e um boquete não serão o suficiente. Esses caras vão esperar dinheiro de verdade.

— Vamos pagar — diz Danny. — Custo de fazer negócio.

Não há nenhum desacordo — os outros dois homens concordam que vão arrumar o dinheiro.

Então Vern pergunta:

— Danny, as esposas estão convidadas para essa coisa hoje à noite?

— Claro.

— Não sabia se estavam, e a minha anda reclamando comigo — diz Vern. — Você não precisa se preocupar com isso, idiota sortudo.

Danny nota Barry se encolher.

Era um comentário insensível — todo mundo sabe que Danny é viúvo. Mas Danny não acha que Vern quis causar qualquer mal ou ofender — era apenas Vern sendo Vern.

Danny não tem antipatia por Vern Winegar, embora conheça muita gente que tenha. O homem tem as graças sociais de uma pedra. Ele é ríspido, em geral desagradável e arrogante. Ainda assim, há algo para se gostar nele. Danny não tem certeza exatamente do que seja, talvez uma certa vulnerabilidade debaixo de toda aquela pose. E embora Winegard seja um empresário afiado, Danny nunca soube que tenha trapaceado alguém.

Mas ele sente uma pequena pontada no peito. Mais uma vez, Terri não estará ali para ver o aniversário do filho.

Mas o encontro foi bom, pensa Danny, *eu consegui o que queria, o que precisava.*

Se dinheiro vai acabar com essa coisa de intimação, ótimo.

Se não, preciso encontrar outra coisa.

Ele olha para o relógio.

Ele tem o tempo exato para ir ao próximo compromisso.

TRÊS

Danny acorda e vê cachos negros em um pescoço fino, sente o perfume almiscarado e gotas de suor nos ombros nus mesmo no ar frio do quarto com ar-condicionado.

— Você dormiu? — pergunta Eden.

— Cochilei — diz Danny.

"Cochilei" *nada*, ele pensa, começando a se reanimar. *Caí como se estivesse morto num sono pós-coito curto, mas profundo.*

— Que horas são?

Eden levanta o pulso e olha o relógio. Engraçado, é a única coisa que ela nunca tira.

— São 16h15.

— Merda.

— Quê?

— A festa de Ian.

— Achei que era só 18h30 — ela diz.

— E é — responde Danny. — Mas, você sabe, coisas a fazer.

Ela rola na cama para ficar de frente para ele.

— Você tem permissão para sentir prazer, Danny. Até para dormir.

Sim, Danny já tinha ouvido isso antes, de outras pessoas. É fácil de dizer, é até racional, mas não leva em conta a realidade de sua vida. Ele é responsável por dois hotéis, centenas de milhões de dólares, milhares de empregados, dezenas de milhares de hóspedes. E o trabalho não é exatamente das oito às cinco — é óbvio que não há relógios em cassinos, e os problemas ocorrem 24 horas, sete dias por semana.

— Você, de todas as pessoas, sabe que tiro tempo para o prazer — fala Danny.

Verdade, ela pensa.

Segundas, quartas e sextas, às duas em ponto.

Na verdade, aquilo funciona para ela. Encaixa-se perfeitamente em sua rotina, pois dá aulas de terça a quinta, com uma aula noturna às quartas. Dra. Eden: professora de Psicologia Geral, Psicologia Cognitiva e Psicopatologia.

Ela atende clientes no fim da tarde ou à noite, e às vezes se pergunta o que eles achariam se soubessem que acabara de sair da cama de uma dessas matinês. O pensamento a faz rir.

— O quê? — pergunta Danny.

— Nada.

— Você ri muito de nada? Talvez devesse ver um médico da cabeça.

— Eu vejo — diz. — Exigência profissional. E "médico da cabeça" é depreciativo. Tente "terapeuta".

— Tem certeza de que não quer ir à festa? — pergunta Danny.

— Tenho clientes hoje à noite. E, além disso...

Ela para de falar. Os dois sabem do acordo. É Eden quem quer manter o relacionamento deles em segredo.

"Por quê?", Danny perguntara uma vez.

"Só não quero tudo aquilo."

"Tudo aquilo?"

"Tudo o que vem com ser namorada de Danny Ryan", disse Eden. "Os holofotes, a mídia... Primeiro de tudo, a notoriedade prejudicaria meu trabalho. Meus estudantes não me levariam tão a sério, nem meus clientes. Segundo, sou introvertida. Se você acha que odeia festas, Dan, eu *odeio* festas. Quando preciso ir a eventos da faculdade, chego tarde e vou embora cedo. Terceiro, e sem ofensas, os cassinos me deprimem para caramba. A sensação de desespero é aniquiladora. Acho que não vou à Strip há dois anos."

Para dizer a verdade, é uma das coisas que o atraem naquela mulher, é exatamente o oposto da maioria das que correm atrás dele. Eden não quer o brilho, os jantares gourmet, as festas, os espetáculos, os presentes, o glamour, a fama.

Nada daquilo.

Ela explica de modo sucinto. "O que eu quero é ser bem tratada. Um pouco de sexo bom, um pouco de conversa boa, estou bem."

Dan cumpre as exigências. Ele é atencioso, sensível, com um senso antigo de cavalheirismo que beira o machismo paternalista, mas não ultrapassa o limite. É bom na cama e é articulado depois do sexo, mesmo não tendo noção a respeito de livros.

Eden lê muito. George Eliot, as irmãs Brontë, Mary Shelley. Ultimamente está fixada em Jane Austen, e já reservou para as próximas férias um daqueles tours pela terra da escritora, e vai alegremente sozinha.

Ela tentou fazer Dan se interessar por literatura além dos livros de negócio.

— Você deveria ler *Gatsby* — disse a ele uma vez.

— Por quê?

Porque é você, pensou, mas disse:

— Só acho que vai gostar.

Eden sabe um pouco sobre o passado dele. Qualquer um que já esperou em uma fila de supermercado sabe — o caso com a estrela de cinema Diane Carson era matéria-prima dos tabloides. E quando Diane Carson cometeu suicídio depois que ele a deixou, a mídia ficou maluca por um tempo.

Chamaram Dan de gângster, de mafioso, houve alegações de que ele tinha sido um traficante de drogas e assassino.

Nada daquilo se enquadra no homem que ela conhece.

O Dan Ryan que ela conhece é bom, gentil e afetuoso.

Mas ela tem autopercepção e treinamento o suficiente para saber que gosta do frisson do perigo, da falta de respeitabilidade que vem com a reputação dele, seja verdade ou não. Tinha sido criada em um ambiente totalmente respeitável, normal, então é claro que acharia a diferença atraente.

Eden sente um pouco de culpa sobre isso, sabe que está flertando com a imoralidade. E se as histórias sobre Dan forem verdadeiras? E se ao menos algumas delas tiverem base na realidade? Ainda seria certo para ela estar literalmente na cama com ele?

Uma questão sem solução que ela não está disposta, naquele ponto, a resolver.

O caso de Dan com Diane Carson tinha sido há seis anos, mas Eden acha que ele realmente amara aquela mulher. Até agora há um ar de tristeza nele. Ela sabe que ele é viúvo também, então talvez seja isso.

Eles se conheceram em uma caminhada para arrecadar fundos para o câncer de mama, ambos comprometidos a andar trinta quilômetros por dia por três dias. Dan pediu patrocínio aos amigos ricos e colegas, e Deus sabe quanto dinheiro arrecadou.

Mas ele andou, ela pensou, *quando poderia ter simplesmente feito um cheque.*

Ela disse a ele:

"Você é tão engajado."

"Eu sou", ele disse. "Minha esposa. Minha... *falecida* esposa."

O que fez com que ela se sentisse uma merda.

"E você?", ele perguntou.

"Minha mãe."

"Sinto muito."

Ele fez perguntas sobre ela.

"Eu sou um estereótipo ambulante", disse Eden. "Uma garota judia do Upper West Side que foi para a Barnard e se tornou psicoterapeuta."

"O que uma psiquiatra de Nova York..."

"Psicóloga."

"*Psicóloga* está fazendo em Las Vegas?"

"A universidade me ofereceu um cargo com possibilidade de permanência estável", disse. "Quando meus amigos de Nova York me fazem a mesma pergunta, digo a eles que odeio neve. E você? Qual é sua história?"

"Estou no negócio de jogos."

"Em Las Vegas? Mentira!"

Ele levantou a mão.

"A verdade. A propósito, sou Dan..."

"Eu estava brincando com você", disse. "Todo mundo sabe quem é Dan Ryan. Até eu sei, e eu nem aposto."

Isso tinha sido na caminhada do primeiro dia. Ele demorou até o dia três, depois de uns bons dezesseis quilômetros, para convidá-la para sair.

O que a surpreendeu foi que ele era muito ruim naquilo.

Para um homem que tinha tido um caso com uma estrela de cinema, uma das mulheres mais lindas do mundo, e era dono de um cassino milionário com acesso a todo tipo de mulher maravilhosa, ele era incrivelmente desajeitado.

"Eu estava imaginando se... quer dizer, se você não quiser, eu entendo... sem ressentimentos... mas achei... você sabe... talvez eu pudesse levá-la para jantar ou algo assim uma hora."

"Não."

"Certo. Entendi. Sem problemas. Desculpe por..."

"Não peça desculpas", disse. "Eu só não quero *sair* com você. Se você quiser vir e trazer o jantar..."

"Posso pedir para um dos meus chefs..."

"Pegue comida em algum lugar", disse. "Boston Market. Adoro a almôndega deles."

"Boston Market", disse. "Almôndega."

"Estou com a noite de quinta livre. Você?"

"Vou deixar livre."

"E Dan", falou por fim. "Isso é só entre nós, certo?"

"Já está com vergonha de mim?"

"Só não quero meu nome nas colunas de fofocas."

Eden se aferrou a isso. O jantar ocasional, ótimo, as matinês três-vezes-por-semana, ótimo. Algo além disso, não. Ela quer uma vida sossegada. Ela quer Danny na miúda.

"Então sou basicamente um pau amigo", disse Danny certa tarde.

Ela riu dele.

"Você não tem permissão para ser a mulher nesse relacionamento. Vou perguntar, o sexo é bom?"

"Ótimo."

"A companhia é boa?"

"Novamente, ótima."

"Então por que quer estragar isso?"

"Você nunca pensa em casamento?"

"Eu já estive num casamento", disse. "Não gostei."

Frank, seu ex-marido, era um bom cara. Fiel, gentil, mas tão carente. E a carência o deixava controlador. Ele se ressentia das noites em que ela passava com pacientes, do tempo sozinha que queria com os livros.

Ele queria que ela fosse a jantares demais com os sócios do escritório de advocacia, mesas nas quais ela não tinha nada a dizer ou escutar.

O convite para Las Vegas viera na hora certa.

Um rompimento completo, uma razão para deixar tanto Frank quanto Nova York. Ela sabia que ele provavelmente estava aliviado, embora jamais fosse dizer isso. Mas ela não era a esposa de que ele precisava.

Para sua imensa surpresa, Eden gosta de Las Vegas. Tinha pensado que seria seu local de recuperação, uma parada para se curar do fracassado casamento de cinco anos antes de se mudar para um lugar com mais cultura.

Mas descobriu que gosta do sol e do calor, gosta de se deitar ao lado da piscina do condomínio e ler. Gosta da facilidade de viver ali, ao contrário da infinita competição que é Nova York — as brigas por espaço, por táxis, um assento no metrô, uma xícara de café, tudo.

Ela dirige para o escritório no campus e tem uma vaga reservada para estacionar. Mesma coisa no estacionamento coberto do edifício médico onde atende seus pacientes. Mesma coisa no condomínio.

É fácil.

Assim como fazer compras de mantimentos, sempre um perrengue em Nova York, especialmente na neve e no granizo. Também é fácil ir à farmácia, à lavanderia, todas as tarefas mundanas que tomavam tanto tempo em Nova York.

O que permite que ela se concentre nas coisas importantes.

Seus alunos, seus pacientes.

Eden se importa com seus alunos — quer que aprendam, que tenham sucesso. Ela se importa com seus pacientes — quer que fiquem bem, sejam felizes. Ela quer usar toda a sua inteligência, sua educação e suas habilidades para conseguir essas coisas, e a facilidade de viver lhe dá energia para isso.

Os alunos são basicamente a mesma coisa, assim como os pacientes. As neuroses, as inseguranças, os traumas, a mesma batida firme de tambor (do coração?) da dor humana. Há alguns toques locais diferentes de Las Vegas — os viciados em jogo, a garota de programa de luxo —, mas essas são as poucas instilações do mundo dos cassinos na vida de Eden.

Bem, exceto por Dan.

Seus amigos de Nova York perguntam a ela: "E os museus? E o teatro?".

Ela responde que há museus e teatros em Las Vegas, e, vamos ser honestos, as dificuldades de trabalhar e viver em Nova York deixam pouco tempo para ir a exibições e peças, de qualquer modo.

"Você não está solitária?", eles perguntam.

Bem, não mais, ela pensa.

O arranjo (*Você pode chamar isso de relacionamento?*, ela se pergunta. *Imagino que sim*) é perfeito. Eles dão um ao outro afeto, sexo, companhia, risos.

Mas agora ele quer que eu vá à festa de aniversário do filho? Onde todo o poder de Las Vegas estará presente? Fale em terreno desconhecido... Mas, conhecendo Dan, ele provavelmente não quer que eu de fato vá, só não quer ferir meus sentimentos ao não me convidar.

— Dan — diz — não acho que você está me escondendo. Eu quero ser escondida.

— Entendi.

— Isso te machuca?

— Não.

Danny tinha amado duas mulheres na vida, e as duas haviam morrido jovens.

A mulher dele, Terri, mãe de Ian. Seu câncer de mama fora inclemente, implacável, caprichoso e cruel.

Danny a deixara em coma e moribunda no hospital.

Nunca teve a chance de dizer adeus.

A segunda mulher tinha sido Diane.

Em uma época anterior, Diane Carson teria sido chamada de uma "deusa da tela dourada" ou algo assim. No seu tempo, fora uma estrela de cinema, o símbolo sexual estereotipado que todo mundo amava, mas que jamais conseguiria se amar.

Danny a amara.

Tinha sido seu único caso ardente enquanto apresentavam o amor deles para que o mundo visse, um banquete para os tabloides, os cliques dos obturadores de câmera transformados no leitmotiv da vida deles juntos.

Era muita coisa.

Mundos diferentes os separaram, os *arrancaram* um do outro. A fama dela não podia tolerar os segredos dele, os segredos dele não podiam suportar a fama dela. Mas, no fim, foi um segredo de Diane, uma vergonha profunda, que os destruíra.

Danny tinha partido, achando que a salvara ao fazer isso.

Ela tivera uma overdose, o fim trágico de Hollywood.

Então, a última coisa que Danny quer agora é amor.

Mas ele sempre fora homem de uma mulher só, não tem vontade ou tempo de "caçar mulher", nem as do tipo profissional, e precisa de uma rotina.

Então as tardes com Eden funcionam.

Eden é ótima.

Linda de morrer — cabelo preto viçoso, lábios cheios, olhos deslumbrantes, um corpo saído de um velho filme *noir*. Ela é engraçada, espirituosa e cheia de charme, e na cama, bem... Uma tarde, pouco depois da primeira vez que foram para a cama, ela ofereceu a ele *la spécialité de la maison* e certamente tinha sido especial.

Agora Danny pula da cama e entra no chuveiro. Ele fica lá por talvez um minuto, então sai e se veste.

Típico de Dan, pensa Eden. *Sempre eficiente, sem perda de tempo.*

— Você tem certeza sobre a festa? — pergunta.

— Tenho.

— Vai ter um balcão de tacos.

— Tentador.

— E um castelo pula-pula.

— Uma combinação com potencial imenso — diz Eden. — Mas...

— Vou parar de amolar — diz Danny. — Segunda?

— Mas é claro.

Ele a beija e sai.

QUATRO

Parece que metade da cidade está ali.

Espalhados pelo gramado amplo de Madeleine, bebericando vinho, mastigando alto a comida de bufê, fofocando.

Quando Gloria insistiu que todos os colegas de escola de Ian e seus pais precisavam ser convidados, Danny não percebeu que isso significava a maioria dos figurões de Las Vegas.

Eu deveria ter percebido, ele agora pensa. Ian estuda no The Meadows, para onde todos os grandes nomes mandam os filhos. E a maior parte deles aceitou o convite — alguns para acompanhar os filhos; outros porque tinham medo de declinar um convite de Madeleine McKay e Dan Ryan; o resto, por curiosidade.

E havia também alguns amigos, sócios e funcionários sêniores do Tara, seus cônjuges e companheiros.

Danny nem quer saber quanto o evento vai custar — a bebida, a comida, a banda, o maldito castelo pula-pula, onde, como Gloria previra, um bando de crianças — incluindo Ian — está pulando para cima e para baixo, gritando e rindo.

Danny se recorda de seus aniversários na infância, cuja maioria consistia no pai se esquecendo de que era aniversário dele. Acha que foi em seu nono aniversário que furtou um dólar do bolso de Marty, foi até a farmácia e comprou uma Coca, uma barra de chocolate e dois gibis e se sentou na calçada para apreciá-los.

Foi, ele acha agora, um dos melhores aniversários de sua vida.

Madeleine interrompe o devaneio dele, aproximando-se por trás:

— Parece que Ian está se divertindo.

— E por que não estaria? — pergunta Danny.

— E o pai dele?

— Maravilhoso — diz Danny. — Eu vivo para festas.

— Sarcasmo só funciona para gays e comediantes de stand-up — diz Madeleine. — Não cai bem em você, você é muito sério.

Minha mãe, pensa Danny, *o produto de um estacionamento de trailers em Barstow, ultimamente deu para fazer pronunciamentos majestosos desse tipo. Sarcasmo é para gays, só vendedores usam xadrez, mulheres com mais de trinta precisam usar sutiã sempre… Ela assiste demais à BBC.*

E ela está mesmo majestosa em um vestido branco soltinho que uma deusa grega poderia usar, o cabelo ruivo preso para cima, a maquiagem sutil e perfeita como sempre.

Agora ela diz:

— Parece que todas as mães vieram.

Danny sabe o que vem em seguida, então tenta cortar o assunto.

— Exceto a mãe de Ian?

— Ele precisa de uma mãe — diz Madeleine.

— Não, ele não precisa — diz Danny. — Ele tem você.

Ian era bebê quando Teresa morreu, então não se recorda dela. Ele tem a avó, e Danny acha que incluir outra mulher agora só iria confundir o menino. Seria uma intrusão no que tinha se tornado uma vida supreendentemente estável. *Ele tem uma* figura *materna*, pensa Danny, *que é literalmente um anjo. Perfeita, na imaginação do menino. Nenhuma mulher poderia se igualar a isso.*

— Mas o que *você* tem? — pergunta Madeleine.

— Eu estou bem.

— Você deve ter necessidades.

— Se acha que vou discutir minha vida sexual com…

— As freiras fizeram um estrago em você — diz Madeleine. — Você deveria ir se misturar às pessoas.

Por motivos profissionais e pessoais, pensa Madeleine. Se há um homem solteiro que é um bom partido em Las Vegas, é o filho dela. Rico, bem--sucedido, bonito — ele poderia ter quem escolhesse. Um homem da idade dele deveria ter uma mulher para absorver parte das responsabilidades sociais — participar de comitês de caridade, encantar parceiros importantes de negócio, esse tipo de coisa.

Mas desde Diane…

Ela era uma catástrofe.

Uma encrenca doce, bela, maravilhosa, afetuosa, uma alma partida sem conserto. E Danny, o doce, sensível Danny, a amava com todo o coração, de um jeito que não tinha amado desde Teresa.

Pobre Danny, tão azarado no amor.

CINCO

Danny vai falar com as pessoas.

Ele não gosta, mas vai.

Fala de compras e esportes com os executivos dos cassinos, de crianças e escola com as mulheres, aceita elogios sobre a casa ("Bem, é da minha mãe, não minha"), a comida e a festa em geral.

Ele confere as coisas com Gloria.

— O espetáculo de malabarismo começa às 19h30 — diz ela.

Ian, Deus o abençoe, insistiu em uma festa *sem mágicos nem palhaços*. Então, em vez disso, serão malabaristas.

— O bolo às oito — continua Gloria. — Aí os fogos de artifício.

— E os elefantes? — pergunta Danny. — As lutas de gladiadores e os sacrifícios humanos?

— Engraçado — diz Gloria. — Os fogos de artifício vão indicar aos convidados que está na hora de ir embora, e então você vai poder entregar seus presentes ao Ian.

Danny tinha sido firme naquela questão — sem presentes dos convidados. Em vez disso, uma contribuição para o St. Jude ou para o Hospital Infantil Sunrise em nome de Ian. O garotinho entendeu perfeitamente ("É uma ótima ideia, papai"), o que encheu Danny de orgulho do menino.

Claro, Ian está longe de ser desfavorecido. Ele tem tudo de que uma criança poderia precisar ou querer, e o presente de Danny para ele é uma mountain bike cara que Ian vinha pedindo insistentemente.

Mas isso é bom. A bicicleta vai tirá-lo de perto dos malditos videogames, e eles podem usá-la em Utah. Esse é o outro presente dele.

Uma semana inteira viajando, só os dois. Uma road trip, andando de bicicleta e caminhando, acampando, comendo besteira em lanchonetes e passando no drive-thru de fast-food.

O paraíso para um menino de dez anos.

O paraíso para Danny também, pensa, *pelo menos a parte de comer um monte de porcaria*.

— Melhor comprar uma mountain bike para mim também — diz Danny. — E um guia das melhores trilhas de bicicleta.

— Estão a caminho — diz Gloria.

Claro que estão, pensa Danny.

Ele vê Jimmy Mac de pé ao lado de uma das mesas de comida.

Jimmy MacNeese, seu amigo de infância, motorista e braço direito de longa data. Se a antiga equipe de Danny fosse italiana em vez de irlandesa, Jimmy teria sido seu *consigliere*.

Agora ele mora em San Diego, onde tem três bem-sucedidas concessionárias de carros de sucesso. O rosto largo e sardento está mais cheio agora, o corpo sempre gorducho está mais gorducho ainda. O sorriso é o mesmo, no entanto — grande, largo e brilhante.

— Bela festa, Danny — diz ele.

Os dois se abraçam.

— Obrigado por ter mandado o avião — diz Jimmy. — Foi uma sensação. Os meninos quase se mijaram.

— Onde *estão* os meninos? — pergunta Danny. Os filhos de Jimmy devem ter o quê, catorze e doze anos agora?

— Acho que estão no balcão de tacos — diz Jimmy. — Um balcão de tacos, Danny?

— Sabe do que eu gosto nos tacos? — pergunta Danny. — Eles são os próprios pratos.

— Você não precisava ter mandado o avião — diz Jimmy. — A gente poderia vir de carro. São o quê, quatro ou cinco horas?

— Mas pode ser uma viagem difícil.

Danny tinha enviado o jato corporativo para trazer Jimmy e a família para a festa. E também o velho Bernie Hughes, que, como Jimmy, tinha decidido se instalar na Califórnia e não seguir Danny em Las Vegas.

O jato era um presente para Jimmy, mas havia outra razão. Os federais ficam de olho em quem entra e sai do Aeroporto Internacional

McCarran em voos comerciais, e Danny não queria que ninguém de sua antiga equipe fosse visto. Então Jimmy, a família e Bernie vieram no Learjet; um carro os pegou na pista de pouso e os levou diretamente para a festa.

— Angie veio? — pergunta Danny.

Ele gosta da mulher de Jimmy. Eles se conhecem desde o ensino médio, e Angie é uma esposa e mãe maravilhosa. Danny suspeita de que foi ela quem quis que ficassem em San Diego, mas não guarda mágoas.

Ele sente falta de Jimmy — da amizade, do humor fácil, dos conselhos. Mas o homem tem o direito de viver sua vida, e ele se saiu bem.

— Ela está andando por aí — diz Jimmy. — Está brincando? Uma chance de ficar longe de mim e das crianças, beber um pouco de vinho e comer comida que ela não precisou cozinhar?

— Eu reservei uma suíte no Shores — diz Danny. — No andar VIP. Tudo cortesia.

— Não precisava fazer isso.

— Eu sei — diz Danny. — Fiquem quanto quiserem. Transformem numas férias.

— Uma ou duas noites — diz Jimmy. — Preciso voltar. Negócios, sabe como é.

Danny sabe.

— Bem, se Angie e os meninos quiserem ficar mais tempo, podemos levá-los de volta de jato — diz Danny. Mas sabe que Jimmy não vai aceitar, não vai querer tirar vantagem. — Como Bernie se virou no avião?

Jimmy ri.

— Reclamou o caminho inteiro de quanto deveria custar. Mas comeu os muffins.

— Porque eram de graça — diz Danny.

Os dois riem. Bernie, o velho contador, era o antigo homem do dinheiro para a máfia irlandesa de Providence, primeiro na época do pai de Danny, depois na de John Murphy, depois na de Danny. Foi para a Califórnia quando Danny seguiu para lá e decidiu não voltar — principalmente, achava Danny, porque gostava muito do café da manhã gratuito do Residence Inn.

Ainda mora lá em um apartamento de um quarto pago por Danny.

Danny e Jimmy se olham, e há um instante de reconhecimento — reconhecimento de tudo que passaram juntos. A infância, os trabalhos que fizeram, a guerra em que lutaram, os amigos que perderam, as vidas que tiraram.

E o grande feito. O assalto à mão armada a um esconderijo de dinheiro de um cartel — quarenta milhões de dólares.

Danny usou sua parte para comprar ações do Tara.

Jimmy comprou uma concessionária de veículos.

Ele é rico, milionário, mas não tem o tipo de riqueza de Danny. Danny tentou convencê-lo a investir no Tara, mas Jimmy foi muito cauteloso.

Jimmy não é do tipo invejoso, simplesmente não é. É agradável demais para não ficar apenas feliz com o sucesso de Danny. Jimmy Mac é assim, sempre contente com o que tem.

Danny não tem certeza a respeito de Angie — talvez exista um pouco de ressentimento ali —, então faz uma anotação mental para sentar-se com eles e (novamente) oferecer parte de suas ações do Tara por um preço favorável.

— Melhor ir conversar com as pessoas — diz Danny. — Fique depois da queima de fogos, vai ter um tipo de festa particular de família.

— É, trouxemos uma coisinha para o Ian.

— Não era para trazer presentes.

— Nada grande — diz Jimmy. — Uma daquelas pistolas de água Super Soakers.

— Ele vai amar.

— Vai se misturar com o povo — diz Jimmy.

Danny vai e procura Bernie. Não é difícil achar o velho — alto, curvado, melancólico, a cabeça branca como uma camada de neve fresca.

Conta-se que Meyer Lansky uma vez disse que Bernie Hughes era o único irlandês que sabia matemática e tentou contratá-lo. Mas Bernie não quis sair de Providence.

— Bernie, obrigado por vir — diz Danny.

— Obrigado por me convidar.

— A viagem foi boa?

— Foi ótima, obrigado.

Bernie está claramente envelhecendo, mas segue afiado, e Danny ainda o consulta para questões de dinheiro. Seu mundo financeiro é infinitamente mais complicado do que era nos velhos tempos, mas as questões básicas ainda são as questões básicas.

"Dois mais dois são quatro", disse Bernie. "Dois milhões mais dois milhões são quatro milhões. Não muda."

Os sócios no Grupo Tara são escrupulosamente honestos e imaculados na contabilidade, o que Bernie aprecia. Ainda assim, ele olha os livros de contabilidade e faz *tsc tsc tsc* para alguns dos gastos que considera supérfluos ou extravagantes. Bernie jamais vai entender Las Vegas, e Danny não quer que ele entenda. Precisa daquela perspectiva frugal da Nova Inglaterra. Uma das frases favoritas de Bernie é: "Um dólar poupado não é um dólar ganho, é um dólar e *dez* ganhos, com os juros". Então, vai ficar chocado com o quarto de luxo que Danny reservou para ele, mas feliz porque o café da manhã vai ser entregue às sete em ponto, de acordo com instruções de Danny.

Danny repete o convite para a festa particular da família e vê uma sombra de preocupação nos olhos de Bernie.

— É cedo — diz Danny. — Dez no máximo.

Bernie parece aliviado.

Essa é toda a antiga equipe que veio no avião.

O resto mora em Las Vegas.

Danny encontra o agente do Partido Democrata ao lado de uma mesa com hambúrgueres de costela de primeira.

— Bela festa, Dan — diz Neal. — Obrigado pelo convite.

— Obrigado por ter vindo.

Dave Neal é um homem de aparência agradável, com um rosto amigável e cabelo castanho. Na casa dos quarenta anos, tem pouco menos que um metro e oitenta, e é levemente atarracado.

— Quer fazer o tour do cozinheiro? — pergunta Danny.

— Parece ótimo.

Danny anda com ele pelo perímetro do rancho.

— Esse lugar pertencia a um homem chamado Manny Maniscalco, que foi uma espécie de rei da lingerie barata nos Estados Unidos. Ele e minha mãe foram casados por uns anos, então se divorciaram, mas ela voltou para tomar conta dele quando Manny estava morrendo, e ele deixou essa propriedade para ela. Junto a alguns milhões de dólares. Chover no molhado, porque ela já era rica por seus próprios méritos. Investimentos.

Danny conta a história, mas tem a sensação de que Neal já sabe tudo sobre Madeleine e as conexões de alto escalão dela em Wall Street e Capitol Hill. Ele dá a impressão de ser um cara que faz a lição de casa.

— Fiquei aqui quando cheguei a Las Vegas — diz Danny. — Achei que ficaria umas semanas até achar uma casa. Isso faz seis anos. Não sei... inércia, imagino. E meu filho é muito próximo da avó.

— É bom para os dois — diz Neal. — Mas você não me tirou de perto dos outros convidados para falar de sua situação doméstica.

— Não — diz Danny. — Estamos muito preocupados com a Comissão de Estudos dos Impactos dos Jogos.

— Deveriam estar mesmo — diz Neal. — Vocês dão milhões para o Partido Republicano.

— Eles são a favor do negócio — diz Danny.

— Sei quem você é, Dan — responde Neal. — Vem de uma cidade operária. Pode ser um milionário agora, mas, por instinto e inclinação, ainda é um cara da classe trabalhadora no coração. Nós não somos seus inimigos.

— Um imposto de quatro por cento?

— Quantos bilhões a indústria dos jogos lucrou no ano passado? — pergunta Neal. — Parte disso vem de pessoas que não têm condições. Você não pode contribuir com um pouquinho para ajudá-las? Mas a questão é negociável.

Danny encara isso como Neal abrindo uma porta.

— E quanto à intimação? — pergunta Danny. — Isso é negociável?

— Podemos ir direto ao ponto? — pergunta Neal.

— Claro.

— Sabemos que você é dono de uma boa parte do Tara — diz Neil.

— Sou só um empregado — diz Danny.

No papel, os donos do Tara são dois caras do setor imobiliário do Missouri — Dom Rinaldi e Jerry Kush —, Danny é o gerente de operações.

— Um comitê agressivo vai expor essa ficção — diz Neal. — O governo Bush não quis saber. Veio um aviso de cima de que Dan Ryan era zona proibida. Alguma coisa suspeita envolvendo uma operação contra um cartel de drogas que estava financiando insurgentes de esquerda na América Central? Mas essa proteção agora acabou, Dan. Você tem inimigos. Há alguns congressistas morrendo para entrar naquele comitê e acabar com você.

— Bem, você foi direto ao ponto — diz Danny.

Neal se encosta numa cerca do recinto de cavalos e vira para olhar a propriedade.

— Você me parece um cara decente. Não damos a mínima para o seu passado. Não queremos que saia prejudicado nisso.

— Então, indo direto ao ponto — diz Danny —, qual é o preço?

Neal responde:

— Se a indústria de jogos de Las Vegas contribuísse com, digamos, um milhão limpo, isso ajudaria muito a demonstrar que vocês não são nossos inimigos.

— Isso é possível — diz Danny.

— Mas precisa ser feito do jeito certo — diz Neal. — Não podemos ser vistos aceitando uma grande doação da indústria dos cassinos. E é claro que precisa ser feito legalmente.

— É claro — diz Danny. — E se houvesse um almoço, um evento beneficente feito por um democrata local conhecido?

— Existe isso em Las Vegas?

— Podemos arrumar um — diz Danny. — Talvez metade do dinheiro seja doada naquele almoço. A outra vai para indivíduos do Comitê Nacional Democrata?

— Isso funcionaria.

Danny vai para a próxima questão sensível. É arriscado.

— Você também deve ter gastos, Dave.

Neal dá de ombros.

Mas o gesto é um sim.

— Quando voltar para o hotel esta noite — diz Danny —, vai encontrar 250 mil em fichas no cofre do quarto. Pode aceitá-las ou não. O que vai fazer com elas é assunto seu. Pode apostar ou só trocar por dinheiro.

— Não sou de apostas — diz Neal.

— Se as fichas não estiverem lá pela manhã — diz Danny —, vou saber que temos um acordo. Quero sua palavra. Sem intimações.

— Pode confiar em nós.

— Sem ofensa — diz Danny —, mas vocês precisam saber disso: se foderem comigo, haverá consequências.

— Sempre há.

— Verdade — diz Danny. — Você deveria experimentar os tacos, estão ótimos.

Ele deixa Neal na festa e volta a se misturar com as pessoas.

Vern Winegard se aproxima.

— Como foi?

— Um milhão, 250 mil.

— Por que não estou surpreso?

A única surpresa, pensa Danny, *é como foi barato*.

Mas ele ainda quer estar seguro e faz uma anotação para falar com Monica Cantrell, a cafetina mais exclusiva da cidade, para combinar a presença de uma garota no almoço beneficente. E uma câmera já está posicionada no quarto de Neal para gravá-lo tirando as fichas do cofre.

Confiança?

Confiança são crianças esperando pelo Papai Noel.

SEIS

Com um prato de comida na mão, Danny anda em direção aos estábulos que abrigavam cavalos puro-sangue até Madeleine desistir deles. Parte da construção foi transformada em um apartamento com um quarto, uma pequena sala conjugada à cozinha e um banheiro.

Danny bate à porta.

Um minuto depois, Ned Egan a abre.

Ver Ned faz Danny sorrir — o corpo de hidrante, os braços de Popeye, a cara de pug. Ele tinha a aparência certa para o papel de executor principal de Marty Ryan. Conta-se que Marty resgatou o menino de um pai abusivo e que Ned voltou do mar para se tornar seu dedicado guarda-costas, função que ocupou para Danny depois.

Todo o submundo da Nova Inglaterra costumava cagar de medo de Ned Egan, e era justo sofrer de tal desarranjo.

Ned era um matador frio.

Isso naquela época, pensa Danny.

Depois da morte de Marty e da saída de Danny daquele mundo, Ned não tinha nada para fazer e nenhum lugar aonde ir, então Danny o trouxe para Las Vegas e construiu o apartamento para ele. Ned queria ficar em algum hotel de permanência prolongada no centro, mas eles não existiam em Las Vegas. Danny temia que Ned fosse ficar muito solitário, então basicamente ordenou que ele se mudasse, com a desculpa de que Madeleine e Ian precisavam de proteção.

— Você não apareceu para a festa — diz Danny, entrando.

Ned dá de ombros. Jamais confortável em situações sociais, ele tinha receio de que sua presença fosse uma questão. As pessoas poderiam perguntar "Quem é aquele cara?", e a resposta seria um problema.

— Trouxe um prato pra você — diz Danny.

— Obrigado.

Ned está ficando mais velho (*Não estamos todos?*, pensa Danny), na casa dos cinquenta agora, e não é mais o que costumava ser (*Quem é?*, pensa Danny). Danny arrumou uma transmissão via satélite especial para os jogos do Red Sox, e Ned passa a maior parte dos dias de verão assistindo aos jogos, como fazia com Marty.

Ian vem visitá-lo, e Madeleine recebe Ned para o almoço ou jantar uma vez por semana, embora o que eles tenham para conversar seja um mistério para Danny. Ele se ofereceu para levar Ned para a Strip, mas o homem não demonstrou interesse. Danny também se ofereceu para arrumar companhia feminina, mas Ned tampouco se interessou por isso.

Ele parece contente em levar uma vida sossegada.

Danny sabe que, no caso improvável de Ian ou Madeleine *estarem* em qualquer perigo, Ned daria a vida por eles sem hesitar.

— Um pouco de costela de primeira — diz Danny, colocando o prato sobre o balcão. — Churrasco de frango, salada de batata, uma fatia de bolo.

Ele não levou nenhum taco, sabendo que só irritaria o velho estúpido. Nativos da Nova Inglaterra tendem a gostar da comida bem separada. Em carne e batatas.

— Muito gentil de sua parte — diz Ned.

Danny escuta o murmúrio da televisão.

— Os Sox estão ganhando?

— Até chegarem na área de aquecimento — diz Ned.

Ele está sem casaco, mas usa o .38 no coldre de ombro como sempre faz. *É um apêndice*, pensa Danny.

— Vamos fazer uma reunião particular em casa mais tarde — diz Danny. — Ian adoraria se você fosse.

— Tenho um presente para ele. Um boné dos Sox.

— Está na hora de o menino aprender as coisas importantes na vida — diz Danny.

Existem três religiões em Rhode Island, pensa. *Catolicismo irlandês, catolicismo italiano e os Boston Red Sox. E, como o catolicismo, não importa quanto você envelheça ou quanto se afaste, os Red Sox nunca o deixam de verdade. Então, quando Danny morava em Providence, era um torcedor* devoto dos Sox; quando morava na sombra do Estádio Dodger, era um fã devoto dos Sox. Nada tinha mudado em Las Vegas.

Tanto ser católico quanto ser torcedor dos Sox dizem respeito a fé e sofrimento.

Muito sofrimento.

Ambos são altamente masoquistas.

Danny não estava brincando por completo quando falou das coisas importantes na vida, porque lealdade é uma das coisas que mais importa, e ser torcedor do Sox ensina lealdade por meio da perda.

Qualquer um que tenha vivido aquele momento horrível em 1986 sabe disso. Danny ainda sente a dor, o soco no estômago, de assistir àquela bola...

— Ian vem ver os jogos com você? — pergunta Danny.

— Às vezes.

Danny não sabia disso.

— Ele vai amar o boné. Vejo você mais tarde?

Ned assente.

Kevin Coombs vomita no gramado.

Apenas a alguns metros da mesa onde estão servindo crepes de frutos do mar. Então o camarão sai pouco digerido.

— Opa — diz Kevin.

Ele olha e sorri como se fosse engraçado de verdade, como se tivesse apresentado um truque de festa altamente engraçado.

Danny não está rindo.

Ele olha para o melhor amigo de Kevin, Sean South, com uma expressão que diz: *Tire-o daqui.*

Sean o pega pelo cotovelo, mas Kevin afasta o braço.

— Cai fora.

As pessoas notam. Uma convidada vira de costas como se estivesse prestes a vomitar.

Kevin está no Oeste há quase dez anos, mas não abriu mão de suas raízes vândalas da Costa Leste. O cabelo castanho está comprido e bagunçado, e ele veste uma camisa havaiana escandalosa que parece ter saído diretamente do chão do closet com um par de jeans rasgados e Keds de cano alto. Estaria usando uma jaqueta de couro preta, mas nem Kevin Coombs seria capaz de fazer isso em Las Vegas em junho. Ele limpa a boca com a mão, levanta os olhos e vê Danny lançando um olhar mortal para ele.

— Ah, não! — Kevin sorri. — Ofendi o chefe.

— Vamos, Kev — diz Sean.

— *Vamos, Kev*, meu rabo irlandês magrelo — retruca Kevin.

Ele olha de volta para Danny.

— Desculpe, Danny, estou *envergonhando* você?

Está, e não é a primeira vez.

Kevin Coombs costumava ser temido, e por bons motivos. Ele e Sean, conhecidos por todos como Os Coroinhas, eram uma equipe eficiente, fosse assalto, roubo de carga ou cancelamento de reservas.

Kevin era ingovernável, mas, quando havia um trabalho a fazer, ele se aprumava e estava lá de verdade.

Agora ele é um bêbado.

Quando não está cheirando cocaína.

Kevin literalmente queimou um milhão de dólares. O dinheiro que ganhou com o grande trabalho de drogas acabou. O dinheiro que ganhou com o investimento em filmes no qual Danny o colocara acabou. O dinheiro que ganhou com sua pequena parte no Tara acabou.

Bebida, drogas, mulheres e jogatina.

O Quarteto Tétrico.

Ele mora em Las Vegas, pelo amor de Deus, onde não dá para escapar de todas essas coisas. Isso não quer dizer que você precise usá-las, só que estão sempre lá caso queira, e Kevin sempre quer.

Kevin já causou problemas antes — uma cena com um crupiê de 21, uma briga bêbado na calçada, a entrada com três prostitutas no restaurante e a exigência de uma mesa.

Então Kevin não foi convidado para a festa.

Já Sean é diferente, é o sério dos dois. Com seu cabelo ruivo, parece saído de um comercial de Irish Spring, mas fez a transição para empresário sério. Pegou o dinheiro e começou um negócio de comida por atacado para suprir os cassinos. Danny jogou centenas de milhares em contratos para ele, e Sean o paga entregando um bom produto por um preço justo.

Sean deu um emprego bem pago a Kevin, mas Kevin é um fardo pesado para ele. Ele vai arrastá-lo para o fundo do poço, porque está sempre causando problemas que exigem a atenção de Sean, a ajuda de Sean, o dinheiro de Sean.

Mas Sean não o larga.

Eles são como irmãos.

E agora Kev está fazendo uma cena na festa de aniversário do filho de Danny Ryan, na frente de metade dos poderosos da cidade, berrando:

— Por que não fui convidado? Não sou bom o suficiente para seus amigos metidos, Danny? Estou te envergonhando?

— Você está se envergonhando — diz Danny.

— Conheço Ian desde que ele era um bebê — diz Kevin, lágrimas bêbadas nos olhos. — Desde que nós o levamos na porra de um carro quando você estava fugindo de Rhode Island. Eu estava *lá*. Eu lembro disso. Acho que você esqueceu, hein?

Danny não responde.

Mas isso é um problema.

Nos velhos tempos, esse tipo de conversa poderia terminar com alguém morto. Inferno, se Pasco Ferri estivesse ali, *poderia* terminar com Kevin morto.

— Eu me lembro de um monte de coisa — diz Kevin. — Me lembro de onde você conseguiu o dinheiro para começar a porra do seu grande negócio. Lembro de quando você não era *dono* de cassinos, você roub...

Sean o acerta, um golpe sólido na base da mandíbula que o faz cair duro.

Então o pega do chão.

Danny vai até lá, fala na orelha de Sean.

— Tire ele daqui.

— Vou tirar, Danny.

— Estou falando da *cidade*, Sean.

Dois seguranças se aproximam e ajudam Sean a arrastar Kevin até o carro.

Danny olha para os convidados, pasmos, e diz:

— Peço desculpas, creio que o homem se hidratou demais.

Aquilo gera um riso fraco, desajeitado.

Mas Vern Winegard ri alto.

— "Se hidratou demais." Essa é boa.

— Usamos nos hotéis para descrever com tato os bêbados no recinto — diz Danny.

— É bom, acho que vou roubar — diz Vern.

Faz uns 32 graus lá fora, e ele está usando preto, sua marca registrada — uma camisa polo preta e calça jeans preta. Alguma coisa a respeito de ser um torcedor dos Raiders, se Danny se lembra bem. Winegard sempre falava de trazer o time para Las Vegas um dia.

— Quem *era* aquele cara? — pergunta Vern.

Várias pessoas estão em volta, escutando a conversa dos dois gigantes.

— Um ex-funcionário descontente.

— O que eu aprendi, Dan? — diz Vern. — Depois que o funcionário fica descontente, você nunca mais consegue contentá-lo de novo.

— Isso é engraçado, Vern.

Danny assente com a cabeça para Dawn, uma mulher alta e loira com pernas mais longas que uma estrada solitária. Para a especulação comum de que ela se casou com Vern mais pelo dinheiro dele do que pela aparência, ele normalmente responde: "Cada um usa os recursos que tem".

— Oi, Dawn — diz Danny.

— Linda festa, Dan.

— Estava até um minuto atrás — diz Danny.

— Todo mundo tem um amigo assim — diz Dawn.

— Bryce está aqui? — pergunta Danny.

— Dando uma olhada nas garotas — responde Vern. — Você se lembra dos seus quinze anos.

— Lembro — diz Danny.

— Ele foi escolhido como capitão do time de lacrosse — diz Vern.

— Isso é ótimo — diz Danny.

Lacrosse? Jogam lacrosse em Las Vegas? Ele sempre achou que fosse uma coisa de meninos de escola preparatória em Connecticut. Mas ele entende. Bryce é um menino grande, robusto — confiante e petulante como o pai, mas por sorte herdou a aparência da mãe. É o orgulho de Vern, a luz da vida dele. Talvez por ser tudo que Vern não foi — o tipo de menino capitão do time, rei do baile.

Vern não está pronto para deixar o incidente vergonhoso para trás. A situação lhe dá um pouco de vantagem, e ele vai tirar o melhor daquilo.

— Aquele cara parecia te conhecer bem. Mencionou alguma coisa de Ian quando era bebê? Sair de Rhode Island ou algo assim?

Danny enrubesce, não consegue evitar. Sente o calor subindo pelo rosto e não há nada que possa fazer a respeito.

Ele está puto.

Dawn parece desconfortável. Homens jogam duro, claro, mas uma coisa que não se faz é enfiar as crianças nisso.

— Vern...

— Não, estou só perguntando — diz Vern.

Um cachorro com seu osso.

— Quem sabe do que os bêbados estão falando? — diz Danny.

As pessoas estão escutando. Tentam fingir que não, mas são bem ruins nisso.

Vern deveria deixar aquilo para trás.

É o que ele deveria fazer.

Mas não faz. Por algum motivo que jamais vai conseguir explicar, ele ri de novo, levanta o copo e diz:

— Dan Ryan, homem de mistérios.

Trazendo tudo de volta.

Todos os rumores, os sussurros, as insinuações.

Trazendo o passado de Danny para a festa de aniversário do filho dele.

Danny se afasta.

SETE

Danny está parado na entrada da cozinha observando Madeleine colocar algumas velas em um bolo.

Eles estão na casa, na cozinha, preparando-se para a festa particular.

— Outro bolo? — pergunta Danny.

— Aquele era um bolo público — diz Madeleine. — Este é um bolo particular. De qualquer modo, fui eu que fiz.

— Você *fez*? — pergunta Danny.

Ele nunca tinha visto a mãe fazer nada além de torradas, e isso no dia de folga do cozinheiro.

— Sou uma mulher de mistérios.

— Você ouviu isso? — pergunta Danny.

— Todo mundo ouviu — diz Madeleine. — Não deixe Vernon Winegard te afetar.

— Qual é o problema dele?

— Ele acorda todo dia se perguntando por que as pessoas não gostam dele — diz Madeleine. — E ele tem inveja de você.

— Por quê?

— Jura? — pergunta Madeleine. — Ele é o Dick Nixon e você é o Jack Kennedy.

— Seja lá o que isso significa — diz Danny.

— Você sabe muito bem o que isso significa — responde Madeleine. — Escute, conheço Winegard desde que ele abriu aquele primeiro cassino de segunda. Eu o conheci nos dias em que ele cheirava pó e saía com garçonetes. Não entre na lama com ele. Dê espaço a ele, deixe-o cozinhar no próprio tormento. Ele não é nada para você. Você precisa se preocupar é com aquele Kevin Coombs.

— Ele foi embora — diz Danny. — E vou falar com a companhia de segurança.

— Eu os mandei embora — diz Madeleine. — Perguntei por que alguém que não tinha sido convidado para a minha casa entrou nela, e eles não tinham resposta.

Essa é Madeleine, pensa Danny. *Ou você entrega desempenho ou está dispensado. Uma série de amantes exilados poderia servir de testemunho.*

— De qualquer modo — continua ela —, a festa foi um sucesso.

Ela está certa, pensa Danny. As pessoas amaram a comida, os malabaristas eram ótimos e os fogos de artifício foram fantásticos. Como Gloria previra (planejara?), a maioria dos convidados foi devidamente embora depois do *finale* pirotécnico, deixando apenas a família e os amigos próximos agora reunidos na sala.

Danny entra na cozinha.

Olha em torno.

O filho está ali, claro, suado e agitado após uma noite de castelo pula-pula, piscina, açúcar, correria e empolgação. Jimmy Mac, a mulher e os meninos, Ned Egan, Bernie Hughes. Gloria está ali. Assim como Dom, com a mulher e os filhos, Jerry, com a família. Às suas costas, Madeleine traz o bolo enquanto todos começam a cantar "Parabéns pra você".

Isso é tudo que importa de verdade, pensa Danny.

Essas pessoas, essa vida *que construímos juntos.*

Essa vida boa.

OITO

Nem sempre foi assim.

Quando Danny foi embora de Rhode Island no inverno cinzento de 1988 (*"foi embora" sendo um eufemismo*, ele pensa agora enquanto se prepara para dormir — *"fugiu", "foi expulso", "correu para salvar o pescoço" são palavras mais precisas*), sua vida estava em ruínas.

Terri estava morta — havia partido.

A máfia irlandesa que fora o centro de sua vida tinha sido destruída, seus membros, mortos ou presos. Potenciais acusações — por tráfico de drogas, talvez assassinato — pendiam sobre sua cabeça como, se ele conhecesse o termo na época, a espada de Dâmocles.

Ele era um fugitivo — escapando da máfia, da polícia federal —, mas sem a vantagem de estar sozinho. Tinha um filho pequeno e um pai quase senil de quem cuidar. E uma equipe, ou o que restara dela — Jimmy Mac, Ned Egan, os Coroinhas e Bernie Hughes —, para tomar conta.

Então ele fez a jornada até a Califórnia, a migração para o Oeste, para a terra dos sonhos, a terra da reinvenção (*Se alguém precisava de reinvenção*, pensa ele agora, *era eu*). Foi para San Diego e arrumou uma vida tranquila lá, como atendente de bar e pai solteiro, com todos os rituais diários que isso exigia.

Não era exatamente feliz, mas estava contente.

Só que eles o encontraram, como sempre faziam.

Um agente federal (FBI? CIA?) o rastreou, mas, em vez de prendê--lo, fez a proverbial oferta irrecusável. Atacar o esconderijo de dinheiro de um cartel, dividir o lucro com o Tio Sam. (Eles precisavam do dinheiro para algum tipo de operação secreta na América Central — Danny nunca perguntou, nunca se importou.) Tudo será perdoado, tudo será esquecido; vai, e, de agora em diante, não peques mais.

Danny e sua equipe fizeram o ataque.

Sua parte chegou a uns dez.

Milhões.

Dinheiro suficiente para desvanecer no poente, levar o filho para outro lugar e viver o Sonho Americano.

Só que você não fez isso, pensa Danny, enquanto sobe na cama.

Você foi para Hollywood.

Pense na terra dos sonhos.

O que aconteceu foi que os Coroinhas estavam extorquindo dinheiro da produção de um filme sobre a máfia da Nova Inglaterra, e as pessoas foram até Danny para botar rédeas neles.

Danny comprou uma parte no filme.

Literalmente.

Investiu oito milhões.

E se apaixonou pela estrela.

Diane Carson.

Era loucura, era errado, era malfadado. Ambos sabiam disso desde o começo, mas não conseguiam se controlar.

As pessoas de seus respectivos mundos não gostaram daquilo, especialmente quando os tabloides publicaram o tema "Gângster e namorada", e os dois se tornaram um casal de celebridades.

Eu tinha meu passado, pensa Danny, *ela tinha o dela.*

Eu conseguia viver com o meu; ela, não.

Certa noite, enquanto estavam na cama, ela confessou a ele, contou sobre o irmão que viera para a cama dela, fizera sexo com ela — seja honesto —, fizera amor com ela. O mesmo irmão que mais tarde assassinou o marido dela (Deus, como os tabloides amaram aquilo) e cumpria pena de prisão perpétua em uma cadeia no Kansas.

E ameaçava contar ao mundo.

Aquilo a destruiria, profissional e pessoalmente.

Então Danny fez contato com pessoas em seu mundo e deu um jeito no problema — o irmão foi esfaqueado no pátio. Mas o preço foi alto, ele precisou deixar Diane.

Ele mentiu para ela, disse que não tivera nada a ver com aquilo, e então mentiu de novo — disse que não a amava — e a abandonou.

Ela teve uma overdose naquela noite.

Fatal.

Danny tinha que viver com aquilo.

Não fez um bom trabalho no começo, saía e se embebedava toda semana; então ficou sóbrio e voltou para Las Vegas, onde tinha deixado o filho com a mãe.

Usou os lucros do filme para investir no Grupo Tara.

Por debaixo dos panos.

Pasco Ferri e alguns de seus "sócios", a mãe de Danny, Madeleine, várias das conexões dela em fundos de hedge e dois caras jovens e ambiciosos do setor imobiliário — Dom Rinaldi e Jerry Kush — que queriam entrar no time dos grandes. Juntaram 75 milhões para comprar um velho cassino a preço de banana.

O Scheherazade foi erguido na terceira onda de construções, no meio da década de 1960.

A primeira onda, é claro, foi o Flamingo, em 1946, o sonho de Bugsy Siegel que custou sua vida quando ele gastou o dinheiro da máfia para além da conta e provavelmente tirou sua parte dos custos de construção. Reza a lenda que foi Meyer Lansky, velho amigo de Lucky Luciano e Siegel, que deu a ordem, e Danny ouviu dizer que seu velho amigo Pasco Ferri também endossou o ataque.

Mas os mafiosos logo viram que Siegel tinha feito a aposta certa em Las Vegas. O dinheiro da máfia jorrou nos anos 1950, financiando o auge com o Sands, o Sahara, o Riviera, o Dunes, o Hacienda, o Tropicana, o Royal Nevada e o Stardust, basicamente criando a Strip.

Então o dinheiro gordo do sindicato Teamster chegou nos anos 1960 e construiu o Aladdin, o Circus Circus, o Caesars Palace e o Scheherazade.

Quando o Grupo Tara comprou o lugar, estava no vermelho.

O cassino sempre tinha tido dificuldades. Localizado na ponta sul da Strip, tinha esperado que a cidade se desenvolvesse em torno dele. Mas quando isso finalmente aconteceu, o hotel estava velho e ultrapassado, sem condições de competir com os imensos rivais temáticos que ofereciam circos, batalhas de navios piratas e erupções vulcânicas.

Outra coisa: ninguém conseguia pronunciar, muito menos escrever, Scheherazade. O lugar tinha um tema brega de *As mil e uma noites*, cheio de dançarinas da dança do ventre e caras usando o que, para Danny, pareciam toalhas. O Tara não tinha o capital para refazer o tema todo, então rapidamente renomearam o cassino para Casablanca e se ocuparam tentando fazer o negócio ir para a frente.

A maior parte de Las Vegas ria do recém-chegado Grupo Tara por ter sido iludido na compra do lugar.

Danny não estava rindo. Ele havia investido tudo o que tinha no hotel e não podia deixá-lo fracassar. Reunindo os colegas investidores na sala da mãe, perguntou:

"O que temos que os mega-hotéis não têm?"

"Nada", disse Dom Rinaldi.

Danny balançou a cabeça.

"Nosso tamanho."

"Você quer dizer a falta de tamanho", disse Jerry Kush.

"É exatamente o que quero dizer", respondeu Danny. "Temos pouco menos de mil quartos. A média dos mega-hotéis é três mil."

"E você vê isso como ponto forte porque...", disse Dom.

"Você acha que estamos no negócio das apostas", retrucou Danny, "mas não estamos. Estamos no negócio de serviços".

Porque todos os cassinos ofereciam basicamente a mesma coisa no que dizia respeito aos jogos. Claro, era possível apertar ou afrouxar um pouco os ganhos nas máquinas caça-níquel, talvez aumentar ou diminuir as apostas nos jogos de mesa, mas o que realmente o distingue é o serviço.

"O que podemos oferecer", disse Danny, "é serviço superior. Serviço *pessoal*. Transformamos em ponto forte algo visto como desvantagem. Você não é um dos milhares vindo para o Casablanca, é um convidado pessoal. Você não é um grão no moinho de apostas, você é um ser humano".

Ele tinha checado os números.

A cada ano, o percentual de lucro que os cassinos tiram dos jogos cai, e o percentual de lucro que conseguem com quartos e comida aumenta. As pessoas querem jogar, claro, mas também querem ótimas refeições e um belo quarto.

"Eles querem espetáculo", disse Jerry.

"Eles podem ir até a rua, ficar na calçada e ver a batalha pirata, o vulcão explodindo", disse Danny. "Então voltam para nós, ficam em nossos quartos, comem nossas refeições, jogam nossos jogos. Deixe nossos competidores pagarem pelo entretenimento de nossos hóspedes."

Os sócios gostaram da ideia — seguir no encalço dos ricaços. "Deixe os mega-hotéis gastarem milhões imitando a Disney World", disse Danny a eles. "Vamos fazer coisas que nos custem pouco ou nada."

Como assegurar que os empregados chamem todos os hóspedes pelo nome. Que sorriam, perguntem se há algo que possam fazer para melhorar a estadia deles — não apenas no hotel, mas em Las Vegas como um todo. Que perguntem se eles precisam de sugestões, orientações, entradas para shows, reservas para jantares. Que sejam proativos.

"Qual seria o preço", perguntou ele, "de oferecer serviço de *concierge* para todos os hóspedes, não só para os grandes apostadores? Para fazer todo hóspede ter a sensação de ser VIP?"

Em vez de pagar por "piratas" e acrobatas, Danny aumentou o número de manobristas para agilizar o desembarque dos hóspedes, colocou mais empregados na recepção para reduzir o tempo de check-in. Contratou mais cozinheiros e garçons para certificar-se de que o café da manhã no serviço de quarto chegasse aos hóspedes rápido e quente. Trouxe mais faxineiras, para que cada uma passasse mais tempo deixando todo quarto não apenas limpo, mas imaculado.

Coisas pequenas que custavam muito pouco, mas significavam muito. Uma nota escrita à mão que chamasse o hóspede pelo nome para perguntar se tudo estava em ordem. Um telefonema rápido do mesmo funcionário que fez o check-in para checar se você estava gostando da experiência. Um cumprimento pessoal a cada vez que o hóspede entrasse pela porta.

Danny treinou gerentes para andar pelo salão de jantar durante o café da manhã, reconhecer os hóspedes que tinham voltado para a segunda ou terceira estadia, pegar a conta e dizer: "Essa sou eu quem paga".

"O que nos custam uns ovos, torradas e café?", perguntara Danny. "Um dólar, um dólar e cinquenta? Quanto ganhamos quando aquele cara volta?"

Manter um cliente era muito mais barato do que conseguir um.

Todos os gerentes tinham um pequeno orçamento para aquele tipo de coisa — comprar uma bebida para uma hóspede, dar a ela umas fichas para jogar nos caça-níqueis, talvez até um par de ingressos para um show concorrido.

Danny e seu pessoal sumiram com os uniformes bregas de *Jeannie é um Gênio*, e Madeleine supervisionou um estilo retrô classudo saído diretamente de Bogart e Bergman, além da remodelação do saguão que o deixou parecido com o Café Americain de Rick.

O Casablanca saiu do prejuízo em dois anos.

Aquilo surpreendeu todo mundo.

O que também surpreendeu todo mundo — incluindo Danny — foi como ele participou do processo. Danny deveria ter sido um investidor, um parceiro secreto em um negócio liderado por Rinaldi e Kush, com sua participação financeira, como a de Pasco Ferri, escondida em um labirinto de fachadas corporativas.

Porque o Conselho de Controle de Jogos de Nevada não ia permitir que Danny Ryan fosse dono de um cassino.

Após anos expulsando o crime organizado de Las Vegas, a polícia federal, as corporações e o Conselho de Controle não iam deixar que ele se infiltrasse de novo, e o comitê determinou que Danny tinha "conhecidos sócios da máfia".

Por exemplo, Pasco Ferri, antigo chefe da máfia da Nova Inglaterra, agora aposentado na Flórida.

Os advogados de Danny defenderam sua causa.

"Não há um só fato ligando o sr. Ryan ao crime organizado", disse o advogado principal. "Não há uma prisão, não há uma acusação, muito menos condenação. Tudo o que vocês têm são rumores e uns artigos de tabloide. O sr. Ryan foi a algumas festas na praia, caldeiradas, dadas pelo sr. Ferri. Se ir a uma festa de um mafioso conhecido fosse critério de desqualificação, metade de seu conselho não poderia *estar* nele."

Os advogados sabiam que não adiantaria. Tudo de que o Conselho de Controle precisava para proibir propriedade era a *aparência* de impropriedade. A apelação tinha sido um esforço para deixar Danny fora da temida Lista Negra, o que o impediria até de entrar num cassino.

A tática funcionou.

Danny teve a propriedade negada, mas não o emprego. Tinha recebido a crucial licença de jogos de azar para funcionário-chave, que permitia que trabalhasse em cassinos. Seu cargo oficial no Casablanca era diretor de operações do hotel.

Ele era aquilo tudo.

Sem experiência como empresário, Danny fez a lição de casa, ficando acordado à noite para ler livros sobre finanças, gerenciamento, atendimento ao cliente. Consultava especialistas em jogos, donos de restaurantes, chefs, gerentes de hotéis, corretores de ações — qualquer um que achasse que podia lhe ensinar alguma coisa.

Danny se tornou presença constante no Casablanca. Era conhecido por entrar ao acaso em um quarto vazio, anotando quando o papel higiênico estava com a ponta para baixo em vez de para cima, como deveria ser, se havia poeira nas molduras das sancas, se a temperatura do quarto não estava ajustada corretamente. Mas, quando achava tudo perfeito, também tomava nota para encontrar a camareira e agradecê-la, talvez dar uma gorjeta a mais ou um aumento.

Ele estava sempre nos três restaurantes do cassino, experimentando a comida, conversando com os hóspedes, perguntando ao cozinheiro e aos garçons do que precisavam para fazer melhor o trabalho. Estava no cassino, de olho nos gerentes, nos crupiês, na garçonete que servia coquetéis.

Danny estava determinado a tocar uma operação limpa. Tinha feito disso uma condição quando Pasco investiu na companhia.

"Não tenho interesse em voltar para a merda da máfia", disse Danny.

"Ninguém tem", disse Pasco. "Não tem futuro naquilo".

Então não havia desvio no Casablanca — sem dinheiro saindo da sala de contagem em sacolas para serem entregues a chefes em Chicago, Kansas City ou Providence. Havia muito dinheiro a ser ganho de modo legítimo para arriscar com negócios paralelos idiotas.

Danny também tinha proibido brutalidades.

Para o crupiê que fosse pego roubando, havia apenas uma punição. Não um martelo esmagando os dedos, como nos velhos tempos, mas uma demissão com referências ruins que o impediriam de trabalhar em qualquer lugar de Las Vegas.

Então Danny andava pelo salão de seu primeiro cassino. Quando os empregados o viam, os sorrisos ficavam um pouco mais animados, as posturas, mais eretas, os crupiês, mais espertos. Todos sabiam que não importava o que estava nos documentos de posse, aquele era o estabelecimento de Dan Ryan. Ele estava no comando, via tudo.

Os detalhes preenchem os dias de Danny agora, e ele se preocupa com eles constantemente. Os sócios o censuram e perguntam por que é obcecado por saber se um guardanapo está bem dobrado quando tem centenas de milhões de dólares em propriedades com que se preocupar.

Porque é de onde os milhões vêm, é o que ele diz a eles.

Nos primeiros dias do Casablanca, quando estavam tentando virar o jogo, os sócios se preocupavam que Danny estivesse atento demais aos detalhes de modo que não conseguisse ver o todo.

Estavam errados.

Assim que o Casablanca começou a dar lucro, Danny propôs um grande movimento estratégico. A propriedade logo ao norte, um velho cassino chamado Starlight, estava indo pelo ralo.

"Acho que a gente deveria comprá-lo", disse Danny.

"Outro projeto de reestruturação?", perguntou Dom. Ele pensou por uns segundos e disse: "Não é uma ideia tão ruim".

Mas Danny não queria apenas arrumar o lugar. Ele achava que isso seria como uma mulher na casa dos sessenta anos que coloca uma camada grossa de pó compacto no rosto — ela pode diminuir as luzes o quanto quiser, mas as rugas ainda vão aparecer. Além disso, ele não queria que o Tara ficasse conhecido como "a companhia de reestruturação". Ele queria que o grupo fosse visto como muito mais que isso.

"Não quero reestruturar o Starlight", disse Danny. "Quero demolir e construir um novo hotel."

"Acabamos de entrar no azul no Casablanca", observou Dom. "Talvez não seja o momento certo para expandir.'

"Pode ser o único momento que temos", disse Danny. "Se não nos mexermos, Winegard vai."

Vern Winegard era ambicioso, Danny sabia. Ele queria ser *o* homem em Las Vegas, e o Grupo Winegard já era dono de três hotéis grandes na Strip. Se Vern comprasse o Starlight, haveria apenas o velho Lavinia entre as propriedades dele e o Casablanca.

"Isso nos impediria de qualquer expansão em direção ao norte", disse Danny.

Dom sorriu.

"Não sabia que estávamos expandindo para o norte."

Danny deu de ombros e sorriu de volta. Ele já sabia que Dom estava a bordo. Eles eram jovens artilheiros, bons empresários, e não tinham entrado naquilo para serem pequenos.

Mas também eram cautelosos, conservadores.

A mãe de Danny levantou uma sobrancelha.

Durante o jantar na casa dela naquela noite, ela ouviu a ideia dele e perguntou:

"Um hotel não é o suficiente?"

Danny olhou diretamente para ela.

"Não, não é."

E ele sabia no que ela estava pensando. O filho dela, por tanto tempo sem qualquer coisa que se parecesse com ambição, que sempre buscara a mera sobrevivência, agora queria...

Mais.

O que surpreendia um pouco Danny. Ele nunca tinha pensado em si mesmo como uma pessoa particularmente ambiciosa, só um cara tentando sobreviver em um mundo que normalmente tinha outras ideias. Ele já tinha ganhado muito mais dinheiro do que jamais imaginara que um dia fosse ganhar — os últimos milhões de modo relativamente honesto. O filho dele herdaria seu dinheiro, sua organização era legal, era o que ele tinha se proposto a fazer, deveria ser o suficiente.

Mas não era.

"Suficiente" não é de fato um conceito em Las Vegas, uma cidade exagerada, onde demais não é suficiente, sucesso é excesso e mais é sempre melhor.

Você tem um reino, pensou Danny, *mas quer um império.*

"Sou totalmente a favor", disse Madeleine.

Madeleine McKay sabia um pouco sobre construir impérios. Cria de estacionamento de trailer de Barstow, ela foi a Las Vegas para ser dançarina e usou a beleza para construir uma carreira de sucesso como investidora, primeiro conseguindo influência, depois poder.

Ela sabia sobre querer mais.

Danny marcou um encontro de sócios e apresentou seu plano para o Shores.

"O Shores?", perguntou Jerry. "A *costa*? Estamos no deserto."

"Exatamente", disse Danny. "Sabe o que acontece muito em férias na praia? Tempo ruim. O cara gasta mil paus para uma semana na praia e chove. No deserto, o sol sempre brilha."

"Nós temos sol", disse Jerry. "E temos areia. O que não temos é um oceano."

"Construímos um", disse Danny.

Ele detalhou seu plano.

"Você estaciona para entrar no hotel", disse Danny. "O que é a primeira coisa que vê antes de entrar? Ondas. Espuma. Uma bela água azul rolando na sua frente. O manobrista pega seu carro e você caminha por uma faixa de areia ladeada por palmeiras e atravessa a água até o saguão, todo em tons de azul e verde, as cores do mar. Há uma parede gigante de água à sua frente — lindos peixes em mil cores vibrantes — e de repente você vê…"

Ele fez uma pausa de efeito, até que Dom por fim perguntou:

"O quê? O que você vê?"

"Tubarões", disse Danny.

"Está falando de animatrônica?", perguntou Jerry.

"Não, tubarões de verdade", disse Danny. "Perigosos. Sexy. Arriscados. Como apostar. Você está pronto para a ação antes mesmo de fazer o check-in."

Ele segue descrevendo o resto.

Quatro piscinas diferentes na parte de trás, todas cercadas por areia, como na praia. Uma será só para relaxamento; outra terá ondas suaves para hóspedes com filhos; outra com ondas ainda maiores.

"Vamos ter pranchas disponíveis", disse Danny. "E instrutores. Você pode aprender a surfar. Se já sabe, vá praticar — ondas perfeitas, vindas em grupos de quatro, sem interrupção. Paraíso do surfista."

A quarta piscina, a mais distante, será uma grande gruta. Grandes rochas, pequenas cavernas escondidas atrás de cachoeiras. Proibida para crianças. Hora de Papai e Mamãe.

"Pensem só nisso", disse Danny. "O Havaí fica a um voo de seis horas, e isso da Costa Oeste. O Taiti fica a nove horas. Podemos dar essa experiência às pessoas com um voo de no máximo três horas por muito menos dinheiro, com tempo bom garantido. *E* elas podem apostar."

Dom interrompeu:

"Qual o maior problema dos pais vindo para a cidade? O que fazer com as crianças quando querem apostar um pouco. Com isso, eles largam o Bobby e a Cindy na piscina de crianças — temos guarda-costas e babás certificados — e vão para as mesas e as máquinas."

"O que não podem fazer na Disney", disse Danny.

"Qual o custo previsto?", perguntou Jerry.

"Quinhentos e cinquenta milhões", disse Danny.

Após um longo silêncio de choque, Dom riu.

"E a gente preocupado porque o Danny se concentrava demais nas coisas pequenas."

Você teve a cara de pau, pensa Danny agora.

Que colhões, hein?

Onde diabos você achou que a gente ia conseguir 550 milhões?

NOVE

Ele se lembra do encontro com Pasco.

Danny se ofereceu para voar até a Flórida, mas Pasco queria vir para Las Vegas, "pelos velhos tempos". Eles se encontraram no Piero's, um restaurante italiano icônico frequentado pelos *cognoscenti* de Las Vegas, porque Pasco não podia ser visto dentro do cassino. A ironia de que não pudesse colocar o pé em um hotel que seu dinheiro tinha ajudado a restaurar era óbvia, mas Pasco não a mencionou.

"Então, essa é a nova Las Vegas", comentou. "Mal reconheço o lugar. Frankie, o Rat Pack, Momo e os outros — estão todos mortos. Aqueles dias acabaram."

"Acho que sim."

"Não, é uma coisa boa", disse Pasco. "Precisava acontecer. Mas seu pai amava a velha cidade. Foi onde ele conheceu sua mãe, você sabe."

Danny sorriu.

"Ouvi as histórias."

Madeleine era casada na época — no que hoje chamariam de casamento aberto — com Manny Maniscalco. Marty Ryan tinha vindo até a cidade para tratar de algum negócio para Pasco, conheceu Madeleine em um bar, e eles começaram um caso tórrido. Ele a deixou grávida, o que foi demais para Manny, que mandou a mulher embora. Ela foi para Nova York para ter Danny, e uns meses depois o largou nos braços de Marty em Providence. *"Aqui, você fica com ele."*

Agora Danny olhava para Pasco. O chefe da máfia tinha envelhecido. Ainda com um bronzeado profundo, mas o cabelo branco havia recuado, se afastando mais da testa, e estava mais ralo. Os músculos nodosos dos braços ainda eram fortes, mas sob uma pele que parecia papel amassado.

"Ah, o velho Scheherazade", disse Pasco. "Eu fui dono de uma parte dele, sabia?"

"Não."

"Nos velhos tempos", respondeu Pasco. "Eu e um grupo de caras da Nova Inglaterra colocamos dinheiro nele. Agora sou dono de uma parte de novo. A vida, hein?"

Ele deu um gole no chá gelado e comeu um pouco do linguine ao vôngole.

"Do que você queria falar, Danny? Por que estou aqui?"

Danny contou a ele sobre as ideias que tinha para o Shores.

Pasco comeu enquanto ouvia, sem interromper, e, quando Danny terminou, disse:

"Quinhentos milhões? Ninguém que eu conheça tem esse cascalho."

"Vou pedir para os bancos."

"Bancos não gostam de cassinos."

"As coisas estão mudando", disse Danny. "Acho que posso fazer a proposta."

Pasco olhou para ele por um longo momento. Com aqueles famosos olhos claros. Aqueles olhos, Danny sabia, tinham sido a última coisa que mais de um punhado de caras tinha visto na vida.

"Então você quer ir aos bancos e colocar o... qual é o nome agora? O Casablanca como garantia."

Danny assentiu.

"A gente poderia começar uma nova empresa para o Shores, mas não acho que os bancos aprovariam isso."

"Então, se o seu novo projeto fracassar", disse Pasco, "você perde seu hotel *e* eu perco meu investimento".

"Isso", disse Danny. "Mas não vai fracassar."

"Sabe quem mais disse isso?", perguntou Pasco. "Benny Siegel."

"E ele estava certo", disse Danny. "O Flamingo se transformou em um grande sucesso. Começou tudo isso."

"Mas ele não viveu para ver."

"Eu vou viver", disse Danny.

"Não estou te ameaçando", disse Pasco. "Esses dias também acabaram. Se você fracassar, seu problema é com os bancos, não comigo."

"Isso significa que está tudo bem pra você?"

Pasco capturou a atenção do garçom e fez um pequeno círculo com o indicador, pedindo um espresso.

"Vai diluir meu investimento na empresa."

"Isso é verdade", disse Danny. "Mas você vai ganhar muito mais dinheiro com um pedaço menor."

A antiga questão, pensou Danny. *É melhor ter uma parte grande do pequeno ou uma parte pequena do grande?*

"Pasco, podemos ficar onde estamos e ser pequenos. Estamos todos ganhando dinheiro, está tudo bem. Mas queremos ser sempre pequenos, sempre nas margens, enquanto os caras de Wall Street estão no centro? Estamos falando de heranças aqui, uma chance de deixar os esquemas para trás para sempre."

"Então esse é seu motivo real", disse Pasco.

"Não estou entendendo."

"Você quer ficar longe do dinheiro sujo."

Pasco está certo, pensou Danny. Ele tinha considerado isso — dinheiro sujo, dinheiro da máfia e dinheiro criminoso formam uma boa parte da empresa atual. *Mas se formos aos bancos para levantar centenas de milhões, fica diluído. Se você colocar uma colher de terra em um copo de água, tem água suja; se jogar a mesma colher no oceano, nem vai perceber que está ali.*

"Permita que eu te diga uma coisa, jovem Ryan", disse Pasco. "Não existe e nunca existiu nada como dinheiro limpo ou sujo. Existe apenas dinheiro. Se acha que o dinheiro de Wall Street é limpinho, tem muita coisa para aprender."

Danny tinha experiência suficiente para não responder. Conhecia Pasco desde sempre, desde quando ele ainda era o chefe da Nova Inglaterra, antes que se aposentasse e fosse para a Flórida. Sabia que ele ainda mantinha conexões com os chefes de todas as famílias do crime em todo o país, talvez até na Sicília. Sabia, de qualquer modo, quando falar e quando ficar quieto.

No momento, ficou quieto.

O espresso chegou. Pasco colocou um cubo de açúcar e mexeu. Ele provou, aprovou e então disse:

"Nós investimos com você por um motivo, Danny. Para nos tirar dos velhos tempos e nos colocar nos novos. Se é você fazendo isso, então *che Dio vi benedica*."

Danny não precisava da bênção de Deus, precisava da de Pasco. Para ir aos bancos e diluir o investimento da máfia.

Não foi fácil.

Pasco estava certo — havia muita resistência ao ramo de jogos nos bancos de investimentos de Nova York. Especialmente em Las Vegas, especialmente com Atlantic City abrindo as portas bem ao lado, e os cassinos espalhando-se por cada reserva indígena. Antes, as pessoas precisavam voar para Las Vegas para apostar; agora, a maioria vivia a duas horas de carro de um cassino.

Aquele seria o primeiro hotel-cassino, argumentou Danny, em que os quartos, a gastronomia e o entretenimento superariam os ganhos com jogos. As pessoas viriam para ver os tubarões, para ir às praias, pegar onda. Entre isso tudo, jogariam nas máquinas e se sentariam às mesas.

Ele não argumentou em pessoa, mas por meio de Dom e Jerry, que de fato foram aos bancos. Era arriscado demais ter Danny à frente, com o cheiro de crime organizado ainda em torno dele, embora mais fraco a cada ano.

E Dom e Jerry eram ótimos naquilo, com suas fachadas sérias e bem-apessoadas do Centro-Oeste, a lista sólida de conquistas, a abordagem sem bobagem, sem tolice, de bom senso.

Madeleine abrira as portas para eles com sua miríade de conexões com banqueiros, corretores e gerentes de fundos de hedge, mas quando Dom e Jerry entravam pela porta, tomavam conta do ambiente.

Eles arrasavam.

Conseguiram os quinhentos milhões, principalmente pela previsão de Danny de que o Shores traria um retorno de 22 por cento do investimento.

Conseguir dinheiro era uma coisa. Construir o Shores era outra.

Danny esteve envolvido em cada aspecto da construção, do projeto de arquitetura até o formato dos puxadores de gaveta nos quartos. Era preciso ter pressa, ficar dentro do prazo e do orçamento, e os outros donos de hotéis observavam e riam; esperavam que o Grupo Tara caísse de bunda, assim poderiam rir um pouco mais.

Ninguém jamais vira nada como aquilo porque não *existia* nada como aquilo.

Você aterrissava no aeroporto McCarran no deserto, entrava em um carro e dez minutos depois estava na Polinésia.

Sem a umidade ou os insetos.

Sem visto ou passaporte.

Você cruzava o "oceano" andando pelo caminho de areia à sua frente. Uma onda suave rolava em sua direção, os respingos refrescavam, e então você entrava para o saguão com ar-condicionado e via os tubarões.

Os tubarões *de Danny*.

Deus, ele se lembra do que foi preciso para conseguir a aprovação para o tanque de tubarões. Em quantas comissões e conselhos precisaram testemunhar, por quantos laudos e estudos de impacto precisaram pagar, um gargalo burocrático após o outro.

Pule, Danny, pule.

Todos quiseram desistir. "Danny, esqueça os malditos tubarões. Apenas pegue uns peixes tropicais bem grandes e deixe isso para lá."

É meu hotel, pensou Danny, *não um restaurante chinês. Ninguém vai vir ver peixes. Vão vir ver tubarões.*

Jerry sugeriu que eles simplesmente contratassem advogados, os colocassem em roupas de mergulho e os fizessem nadar pelo tanque.

"Onde, afinal, se *compram* tubarões?", perguntou Dom no meio daquilo tudo. "Você ao menos *sabe* se é permitido comprar tubarões? Quer dizer, existem, tipo, centros de resgate de tubarões à procura de um bom lar?"

Conforme eles descobriram, sim. Aquários públicos tinham um excedente de tubarões e, por meio deles e de fornecedores particulares, o Tara conseguiu comprar quatro tubarões-tigre.

Danny deu nome a três deles — Presa, Mandíbula e Barbatana. Ele deixou Ian dar um nome para o quarto. O menino pensou por um tempo e depois disse:

"João."

"João?"

"João, o Tubarão", disse Ian, como se fosse óbvio.

Então ficou João, o Tubarão.

Danny se lembra da noite em que o Shores abriu.

Estava tão nervoso que achou que fosse vomitar.

Mas foi tudo... bem, um passeio sobre as ondas.

Ele ficou discretamente no fundo enquanto Dom e Jerry faziam discursos e reverências, e não sentiu nenhum ressentimento, só uma satisfação discreta e orgulho por ter sido o instrumento para fazer aquilo acontecer.

Em seu primeiro ano de existência, o Shores faturou duzentos milhões. O hotel estava cheio, com 98 por cento de ocupação, como vem acontecendo desde que abriu.

Os banqueiros ficaram contentes.

E Dan Ryan se tornou uma lenda.

Porque todos os nomes importantes no ramo sabiam quem estava por trás de Dom Rinaldi e Jerry Kush; sabiam que, por mais que eles fossem competentes, a força motriz por trás do Grupo Tara era Danny.

Os outros donos de cassino sabiam disso.

Os banqueiros sabiam disso.

Vern Winegard sabia disso.

Inferno, até o Conselho de Controle de Jogos de Nevada provavelmente sabia disso, mas fazia vista grossa porque Danny tinha criado um grande gerador de dinheiro para a cena do jogo em Nevada, um que trazia milhares de turistas e era imaculado.

Sem desvio.

Sem mafiosos andando por lá.

Sem violência.

O Shores era um ambiente familiar.

Danny insistia para que a equipe de segurança mantivesse as prostitutas fora do hotel, identificando até as mais classudas e pedindo educadamente para que fossem embora e não voltassem mais. Ele tinha empregados disfarçados posando como hóspedes solteiros, e, se fossem abordados por uma prostituta, discretamente a levavam para a porta.

A palavra se espalhou. Era muita confusão e perda de tempo tentar conseguir clientes no Shores.

Isso custou a Danny alguns hóspedes que estavam procurando aquele tipo de ação, mas ele não se importava. Estava enchendo o hotel com hóspedes criteriosos que lotavam as máquinas e mesas.

O Shores não deu retorno de 22 por cento do investimento.

Deu 25.

Ninguém mais estava rindo de Dan Ryan e seus tubarões.

Então, por que não estou feliz?, pensa Danny, sem conseguir dormir.

Lá pela uma da manhã, Danny rola na cama, pega o telefone e liga para Dom.

— Te acordei? — pergunta Danny.

— Não, eu precisava atender o telefone — disse Dom. — O que foi?

Danny diz:

— Quero comprar o Lavinia.

DEZ

*Providence,
Rhode Island 1997*

Marie Bouchard atende ao telefone e ouve:
— Pegamos ele.
— Pegaram quem? — pergunta ela.
— Peter Moretti Jr.

Marie quase derruba o copo de isopor com café frio que tem na mão esquerda.

— Onde?!
— Flórida — diz Elaine. — Pompano Beach. O xerife do condado de Broward está segurando ele pra gente.
— Jesus Cristo — diz Marie.

Estavam procurando Peter Moretti Jr. havia seis anos, desde a noite em que ele assassinou a própria mãe e o padrasto na casa deles em Narragansett.

Para Marie, procuradora-chefe da Procuradoria-Geral de Justiça de Rhode Island, aquilo tinha sido uma busca, uma obsessão, quase uma missão sagrada. Tinha sido um crime horrendo. Moretti, um fuzileiro naval que acabara de voltar para casa vindo do Iraque, tinha praticamente decapitado Vinnie Calfo com uma arma, então subiu para os quartos e estourou a mãe com um tiro no estômago e outro na cabeça.

— Como ele foi encontrado?
— Totalmente chapado no estacionamento de um 7-Eleven — diz Elaine. — O gerente chamou a polícia e puxaram a ficha. Bingo.

Melhor ser sortudo do que ser bom, pensa Marie.

Aquele caso era pessoal para ela.

Tinha ficado moralmente ofendida por ele.

Matricídio?

Matar a própria mãe?

Tirando matar o próprio filho — infelizmente, tinha atuado em casos assim também —, ela não conseguia pensar em nada pior.

Se Rhode Island tivesse pena de morte, ela pediria. Do modo que é, ela acha que consegue dar ao jovem Peter uma pena de perpétua sem possibilidade de condicional, o que é melhor do que o desgraçado merece.

Ele vai levar isso pelo assassinato de Celia Moretti, talvez menos pelo de Calfo, que era chefe do que restava da máfia da Nova Inglaterra na época de sua morte súbita, e os jurados tendem a ser mais complacentes com assassinatos da máfia.

Eles os consideram riscos profissionais.

Não importa, pensa Marie.

Quantas penas de prisão perpétua é possível cumprir? Pena consecutiva ou concorrente, Peter Jr. vai ficar preso pelo resto da vida.

Ela pegou o rapaz com a boca na botija.

Digitais, pegadas no sangue, DNA em tudo.

E uma testemunha ocular.

Não tinha sido exatamente o ato de um gênio do crime. Não só Peter Jr. tinha se identificado para o segurança no portão como os vídeos das câmeras de segurança o mostravam a caminho da casa com uma espingarda na mão.

E mostravam a placa do carro, então, horas depois do assassinato, a polícia estadual de Rhode Island apreendeu Tim Shea, amigo fuzileiro, que confessou ter levado Peter Jr. de carro até a cena do crime.

Enfrentando evidências incontestáveis e a explicação de Marie de que ele era igualmente culpado dos dois homicídios, Tim barganhou duas penas de cúmplice, cada uma de dez anos na Instituição Correcional para Adultos, onde está até agora.

Sem dúvida, pensa Marie, *com raiva do antigo amigo por ter largado a bucha na mão dele. Isso e a oferta de liberdade antecipada serão suficientes para fazer com que ele testemunhe contra Peter Jr., e o depoimento oficial dele descrevendo o crime está gravado, de qualquer jeito.*

Marie Bouchard não perde em julgamentos.

Simplesmente não perde.

Para começar, só atua em casos em que sabe que pode ganhar, tanto por questões éticas quanto profissionais.

"Se não acreditamos que podemos convencer um júri", ela disse à equipe, "então não acreditamos no nosso caso. Se não temos certeza de que nosso suspeito é culpado, não temos que colocar essa pessoa em julgamento".

Além disso, é meticulosa. Marie quer todos os pregos no caixão antes de pegar o martelo. Mas quando ela pega, atenção. Suas inquirições de testemunhas são tão eficientes quanto cruéis, causando o momento lendário no início de sua carreira em que um ladrão de carros, que depois ficaria para sempre conhecido como "Ok Johnson", simplesmente desistiu durante o questionamento dela, e gemeu: "Ok, ok, fui eu".

E os júris a amam.

Talvez porque, naquele estado altamente católico, ela tenha sido freira.

Marie vem da cidade fabril majoritariamente franco-canadense de Woonsocket, embora na época de sua chegada a maioria das fábricas tivesse ido para o sul. Cresceu falando francês tão bem quanto inglês, uma menina devota que sempre imaginara algo diferente para si mesma do que ser dona de casa em um lugar que veria desemprego, desapontamento e desespero. Com possibilidades limitadas, isso significava a igreja, e, porque não permitiram que se ordenasse como padre, ela entrou para as Irmãs da Misericórdia.

Marie queria fazer a diferença, e achava que uma freira poderia fazer isso.

Ela estava certa até certo ponto.

Entrando na Faculdade Salve Regina, Marie conseguiu um certificado de professora. Ela era ótima na sala de aula e fez a diferença para cinco salas de estudantes do ensino médio.

O que era bom, mas não o bastante.

Então ela tirou uma licença e foi estudar direito na Faculdade de Providence, conseguiu o diploma, passou no exame da ordem na primeira tentativa e deixou a irmandade.

Não era perda de fé — Marie ainda mantinha as crenças católicas —, era a hierarquia da igreja, especificamente um bispo, que achou que ela estava ficando um pouco grande demais para o hábito, sobretudo quando surgiu a acusação de abuso sexual contra um padre.

Dada a escolha de recuar ou deixar a ordem, Marie escolheu a segunda opção.

Era difícil estar na Procuradoria-Geral de Justiça, dominada por homens, movida a testosterona, mas Marie Bouchard era durona. Ser pequena e bonita, portanto um pouco menos ameaçadora, não era uma desvantagem, mas ela também era sarcástica, educada e simplesmente boa.

Trabalhou para chegar ao cargo de procuradora-geral.

Júris entregaram a ela veredicto após veredicto.

No começo teve medo de que usassem sua saída da igreja para atacá-la, mas pareciam gostar dela, confiar nela, acreditar nela (uma freira iria mentir?). Depois de um caso de grande repercussão, um cartunista do *Providence Journal* desenhou uma caricatura, que ainda está pendurada na parede do escritório dela, com Marie questionando uma testemunha enquanto segurava uma régua na mão. Ela havia ganhado tantos casos que o lugar ficou conhecido como Tribunal da Madre Superiora.

Marie Bouchard se tornou uma celebridade de Rhode Island.

Irmã Sem Misericórdia.

A única mancha em sua ficha é a incapacidade de condenar o assassino de Celia Moretti.

E ela está prestes a limpá-la.

Peter Moretti Jr. está sentado em uma cela provisória.

Está totalmente fodido da cabeça e igualmente fodido na vida.

Estar na fissura em uma casa de recuperação confortável em Malibu é uma coisa; fazer isso no chão de concreto de uma cela é outra. Ele treme, vomita, sente dor, não pensa no futuro, o que provavelmente é uma coisa boa, já que ele não tem um.

Porque ele é culpado de tudo.

Não de um homicídio, mas de dois.

Ele não se sente tão mal por ter matado Vinnie Calfo. Afinal, Calfo assassinou seu pai, atirou nele numa banheira, onde estava indefeso.

Mas a mãe?

Sim, Peter Jr. sente-se mal por causa daquilo, ainda que a mãe tenha dado o sinal verde para Calfo cometer o assassinato. Ela andava trepando com Vinnie fazia um tempo, Peter Jr. depois soube, culpando o pai pelo suicídio da irmã.

Eu venho de uma família tão fodida, pensa ele, abraçando o próprio corpo e balançando.

As memórias são brutais.

Talvez não sejam tanto memórias, na verdade, porque parecem acontecer nesse momento, de novo e de novo. O rosto da minha mãe, os olhos de súplica, ela vindo até mim. A barriga dela aberta, a barriga de onde vim, onde ela me carregou, agora aberta, tripas para fora conforme ela despenca pela parede, olhando, a boca aberta.

Ele se levanta, começa a bater a cabeça na parede.

Cada vez com mais força, tentando empurrar o cérebro para dentro.

Ou para fora.

Os guardas vêm correndo.

Agarram Peter.

Lutam com ele até contê-lo em uma cadeira de imobilização.

Desejam que os policiais de Rhode Island cheguem lá, tirem aquele maluco das mãos deles.

— Besteira — diz Marie. — Ele está montando uma defesa por insanidade.

— Você não veio de avião com ele até aqui — diz Elaine. — Catatônico o caminho inteiro.

— É fingimento.

Elaine dá de ombros, e isso faz Marie ter dúvidas. Elaine Wheeler é a melhor investigadora com quem já trabalhou, e ela confia nos instintos da mulher. Então talvez Peter Jr. esteja maluco agora, talvez seja um viciado *agora*.

Ele não era *na época*.

Era um fuzileiro naval condecorado.

Compos mentis.

Ela olha pela janela para Peter sentado na sala de interrogatório. O pulso algemado à mesa, os tornozelos acorrentados. Usando um macacão laranja padrão que faria a Madre Teresa parecer culpada.

— Está pronta?

— Estou pronta há seis anos.

Ela entra.

Peter Jr. dispensou um advogado.

O que é sempre um grande erro.

Um erro de iniciante que os criminosos de carreira nunca cometem. Eles calam a boca e deixam os advogados falarem, o que é basicamente: "Mostre suas provas, nos vemos no julgamento".

Peter Jr. começa assim:

— Não há o que conversar. Quero confessar.

— Então há muita coisa para conversar — diz Bonnie Dumanis. A policial do departamento de homicídios olha para ele do outro lado da mesa. — Você precisa nos contar em detalhes a coisa toda.

Bonnie é relativamente nova no caso, os detetives que trabalharam nele originalmente já se aposentaram.

Marie está sentada no canto da sala, apenas observando.

— O que quer que eu fale? — questiona Peter Jr. — Fui eu.

E é isso, pensa Marie. Peter confessa, declara-se culpado, não vai ter julgamento. O que vai ter é uma audiência para fixação da pena, na qual ela pretende pressionar para a pena máxima nas duas acusações.

— Conte como foi — diz Bonnie. — Vamos começar com você dirigindo até a casa. Você foi com a intenção de assassinar...

Marie ouve uma gritaria no saguão, então batidas na janela.

— Parem! Parem! Não façam mais nenhuma pergunta para ele!

Ela se levanta, abre a porta e vê exatamente a única coisa que não queria ver.

Bruce Bascombe.

Alto, magro feito tábua, cabelo branco partido ao meio com seu rabinho comprido trançado pendurado nas costas — o que sempre, por algum motivo, irritou profundamente Marie. Está vestindo um terno preto, uma camisa azul aberta no colarinho e tênis brancos.

Bruce Bascombe é o melhor advogado criminalista de Rhode Island.

Talvez da Nova Inglaterra.

Talvez do mundo.

— Marie — diz ele —, não faça mais perguntas ao meu cliente.

— Seu cliente? Desde quando?

— Desde agora — diz Bruce.

— Ele dispensou representação — diz Marie.

— Ele não está em condições mentais de tomar uma decisão informada — diz Bruce. — De qualquer maneira, estou encarregado da representação dele.

— Por quem?

— Você não tem direito a essa informação — diz Bruce. — Agora quero falar com meu cliente.

— Não sei se ele é seu cliente — diz Marie. — Preciso ouvir isso dele.

— Bem, vamos entrar e ouvir, então.

Eles entram na sala.

Bruce diz:

— Peter Jr., sou o advogado Bruce Bascombe. Fui encarregado da sua representação. Você me quer como seu advogado?

— Não quero advogado — diz Peter Jr. — Só quero acabar com isso.

— Te vejo por aí, Bruce — diz Marie. — Agora, tchau, tchau.

Ele sorri para ela.

— Marie, estou chocado e pasmo por você querer conduzir um interrogatório oficial com um suspeito nessa condição óbvia de sofrimento. Você e eu sabemos que qualquer juiz vai jogar fora o que quer que você consiga aqui, como se fosse o jornal de ontem. É melhor ter representação para ele.

— Eu sei cuidar de mim mesma, obrigada.

— Quero um momento com o sr. Moretti.

— Peter — pergunta Marie —, quer falar com o sr. Bascombe?

— Ok — diz Peter Jr.

Merda, pensa Marie.

— Vou pedir uma sala — diz Bruce — sem câmeras ou equipamento de gravação. Apesar de parecer o contrário, isso não é a Rússia stalinista.

— Pode ficar aqui — diz Marie. — Vou suspender a gravação.

— Confio em você, Marie.

— Fico feliz.

Ela sai com Bonnie.

Elaine diz:

— Jr. é um viciado andando num estacionamento do 7-Eleven. De onde ele tira dinheiro para Bruce Bascombe?

— A irmã dele herdou a casa em Narragansett — diz Bonnie. — Talvez tenha vendido.

— Ou ele está trabalhando *pro bono* — diz Marie. — É um caso de alta repercussão. Bruce ama as câmeras. Ele é pior que Jesse Jackson.

— Acha que Peter vai aceitar? — pergunta Elaine.

Marie dá de ombros.

— É só um percalço.

Mas ela está preocupada.

ONZE

Bruce puxa uma cadeira para o lado de Peter e se senta.

— Peter, Pasco Ferri me enviou. Ele se sente mal por ter mandado você embora e quer ajudar. Vai deixar que eu te ajude?

— Sou culpado — diz Peter.

— Você literalmente não sabe o que significa "culpado" — diz Bruce. — E não quero te ouvir falar isso de novo nunca mais. Bem, não posso prometer nada, não há garantias, mas, se trabalhar comigo, há uma boa chance de que um dia saia disso tudo. Eu *posso* prometer e garanto que, se você *não* trabalhar comigo, vai passar o resto da vida atrás das grades. Você é um homem jovem, Peter, isso é muito tempo.

— Tio Pasco te mandou? — pergunta Peter Jr.

— Isso mesmo.

— Quem está te pagando? — pergunta Peter Jr. — Eu não tenho dinheiro.

— Vamos resolver isso.

Peter Jr. hesita.

— Mas fui eu.

— De novo — diz Bruce —, no sentido legal, você não sabe o que fez e o que não fez. O que quer que tenha sido, você merece a melhor defesa possível, e isso sou eu.

— Certo.

— Certo, posso te representar? — pergunta Bruce.

Peter Jr. assente.

— Preciso ouvir você dizer isso — diz Bruce.

— Você vai me representar.

Bruce fica de pé.

— Vou dizer o que vai acontecer. Elas vão voltar para a sala e recomeçar o interrogatório. Vou dizer a elas que você não vai responder a mais nenhuma pergunta. Vão te acusar de dois homicídios, processá-lo e levá-lo para a cadeia. Nenhum juiz vai te liberar com fiança, então coloque na cabeça que vai ficar em uma cela até o julgamento terminar. Entende isso?

— Entendo.

— A coisa mais importante — diz Bruce — é que, a partir deste momento, você não fala com ninguém a não ser comigo. Não fala com os detetives, nem com o procurador, nem com o colega de cela. Especialmente não com o colega de cela. Entende?

— Entendo.

— Ótimo — diz Bruce. — E... Peter? Vai ficar tudo bem.

Peter Jr. assente de novo.

Embora não acredite.

— Agora, o que você disse a elas?

Marie senta-se diante de Bruce em uma mesa.

— Certo — diz Bruce —, me diga o que você tem.

— Para começar — diz Marie —, tenho uma confissão.

— "Fui eu?" — pergunta Bruce. — O que foi que ele fez? Ele não disse. Poderia ser qualquer coisa. Ele roubou uma loja de bebidas, roubou um carro, usou branco em um funeral? "Só quero confessar." Novamente, o quê?

— Os assassinatos de Vinnie Calfo e Celia Moretti.

— É o que você diz — responde Bruce. — E mesmo se conseguir algum jeito de vender essa conclusão, vou tirá-la da mesa com base na condição mental dele. Vou vender o caso de que ele foi coagido. Realmente, Marie, dada sua história pessoal, esperava que tivesse mais compaixão.

— É por isso que não se pode confiar em estereótipos — diz Marie.

— Veja, dada a sua aparência, eu esperaria que fosse, não sei, Cheyenne? Sioux? Não esse velho branco e rico que você é.

— Não quero que povos indígenas nativos sejam esquecidos — diz Bruce. — E meu cliente não estava em condições de fazer uma declaração.

— Você só está tentando montar uma defesa por insanidade.

— Há histórico de doença mental na família — diz Bruce. — A irmã mais nova dele cortou os pulsos. De qualquer jeito, não vou alegar insanidade. Vou conseguir absolvição.

Marie ri.

— Você exagerou na acusação — diz Bruce. — Homicídio premeditado? Tenha paciência.

— Foi premeditado — diz Marie. — Ele foi para a casa com essa intenção.

"Timothy Shea vai depor que levou Peter de carro até a casa, que eles levaram uma espingarda com o propósito expresso de assassinar Calfo e Moretti. Ele ainda vai testemunhar ter visto Peter dar o tiro que matou Calfo. Vai dizer que escutou um segundo tiro e viu Peter, salpicado de sangue, descer correndo as escadas do quarto em que Celia Moretti foi morta.

Shea vai testemunhar que, no carro, Peter gritou: 'O que eu fiz? *O que eu fiz?*'. Que separaram as partes da espingarda e a jogaram no Harbour of Refuge antes de irem para..."

Marie aprecia esta parte:

— ... a casa de veraneio de Pasco Ferri. O que foi aquilo, Bruce? Por que foram para lá? Sobre o que Peter e Pasco conversaram? Peter contou que tinha acabado de matar Calfo e Moretti? Vou intimá-lo e perguntar. E você não pode representar Ferri. Conflito de interesse.

A expressão no rosto de Bruce diz a ela que Pasco o enviou para representar Peter.

Marie expõe o resto do caso.

Ela tem o cliente dele na cena, tem o cliente dele fugindo da cena, tem o cliente dele admitindo a culpa. Tem digitais, pegadas e DNA. Tem o guarda de segurança que vai identificá-lo. Em suma, tem Peter sob seu poder.

— Então, se quiser fazer um acordo, Bruce — diz ela —, a hora seria essa.

Marie acha que ele quer. Acha que Ferri o enviou para abafar a coisa. Ele não quer voltar e dizer a Pasco que vai ter julgamento e que ele vai estar no banco das testemunhas.

— Tem uma oferta? — pergunta Bruce.

— Se Peter se declarar culpado das duas acusações — diz Marie —, talvez eu exclua o pedido de prisão perpétua sem direito a condicional.
— Em um duplo homicídio, qual a diferença? — pergunta Bruce.
— Ele ainda vai morrer na prisão.
— Exatamente.
— Isso é duro.
— Matar a mãe é duro.
— Mas irrelevante.
— Um júri não vai achar isso — diz Marie.
— Você é boa — diz Bruce. — Por que não larga essa esteira de fábrica de reincidentes e vem trabalhar para mim? Fazer algum bem para o mundo para variar.
— Prender mafiosos é suficiente para mim — diz Marie.
— É essa a questão? — pergunta Bruce. — Se não fosse a família Moretti, você seria tão rígida? Esse menino nunca esteve no negócio da família, era fuzileiro naval, pelo amor de Deus.
— É, ele é o Al Pacino, certo?
— Baixe para homicídio doloso não premeditado e faço o acordo por ele.
— Dez anos? — pergunta Marie.
— Em cada crime — diz Bruce. — Ele cumpre vinte, ainda vai restar algum tipo de vida.
— Que tipo de vida resta para Celia Moretti?
— Ela mandou matar o marido — diz Bruce. — Vamos, homicídio doloso não premeditado e podemos ir embora, deixar isso para trás.
— Pasco Ferri vai ficar tão feliz.
— Então temos um acordo? — pergunta Bruce.
— Aqui está o acordo — diz Marie. — Seu cliente se declara culpado em duas acusações de homicídio premeditado ou vamos para julgamento.
— Freiras — diz Bruce.
— Pode apostar — diz Marie.
Seu pentelho hippie-ultrapassado, aspirante a indígena, hipster tonto de rabo de cavalo do contra.

DOZE

Cathy Palumbo está discutindo o preço do atum.

— Cinco e noventa e cinco por 450 gramas? — pergunta. — Não consigo lucrar com 5,95 por 450 gramas. Vou perder dinheiro em cada prato que vender.

— Aumente seus preços — diz Gig.

— Se aumentar os preços, não consigo competir.

— O que posso dizer? É o preço, Cathy.

— O Bayside está vendendo por 4,50 — diz Cathy.

— Então compre deles — diz Gig.

— Não vão me vender — diz Cathy. — E você sabe disso.

John Giglione sabe disso. Todo mundo no ramo de abastecimento de restaurantes sabe que ele tinha um acordo exclusivo com Chris Palumbo, e ninguém vai tentar entrar no meio e vender mais barato que ele.

Assim como todo mundo sabe que Chris fez John e um bando de outros caras investirem em um carregamento de heroína que foi apreendido. Todos perderam dinheiro, e Chris simplesmente caiu fora.

Algumas pessoas acham que ele pegou dez quilos de heroína para si. Outros alegam que ele está no Programa de Proteção à Testemunha. Alguns caridosos acham que ele está morto. Seja o que for, ele foi embora sem enfrentar as responsabilidades, deixando a mulher, Cathy, com a bucha na mão. Metade dos mafiosos da Nova Inglaterra vêm tirando dela desde então, pegando o dinheiro deles de volta um pouco de cada vez.

Ninguém conhece essa realidade melhor que Cathy.

Quando o marido deu no pé, a deixou com um restaurante, um clube de strip-tease, uma lavanderia, uma oficina mecânica e um pouco de dinheiro de agiotagem de rua. Alguns dos antigos membros da equipe de Chris se ofereceram para recolher os pagamentos e entregaram alguns centavos de cada dólar para Cathy, enfiando o resto nos próprios bolsos.

O que ela deveria fazer?

Ela não tinha peso.

Cathy não podia ir falar com Peter Moretti porque tinha sido Peter quem se ferrara de verdade na compra da heroína, e o chefe da família tinha os próprios problemas. Então ele foi assassinado, e o novo chefe, Vinnie, não poderia se importar menos.

A não ser para conseguir o próprio dinheiro de volta.

"Deixa eu te explicar uma coisa, Cathy", Vinnie tinha dito a ela. "Seu marido imprestável custou muito dinheiro para muita gente. Os negócios que ele deixou estão, como se diz, onerados."

Vinnie não fez nada por ela.

Então Cathy arregaçou as mangas.

Era dureza. Como mulher de mafioso, Cathy não sabia basicamente nada, a não ser como fazer as unhas e a maquiagem, cuidar da casa e "manter a boquinha linda fechada, a não ser para boquetes", que é como o marido havia descrito seu papel. Para ser justa, ela precisa admitir que gostava da vida que levava. O dinheiro era bom, a casa era bonita, Chris cuidava da família. Ele tinha *gumars*, mas qual daqueles caras não tinha, e ao menos ele era discreto.

Mas agora ela trabalha.

E para quê?

O restaurante? Os caras iam para o estabelecimento de frutos do mar na praia, faziam contas enormes e saíam sem pagar. Cobravam mais dela por qualquer coisa, de toalhas de mesa a alimentos, e ela era uma freguesa cativa que não poderia ir a nenhum outro lugar.

Cathy sabia que parte daquele dinheiro ia para Vinnie.

Então ele foi assassinado (lixo ruim que já vai tarde), ninguém tomou o cargo principal, e vem sendo puro caos desde então.

Um alvoroço.

Todo mundo acha que pode tirar um naco de Cathy.

O clube de strip-tease? Esqueça. A cada drinque dela, os bartenders servem dois para si mesmos, e o custo da bebida é um roubo.

As meninas deveriam pagar metade do que lucram, mas os porteiros ficam com parte disso, além de um boquete de graça, e não repassam nada para Cathy.

A lavanderia? Sim, ela tem uns poucos fregueses que são civis, mas a maioria é de lugares conectados que mandam suas toalhas e roupas de cama por um preço com desconto que juram que foi negociado por Chris, e na metade do tempo não pagam nem isso.

A oficina mecânica? Eles a fazem tirar as partes boas dos carros e trocá-las por merda do mercado secundário. Colocam veículos roubados no lugar e usam como desmanche.

Carcomendo, carcomendo.

Um punhado de caras dizem que foram roubados por Chris e que estão apenas pegando o dinheiro deles de volta.

Com juros compostos, os filhos da puta.

Todo dia, pensa Cathy, *perco terreno. Quanto mais rápido corro, mais fico para trás.* Ela queria fechar todos os negócios, simplesmente baixar a porta e conseguir um emprego comum, mas eles não deixam.

Cathy, você precisa pagar.

Eles vão continuar com isso, espremendo cada gota de cada negócio, parando pouco antes da falência, assim podem seguir voltando para o cocho.

Alguns daqueles idiotas têm outras ideias.

Como John Giglione.

— Cathy, talvez a gente possa fazer algum tipo de arranjo, você sabe do que estou falando.

Cathy o encara. Ela ainda é uma mulher bonita — uma "mãe gostosa", como os garotos dizem. Sabe que seus olhos azuis ainda são vistosos, que o cabelo loiro até a cintura é meio jovem para a idade dela, mas é sexy. Seu corpo ainda é magro e em forma. Ela sabe o que tem para vender.

Mas John Giglione?

Gig?

Ele não é um cara *feio*, se você gosta do tipo com cabelo acinzentado e encaracolado, o tipo de cara que se chama de "grisalho charmoso". Mas ele tem o carisma de uma pedra subterrânea, o coração de um agiota e nenhum senso de humor.

Digam o que quiserem de Chris, ele era engraçado.
Ele a fazia rir.
— Você quer que eu trepe com você em troca de *atum*? — pergunta ela a Gig. — Ou te chupe pelos mariscos? Uma punheta pela lula? Se eu quero peixe-espada, pelo visto vou ter que te deixar comer o meu cu. É, por que não? Você já está fazendo isso mesmo.
— Essa sua boca — diz Gig. — Não precisa ser grosseira.
Não sei, pensa Cathy. *Talvez eu só devesse desistir.* Pelo menos três daqueles palermas se ofereceram para se casar com ela, cuidar dela, talvez ela devesse apenas desistir e deixar que fizessem isso.
É, claro, ela pensa. *É bem o que preciso, outro mafioso como marido.*
Vai se foder, Chris, esteja onde estiver.
Ela suspira.
— Que tal se a gente fechar em 5,50? Talvez você possa usar um pouco de lubrificante, você sabe.
— Uso todo o lubrificante que quiser, gata.
Ótimo.
— Então, 5,50?
O filho dela, Jake, fica previsivelmente furioso quando vê a conta.
— Mãe, essa porra é muita coisa.
— Não é brincadeira, né?
— Como você concordou com isso?
Ele é um bom menino, pensa Cathy. Adorava o pai, sentiu muito a partida dele, e então superou. Foi para a Universidade de Rhode Island, mas saiu depois de três semestres porque não conseguiam pagar a mensalidade e ele queria ajudá-la. Jake faz o que pode, mas não há muita coisa a fazer. Os credores de Chris vão simplesmente acabar com os negócios, e é isso.
— Mãe, não podemos viver com esses preços — diz Jake. — Não podemos cobrar doze paus por um prato de atum.
— O que você quer que eu faça, Jake?
— Se o papai estivesse aqui...
É o refrão dele ultimamente, seu mantra.
Se o papai estivesse aqui, se o papai estivesse aqui, se o papai estivesse aqui...
Jake se esqueceu da dor e da mágoa, e agora transformou Chris em algum tipo de herói, como se ele estivesse fora ganhando a Segunda

Guerra Mundial ou algo assim, em vez de ser apenas o cara que abandonou a família.

Podia ser pior, ela pensa.

Peter Moretti Jr. matou a mãe.

Jake fica naquilo.

— Se o papai estivesse aqui...

— Bem, ele não está.

— Mas se ele estivesse...

Cathy perde a paciência. Talvez seja a dificuldade diária, nadar contra a corrente constantemente, o fato de que não transa há oito anos. Talvez seja a porra do atum, mas ela bate uma caneta na mesa e grita:

— ELE NÃO ESTÁ!

Jake parece surpreso.

Ela não acabou.

— Então, Jake, se quer tanto seu pai, por que não vai atrás dele?

— Talvez eu vá.

— Fique à vontade.

— Vai ver só se não vou!

— Vai nessa!

Ele sai do escritório.

Ótimo, pensa Cathy, *agora perdi o marido e o filho.*

Atum a 4,95...

TREZE

O que Chris Palumbo odeia em Nebraska — na verdade, a *única* coisa que odeia em Nebraska — é o clima.

O inverno em Nebraska não foi feito para seres humanos. As temperaturas podem cair abaixo de zero, e o vento sopra do Círculo Ártico com pouco mais do que uma árvore para segurá-lo.

Morando no segundo andar de uma casa velha de fazenda, Chris odeia sair da cama em uma manhã de inverno, então normalmente não sai. Não cedo, pelo menos. Fica debaixo das colchas pesadas feitas por Laura e espera até que *ela* saia da cama e aumente o termostato, e a casa esquente.

Chris chegou à conclusão de que o inverno de Nebraska foi feito para búfalos, não pessoas. Até as malditas vacas *morrem* nas planícies em janeiro e fevereiro, e outra coisa sobre o inverno em Nebraska é que ele dura para sempre. É de se esperar que em março o inverno simplesmente acabe, mas não é o que acontece. Março chega como um leão e vai embora como um leão.

A primavera é linda.

Durante a hora e meia que dura.

O Nebraska tende a ir diretamente do inverno para o verão. Às vezes em uma única tarde. Chris literalmente estava em casa em uma manhã de neve, então saiu e fazia 28 graus. Ele tirou um cochilo e perdeu a primavera.

Agora é verão.

O verão é uma bosta.

Como é aquela frase antiga?, pergunta-se Chris, coberto de suor, girando a chave inglesa no radiador do Fusca de Laura. "*Não é o calor,* é a umidade?" *É o calor e a umidade, idiota. Eles andam juntos. A panela e a tampa, o pão e a manteiga, o Gordo e o Magro que são a infelicidade de um dia de julho em Malcolm, Nebraska.*

E não é como se fosse possível entrar para escapar, porque a velha casa não tem ar-condicionado, Laura nunca sentiu necessidade — "Temos a brisa". "Que brisa?", perguntou Chris. O vento que não para no inverno simplesmente desiste no verão, deixando um bafo entorpecente que suga o ar dos pulmões.

Ainda assim, Laura insiste em uma rotina de soluções "orgânicas": abrir e fechar venezianas e cortinas, janelas e portas de vidro, e uma fé tocante, ainda que frustrante, em dois pequenos ventiladores elétricos que ela leva estrategicamente de janela em janela.

"Eles fazem o ar circular", diz ela.

É, pensa Chris, *fazem o ar quente circular.*

Ele está ansioso pelo outono, que pode durar por dias, até semanas antes que o inverno o expulse. O outono em Nebraska é lindo: o ar fresco e limpo; as cores variáveis dos campos colhidos, vívidas; as noites são frescas, ótimo clima para dormir com as janelas abertas.

Mas, tirando o clima, Chris gosta de sua vida ali no meio do campo e no meio do nada.

Quem teria imaginado?

Ele estava dirigindo pela área dos caipiras com um carro cheio de dinheiro da venda de uma carga de heroína em Minnesota quando um pneu furado interveio como destino e o colocou em contato com Laura, que parou para oferecer ajuda.

Chris terminou em um encontro de uma noite que agora durava...

Jesus, pensa Chris, *podem ser oito anos?*

Como isso aconteceu?

Ele sempre tivera a intenção de partir, de se levantar e voltar para onde estava morando em Scottsdale, ou até mesmo voltar a Rhode Island, agora que Peter Moretti e Vinnie Calfo estão enterrados.

Provavelmente era seguro voltar.

Sem Peter, sem Vinnie e com Pasco jogando bocha na Flórida, esperando por um aneurisma, a família da Nova Inglaterra é o navio sem leme proverbial, uma canoa sem remo, seguindo em círculos enquanto tenta navegar na enseada de merda.

Sim, mas o caos pode ser perigoso. Sem uma cadeia de comando, os caras trabalham por fora e fazem coisas aleatórias, perigosas.

Chris está feliz por se ver fora daquilo.

Quando era *consigliere* de Peter, Chris costumava fantasiar sobre se tornar chefe, mas quem precisa daquilo? Com os federais, as leis RICO e todo mundo, incluindo o irmão, virando delator.

Chris não tem saudades daquilo, de nada daquilo.

Nem dos jantares, das festas, das intermináveis sessões tediosas de besteiras com os caras, nada.

Ele está totalmente feliz debaixo da colcha com Laura.

A mulher dele, Cathy, era boa de cama — na verdade, era ótima na cama —, mas Laura é uma ordem totalmente diferente das coisas. Ela leva o sexo muito a sério, elevando-o a um nível que Chris nem sabia que existia.

Então Chris quer ir embora, mas não consegue se forçar a ir. É como se a buceta de Laura tivesse um ímã dentro, como se ela tivesse colocado algum tipo de feitiço nele.

O que é uma boa coisa, porque seu trabalho é basicamente foder.

Chris não contou exatamente a verdade sobre sua situação financeira, o fato de que tem centenas de milhares de dólares escondidos, primeiro no porta-malas do carro, depois em várias partes da fazenda — no celeiro, no barracão de ferramentas, no sótão. Ele nem tem certeza de *para que* está escondendo o dinheiro por aí — só tem a sensação inata de que nunca se diz a verdade sobre dinheiro e de que, se você pode viver de graça, deveria.

Laura não parece se incomodar por ele não ter interesse em encontrar um emprego remunerado, desde que faça o trabalho na cama.

Então eles vivem da terra que Laura arrenda para fazendeiros vizinhos e do que ela ganha ensinando ioga e vendendo colchas, cobertores, cachecóis, chapéus, luvas e outras criações que ela tece e tricota. Às vezes — certo, raramente —, ela vende uma de suas obras de arte — colagens estranhas feitas com fotos velhas, pedaços de fios, gravetos, pedras e essas merdas. Chris não sabe por que alguém compraria aquilo, mas às vezes compram.

Vai entender.

Chris contribui de outras maneiras. Faz a manutenção dos veículos, dirige até a cidade para fazer compras e cozinha a maioria das refeições, embora isso seja mais autodefesa do que qualquer coisa. Se não cozinhasse, Laura serviria algum cozido orgânico com gosto de grama.

Ele gosta de ir à cidade, provocar os caixas das lojas, falar besteira com as pessoas de lá bebendo café na lanchonete — embora o café seja uma merda, fraco e pálido comparado aos expressos que faz em casa. E as pessoas de lá gostam de Chris, pararam de fazer perguntas sobre quem ele é, de onde veio e o que faz. Sabem que o trabalho dele é basicamente comer Laura, cujo apetite sexual é um fato conhecido e tolerado naquela cidade metodista certinha com uma leve diversão.

Existem empregos piores, pensa Chris enquanto termina o último giro da chave inglesa e fecha o capô.

Às vezes sente culpa por ter abandonado Cathy, mas ela é uma mulher inteligente, forte, e, além disso, ele a deixou com negócios indo de vento em popa, que deveriam mantê-la muito bem.

Como dizem, no estilo em que ela foi acostumada.

Ele sente saudade dos filhos, mas Jill é igualzinha à mãe, e Jake... Jake tem uma cabeça boa.

Não como o pobre Peter Jr.

Quão fodido é aquilo?, Chris pensa enquanto anda na direção da casa para almoçar. O fato de Peter ter sido preso depois de todo esse tempo apareceu até nos jornais em Nebraska, e agora a vida do menino *acabou*.

Chris abre a porta de tela e entra na cozinha. Laura fez chá de sol — nunca um problema no verão de Nebraska — antes de ir para a cidade dar sua aula, e Chris coloca um pouco em um vidro de geleia enquanto pega as coisas para fazer um sanduíche de mortadela.

Vinnie teve o que merecia, pensa Chris.

Nunca gostou do cara.

E Celia.

Ela era uma *strega* reclamona e materialista que infernizava a vida de Peter. Aquela família, no entanto... um dos filhos se mata, o outro mata a própria mãe.

Alguma coisa no sangue, talvez.

Chris pega duas fatias de Wonder Bread — o que eles têm naquele mercadinho —, coloca duas fatias de mortadela entre elas e as besunta de mostarda. Então senta-se à mesa para comer.

Não, veja suas bênçãos, pensa Chris.
Você tem bons filhos, eles têm a cabeça no lugar.
Vão ficar bem.
Cathy também.
Com a beleza dela, a personalidade, a inteligência, ela provavelmente já tem outro cara.

Então Chris sente algo que não esperava, uma pontada súbita de ciúme, raiva até, com o pensamento de que algum outro cara está comendo sua mulher. Não é justo, ele sabe, mas é o que sente, e ele precisa fazer um esforço para tirar a imagem da cabeça.

Ele se levanta, coloca o prato na pia e decide tirar uma soneca.

Vou precisar estar descansado mais tarde, pensa.

Vai estar quente demais lá em cima — um forno —, então ele vai para a sala e se estica no sofá. Se ficar bem imóvel e mal respirar, quase consegue não sentir o calor.

Adormece em segundos.

CATORZE

The Dream.
Danny explica sua visão para o conselho do Grupo Tara.
— Las Vegas construiu réplicas de coisas que existem — diz ele. — Pirâmides, navios piratas, feiras estaduais... Casablanca, o Shores. Quero construir algo que *não* existe, um sonho.
"Quando estamos dentro de um sonho, a sensação é a mesma da vida real, com a exceção importante de que qualquer coisa é possível. Não há tempo, não há espaço, não há contínuo linear. Vemos pessoas que conhecemos, pessoas que não conhecemos, gente viva, gente morta. Vemos coisas que já não existem, que existem, que jamais poderiam existir. E, no entanto, ali estão elas. Podemos vê-las, sentir seu cheiro, tocá-las, sentir seu gosto e, no entanto, são efêmeras, fugazes como uma sombra que corre pelo céu."
— Na maior parte das vezes, esquecemos os sonhos assim que eles acabam — diz ele. — Outras vezes, lembramos deles para o resto da vida.
É o que ele quer construir no lugar do Lavinia.
Um hotel-cassino com três mil quartos, de beleza incomparável e elegância discreta, requintado e sexy, com cores sofisticadas, paredes de luzes variáveis e imagens cambiantes, salas de luxo refinado, restaurantes cinco estrelas, um teatro exibindo espetáculos ousados e imaginativos.
— A pessoa vai entrar em um sonho — diz Danny —, vai dormir em um sonho, acordar em um sonho, ver um sonho. Quando for embora, vai se perguntar: "Aquilo aconteceu mesmo? Ou sonhei?". E aí vai voltar de novo e de novo. Vocês já tiveram sonhos assim, não tiveram?

Sonhos tão lindos, calmos ou empolgantes, tão sensuais que queriam poder sonhar de novo? Agora vocês podem.

Ele percebe que a sala está nervosa, incerta, confusa. Mas Danny está convencido de que agora é a hora de expandir.

Jerry pergunta:

— Qual é o tema?

— Não tem tema — diz Danny. — Só beleza.

"Os hotéis temáticos funcionaram bem por anos. A experiência em família, a recreação do modelo Disney em Las Vegas, era uma boa ideia. Mas os tempos mudaram. A revolução da internet está transformando a economia, os milionários 'ponto com' querem luxo e têm os meios para pagar por ele.

"Eles exigem uma *experiência*, uma que satisfaça seus gostos e caprichos. Quartos que não *têm* arte, mas *são* arte. Não querem comer, querem jantar, e querem que seja uma aventura. Não querem ver um comediante ou cantor apresentar algo que podem ouvir no rádio em casa, querem ser envolvidos em uma experiência imersiva que não conseguem em nenhum outro lugar — uma performance que apele à inteligência deles, à mentalidade inovadora e empreendedora que deu a eles o dinheiro para chegarem ali."

— Não podemos mais construir algo falso — diz Danny. — A ideia está batida, cansada. O que vamos erguer? Pirâmides maiores? Londres em vez de Paris? Uma praia maior, com ondas maiores? Depois que você já viu, já viu. As pessoas ficam entediadas. Você nunca fica entediado com sonhos.

— Diga uma coisa — diz Dom. — As pessoas apostam no seu sonho?

— Claro — responde Danny. — Porque nada é real em um sonho, não há consequências. E os hóspedes que são atraídos por esse tipo de experiência e têm renda suficiente para comprá-la vão fazer as maiores apostas e jogar os jogos mais arriscados. Mas o dinheiro de verdade, o centro de lucros, virá dos quartos e das refeições.

Dom e Jerry não são tontos. São estruturadores de empresas brilhantes que percebem imediatamente que Danny está empurrando o modelo do Tara até o limite, talvez além. A base de clientes exclusivos que ele está propondo pode ser exclusiva *demais*, pequena demais para compensar os enormes custos da visão dele.

No entanto, como rapazes do Missouri acostumados a serem vistos como jecas do interior, eles têm a mesma vontade de brigar dos azarões como Danny, então a ideia de derrubar o estabelecimento e criar o melhor do melhor é atraente, quase irresistível.

Mas há um grande problema. Bem, há muitos problemas, mas esse é imediato e para as coisas antes que possam começar.

— O Grupo Winegard já está nos últimos estágios de compra da propriedade do Lavinia. É um negócio quase fechado — diz Jerry.

— O que quer dizer que *não* está fechado — diz Danny. — Eles estão noivos, não casados.

— Qual seria a reação de Vern à nossa interferência? — pergunta Jerry.

— Quem se importa? — pergunta Danny.

— Eu me importo — responde Jerry. — A cidade vai se importar. Se entrarmos e roubarmos o Lavinia de Winegard, vamos transformar uma rivalidade cordial em uma guerra.

— E, se não roubarmos — diz Danny —, Vern vai tomar conta da Strip, e começamos nossa longa derrocada até a irrelevância. Não só isso, mas o futuro da nossa cidade está em jogo. Se Vern construir outro cassino barato gigante, Las Vegas vai virar somente outro parque de diversões. Vai se apagar em bugigangas baratas.

O sorriso de Madeleine é irônico.

— Então você está se imaginando como um tipo de pai da cidade? Um salvador? Dan Ryan ao resgate?

— Dificilmente — diz Danny. — Só não vejo por que deveríamos nos resignar ao segundo lugar, atrás do Grupo Winegard.

— Só como hipótese — diz Jerry —, vamos dizer que consigamos convencer George Stavros a vender para nós em vez de vender para Vern. De onde vamos tirar o dinheiro? Você tem uma aproximação de quanto vai custar seu sonho?

Dan não pisca.

— Acima de um bi.

— Bilhão? — pergunta Dom. — Com *b*?

— Isso — diz Danny.

— Isso é maluquice — diz Jerry. — Os bancos não vão nos financiar na casa de um bilhão de dólares. É inviável, Dan.

— A não ser... — diz Dom.

Consegui, pensa Danny. *Ele está considerando.*

— A não ser o quê, Dom?

— Que abríssemos o capital da companhia — diz Dom.

— Não — diz Danny.

O Tara é privado. As pessoas naquela sala tomam todas as decisões. Se abrissem o capital, os acionistas teriam o controle.

— Se quer construir esse hotel — diz Dom —, é o único jeito de levantar o capital e conseguir o apoio dos bancos.

— Podemos perder o controle da empresa — diz Danny.

— Podemos — diz Dom —, mas duvido. Os donos atuais ficariam com ações o suficiente para dominar o equilíbrio de poder, e nos certificaríamos de vender outra parte grande para amigos e aliados para ficar com o voto da maioria.

— É arriscado — diz Danny.

— E construir um hotel de luxo de um bilhão de dólares não é? — pergunta Dom. — Se vamos fazer isso, e ainda não estou convencido de que deveríamos, abrir o capital é o único jeito.

— É uma questão discutível — diz Jerry. — Stavros está comprometido com Winegard. E, pelo que ouvi, a mulher dele acha Vern maravilhoso.

— Certo, esse é o primeiro passo — diz Danny. — Se conseguirmos convencer Stavros a vender para nós, podemos construir meu hotel?

— Você vai abrir o capital?

Danny não gosta daquilo, nem um pouco.

Mas os rapazes do Missouri sabem mais do que eu, pensa ele. *Se eles dizem que é o único jeito, então é o único jeito.*

— Relutantemente.

— Quem vai abordar Stavros? — pergunta Jerry.

— Eu — diz Danny.

— Tem certeza de que é uma boa ideia?

— Stavros é amigo de um amigo — diz Danny. — Posso falar com ele.

— Certo — concorda Dom. — Mas o hotel, eu não gosto do nome.

— The Dream? — pergunta Danny. — Qual o problema com ele?

— É muito simples — diz Dom. — Não tem classe. Não tem o prestígio do que estamos visualizando.

— Concordo — diz Madeleine.

— Mas é o que é — diz Danny. — Um sonho.

— Claro — diz Dom. — Não sei, talvez se colocarmos em uma língua diferente. Algo em francês ou italiano.

— Como é "sonho" em italiano? — pergunta Danny.

Ninguém sabe. Danny interfona para Gloria e pede que ela descubra. Trinta segundos depois ela liga de volta.

— Il Sogno.

Ela soletra.

— Mesmo problema que Scheherazade — diz Jerry. — Ninguém vai saber pronunciar. Vão chamar de Sog-no.

— Não — diz Danny —, vai ter o apelo esnobe. As pessoas que estão por dentro vão saber pronunciar.

Ele testa o som. *Sô-nio*.

— Eu adorei — diz Danny.

Então The Dream se transforma em Il Sogno.

E Il Sogno se transforma no sonho.

Mas primeiro precisam convencer George Stavros.

QUINZE

George Stavros é tão grego quanto azeite.

É o que Pasco diz a Danny pelo telefone.

— Eu o conheci antes mesmo de ele vir para Vegas. A família é de Lowell, Massachusetts. Tem uma grande comunidade grega ali, eles trabalhavam nas fábricas. Meu velho fez umas apresentações de boxe lá. O pai dele tinha uma lanchonete, a gente se via.

Stavros foi para a Segunda Guerra Mundial, e depois não quis voltar para as fábricas ou a lanchonete. O comboio militar dele tinha parado em Vegas, ele gostou do que viu, então, quando sobreviveu a Iwo Jima e Okinawa, decidiu se estabelecer lá.

Abriu um restaurante, depois outro, então usou os dois para comprar um hotelzinho e o transformou em um sucesso. Quando veio o boom imobiliário, Stavros aproveitou.

— Ele tinha conexões? — pergunta Danny.

— Poucas — diz Pasco. — Não era membro, claro... ele é grego. Mas, com certeza, todo mundo estava querendo entrar em Las Vegas, nós precisávamos de fachadas, Stavros era um cara esperto, sabia o que estava fazendo.

— Você foi dono de uma parte?

— Se posso confiar na memória — diz Pasco. — Seu velho também.

Como um salmão nadando contra a corrente, pensa Danny. *De volta para o lugar onde fui gerado.*

— Escute — diz Pasco —, Stavros estava no jogo. Ele tolerava um certo montante de desvio, não reclamava, não abria a boca, deixava as garotas trabalharem desde que fossem discretas. Ainda faz isso, pelo que escuto. Ele esperou a hora certa: quando toda a merda federal veio abaixo, ele comprou a parte de todos os sócios ocultos, virou dono do lugar inteiro. Fez uma casa da moeda.

— Agora ele quer se aposentar — diz Danny.

— Sei como é — diz Pasco. — Estou tentando me aposentar há anos, mas com o desastre em Providence... Se todo mundo está no comando, ninguém está no comando, sabe o que quero dizer?

Danny sabe o que ele quer dizer, mas não poderia ligar menos para o que está acontecendo em Providence. Antes em sua vida, ele tinha seguido cada nuance como uma questão de sobrevivência. Agora, isso parece trivial. Agora, o que importa para ele é comprar o Lavinia.

Ele pesquisou a história do lugar.

Construído em 1958, era daquela geração clássica de hotéis de Las Vegas que deram à cidade sua reputação vibrante. Sinatra e o restante do Rat Pack tocavam e jogavam ali, assim como vários gângsteres e estrelas de cinema. Se você fosse para Las Vegas nos anos 1960, o Lavinia era obrigatório, mas começou a perder o brilho no fim da década. O Caesars Palace roubou parte do esplendor, então o Circus Circus e o Lavinia começaram a ser vistos como de segunda classe, um negócio cujo valor era, na maior parte, nostalgia.

Stavros resistia a qualquer mudança, não queria vender — nem para Howard Hughes, quando ele fez uma oferta —, mas também não investia dinheiro de verdade em uma reforma. O hotel ocupava sessenta acres de propriedade de primeira na Strip e ficava ali como uma velha senhora que se recusava a sair de casa, enquanto os novos hotéis se aproximavam pelo norte e pelo sul.

Mas o velho Stavros sabia o que estava fazendo, pensa Danny. Sabia que mesmo que o valor do prédio baixasse, o do terreno em que estava só aumentaria conforme o espaço na Strip ficasse cada vez mais escasso. Era um dos últimos hotéis de capital fechado na cidade, e Stavros se agarrava a ele com uma força feroz, pessoal.

Mas Winegard ofereceu a ele sobrevalorizados cem milhões, e Stavros finalmente está pronto para abrir mão do hotel.

— Como abordo Stavros? — pergunta Danny.

— Com *respeito* — diz Pasco. — Ele é da velha guarda. Sem papo furado e provocação, sem *cazzate*. Ele ama aquele hotel, é como um filho para ele. Você sabe como ele recebeu o nome, certo?

— Não, só achei que era esquisito.

— Bem, vou te contar uma história...

Danny está impaciente. Ele não precisa de outra história sobre os velhos tempos, ele precisa é de uma vantagem para persuadir Stavros a vender o hotel para ele.

Pasco escuta isso, mesmo pelo telefone. Então diz:

— Certo, você está com pressa. Só vou te dizer, não vá falar com Stavros de mãos abanando.

Jesus, obrigado, Pasco.

— O que posso levar que seja melhor que cem milhões?

— Bem, essa é a história que eu ia contar, você estava ocupado demais para ouvir — diz Pasco.

Danny escuta a história.

George Stavros ouve reclamações da mulher.

— Por que vai se encontrar com Danny Ryan? — pergunta ela. — Qual é o motivo? Já temos um acordo com Vern.

— O motivo é cortesia — diz Stavros.

Ele despeja água no *briki*, já cheio de café, e espia para ver se Zina está olhando. Ela não está, então ele coloca discretamente duas colheres de açúcar para deixar *glyko*, doce, o que ele não deveria fazer por causa do maldito diabetes.

— Ryan tem sido um bom vizinho. Devo a ele ao menos escutar o que tem a dizer.

— O que Vern vai pensar?

— Ele vai entender. — Stavros mexe a mistura enquanto ela aquece. Ele se abaixa e ajusta a chama do fogão para fogo baixo. — Quem sabe? Talvez Ryan não esteja vindo para fazer uma proposta. Talvez esteja vindo com outras preocupações.

Ele para de mexer quando o café está dissolvido. É o erro que muitas pessoas cometem, continuam mexendo. É uma questão de paciência, de esperar até que a espuma, a *kaimaki*, venha ao topo.

Zina não larga o osso. *É claro que não larga*, pensa Stavros, *é Zina. Não largou nenhum osso em 52 anos.*

— E se Ryan fizer uma proposta maior? — pergunta ela.

— Não vou aceitar — diz Stavros. — Vern nos ofereceu um bom acordo, nós aceitamos, fim da história.

— Ótimo — diz ela. — Você colocou açúcar nesse café?

— Eu tenho diabetes — diz Stavros, porque não quer mentir para a mulher. Ele observa o *briki* até que o café comece a ferver, então tira do fogo e desliga a boca.

Ele coloca o café em uma xícara pequena e dá um gole.

A mistura do doce e do amargo é requintada.

Muita gente chama de café turco, pensa Stavros, *mas isso é ridículo. Aqueles bárbaros não conseguiriam inventar a roda, muito menos café decente. Quase todas as coisas civilizadas saíram da Grécia.*

— Não poderia encontrar com ele no escritório? — pergunta Zina.

— Poderia — diz Stavros. — Não vou.

— Quando ele chega?

— A qualquer minuto.

— A qualquer *minuto*?! — diz Zina. — Imagino que você queira que eu sirva alguma coisa.

— Não sei.

— Você não sabe — diz Zina. — O que somos agora, animais? Tenho uns biscoitos, queijo...

— Não aqueles biscoitos para diabéticos — diz Stavros. — Têm gosto de terra.

— Sabe o que realmente tem gosto de terra? — pergunta ela. — A morte. A morte tem gosto de terra. Encontre o homem, dê uns biscoitos para ele e o mande embora.

— Esse era meu plano.

Ele não tem intenção de vender o Lavinia para Dan Ryan.

Ele vai vendê-lo para Vern Winegard.

DEZESSEIS

Vern Winegard é um homem grande com pele ruim.
As cicatrizes de acne da adolescência ainda marcam seu rosto e, alguns dizem, sua personalidade, que consegue ser defensiva e agressiva ao mesmo tempo.

Ele ria quando alguém tinha colhões de dizer isso a ele. Falava que a acne que o torturava em seus anos de escola era o menor dos problemas, bem mais benigna que o cinto do pai, a garrafa da mãe e a ferrugem assassina que, no ano do seu nascimento, matou todas as maçãs em sua terra natal, Apple Valley, Califórnia, jogando a cidade do deserto no declínio.

Vern seria o primeiro a dizer que não é um homem bonito, não foi um jovem bonito, não foi uma criança bonita. Nem era popular — um daqueles rapazes nerds solitários no ensino médio, que estava no clube do audiovisual, entrando com videocassetes, projetores de slides e televisões nas salas enquanto os outros meninos davam sorrisinhos maliciosos, as meninas o ignoravam e os professores o subestimavam.

Todos o subestimavam.

O pai tirava sarro dos "reparos" eternos dele no pequeno galpão no quintal quase todo de terra.

"O que você faz lá, bate punheta?"

"Não."

"Não", disse o pai. "Você só brinca com seus brinquedinhos."

Fios, equipamentos, placas de circuito.

"Eu devia te comprar umas *Playboys*", disse o pai. O filho não queria *Playboys*, queria fios, equipamentos e placas de circuito. Queria uma chave Phillips, alicates de ponta fina, um ferro de solda.

"Se quer essa merda, compre você mesmo."

Vern comprou.

O que Vern tinha — o que todo mundo deveria ter visto, mas não viu — era uma habilidade feroz, obstinada, de se concentrar. Ele simplesmente abaixava a cabeça e *trabalhava*. Primeiro na típica entrega de jornais, depois como ajudante na lanchonete local; então adicionou um emprego como frentista em um posto na estrada.

Aquilo comprou suas ferramentas, suas engenhocas. Quando se formou no oitavo ano — o pai não foi à formatura, e Vern desejava que a mãe também não tivesse ido —, pagou a mensalidade de uma escola técnica, onde conseguiu o certificado de engenharia elétrica aeronáutica.

Vern não queria voar de fato, queria fazer as coisas voarem. Então, quando olhasse para o céu e visse uma daquelas máquinas grandes e belas sobre a cabeça, poderia pensar: *Fiz isso fazer aquilo.*

Fiz isso voar.

Ele ganhou bastante dinheiro também, comprou um belo apartamentinho e um carro, mas ainda era aquele CDF solitário, o cara que fazia seu trabalho, fazia bem, e então ia para casa comer um jantar congelado, ver um pouco de televisão, fazer muitos experimentos.

Vern fez seu caminho de uma unidade mecânica de aviões até uma companhia de projetos de engenharia e, se perguntassem a qualquer um dos outros funcionários se um tal de Vern Winegard trabalhava ali, a resposta seria algo como "É, acho que sim".

O que nenhum deles via, o que *nenhum* deles via, era que Vern era a porra de um gênio.

Quando projetou um circuito elétrico especial que poderia abrir e fechar a porta de um jato ao pressionar um botão, então patenteou a invenção e a vendeu para todas as maiores produtoras de aeronaves na base dos royalties, a reação geral foi do tipo "Vern? Vern Winegard? *Aquele* cara?". Como quando os policiais encontram doze corpos dissecados no freezer de um solteirão e todos os vizinhos falaram sobre como ele era quieto.

A cada vez que a porta de um avião de carga abria ou fechava, Vern recebia sua parte.

Ele comprou o próprio avião de carga, e então uma frota de aviões de carga, e, em alguns anos, a Winegard Commercial Air distribuía mercadorias por toda a América do Norte. Quando amigos (engraçado, Vern tinha alguns agora) perguntavam se algum dia ele quisera entrar no negócio de aviões de passageiros, ele respondia: "Está brincando? Caixas não querem espaço para as pernas, café ou uísque demais. Nunca reclamam e você não precisa alimentá-las".

Vern sempre tinha preferido objetos a pessoas.

E por que não?

Por falar em coisas, Vern desenvolveu um apreço pelas melhores da vida — charutos cubanos, vinhos finos, comida gourmet. O cara que um dia se contentara com pratos de peru congelado agora ia almoçar nos melhores lugares que Imperial Valley tinha para oferecer.

E carros — comprou Cadillacs e Corvettes, e foi em um desses últimos que dirigiu para Las Vegas pela primeira vez.

O que foi uma revelação, a I-15 como a estrada para Damasco.

Vern estava ganhando milhões com as pessoas apertando botões. Cada vez que alguém apertava o botão da porta de um avião de carga, o dinheiro ia para a mão dele. Então ele foi para Las Vegas e o que viu?

Milhares de pessoas apertando botões, puxando alavancas — a cada vez que faziam isso, outras pessoas ganhavam dinheiro.

Donos de cassino.

Como engenheiro elétrico, Vern sempre se espantava com um sistema *projetado* para que as pessoas fizessem uma atividade na qual sabiam que iam por fim perder, mas iam em frente mesmo assim. Vern deu uma olhada nos hotéis e cassinos e viu que não eram construídos porque os clientes ganhavam. Eles perdiam e perdiam e continuavam apertando e puxando, e Vern queria fazer parte daquilo, então pegou alguns milhões e comprou um lugar barato na rua Freemont, a norte da Strip.

O lugar era um pardieiro — carpetes manchados e puídos, papel de parede desbotado, comida ruim (mas barata), serviço indiferente... *e as pessoas continuavam indo mesmo assim.* Não importava; os clientes entravam para apertar os botões, puxar as alavancas e perder dinheiro.

Vern trouxe mais máquinas.

Mais pessoas vieram.

Não os endinheirados, não os grandes que arriscavam milhões no bacará, não os asiáticos que voavam para suítes cortesia ou os xeques árabes do petróleo, mas homens e mulheres trabalhadores médios, ali para uma emoção marota cheia de culpa e a chance, apenas a chance, de vencer um sistema que os moía por toda a vida. E quando perdiam, como quase sempre acontecia, quase se sentiam bem, porque aquilo só confirmava a visão de mundo de que o jogo da vida era manipulado e que as probabilidades estavam contra eles.

Como, é claro, estavam.

Vern teve uma ideia genial.

Ele deu a eles uma chance maior, "soltou" as máquinas para fazer com que pagassem mais e com mais frequência.

Mais gente veio e ele ganhou mais dinheiro.

Ganhou tanto dinheiro que conseguiu se esquecer do pai com seu cinto em movimento e da mãe que o abandonara por Jack e Johnny e da cidade triste com pomares mortos.

E das cicatrizes de acne.

O que Vern descobriu foi que *agora* as mulheres queriam trepar com ele. Não só as meninas da noite (embora legiões delas quisessem), mas mulheres bonitas comuns, com pernas longas, peitos grandes e rosto de estrela de cinema, atraídas por dinheiro e poder. Agora ele não precisava de *Playboys*, ele tinha Coelhinhas e garotas da Penthouse de verdade.

Vern mais tarde admitiria que ficou meio louco naqueles anos, quando todo mundo estava cheirando pó e trepando, e confessou que fodia com qualquer coisa que se mexesse e talvez até mesmo com algumas que não se mexessem.

Ficou cansado daquilo.

Entediado.

Casou-se com Dawn, modelo em uma das feiras de automóveis, e sossegou. Tiveram um filho que chamaram de Bryce.

Aqueles eram também os últimos dias da máfia, quando Lefty e Tony, the Ant, ainda tinham poder, quando os desvios seguiam das salas de contagem para Chicago, Kansas City, Detroit e Milwaukee.

Mas não do negócio de Vern.

Os mafiosos vieram falar com ele, mas Vern pensou em um acordo. Eles ficavam fora da operação de jogos, mas daria a eles os contratos de lavanderia e comida.

Sim, certo. Era razoável.

Da parte de Vern, era uma ação de atraso. Ele sabia que os dias do crime organizado estavam contados, que uma máquina maior, mais bem projetada, estava chegando — o mundo das corporações e dos bancos de investimento.

Vern comprou outro cassino, e depois outro. Juntou um grupo de investidores para criar o Grupo Winegard e demoliu um dos hotéis para construir um novo na ponta norte da Strip. Ainda um cassino barato, mas um cassino barato maior e melhor, com um tema para atrair americanos comuns.

"Do que as pessoas gostam?", perguntou aos parceiros.

"Atrações de parque de diversão", ele respondeu.

"Gostam de atrações de parques de diversão.

Ficam de pé a porra do dia inteiro no calor na Disneylândia, Disney World ou Six Flags para serem amarradas em um assento e ficarem apavoradas. Saem tremendo e vomitando, e voltam diretamente para a fila para fazer tudo de novo.

De que mais os americanos gostam?

De comer porcaria.

Quanto mais gordura, mais açúcar, melhor.

E jogos.

Qualquer coisa em que possam ganhar algum prêmio barato de merda, desde que ganhem alguma coisa."

Ele batizou seu novo hotel de State Fair e o encheu de montanhas-russas e um saguão que parecia a rua principal da feira, com barraquinhas de comida vendendo cachorro-quente, algodão doce, massa frita, bolinho de chocolate frito. Jogos de quermesse, como derrubar garrafas, atirar com pistolas de água em cavalinhos de corrida de plástico, toda aquela merda alegre. Ele tinha pregoeiros, gente andando em pernas de pau, garçonetes vestidas como filhas de fazendeiro, com um ar excitante de inocência e um toque de promiscuidade.

E caça-níqueis.

Tantos caça-níqueis.

Ele tinha mesas de pôquer, é claro, 21, roleta, todos os jogos de ponta, mas a maior parte do espaço era cedida a máquinas caça-níqueis, assim as pessoas podiam apertar botões, puxar alavancas e doar seu dinheiro.

Vern conhecia seu mercado.

Então o Grupo Winegard deu outro passo ao sul da Strip e construiu o Riverboat, que parecia exatamente um barco a vapor gigante, com uma buzina profunda que soava de hora em hora, banjo sendo tocado incessantemente no deque, mas ótimos shows country e western no teatro de dois mil lugares no porão.

A América vinha em revoada para os hotéis Winegard.

Eram versões idealizadas da melhor imagem de si — Disney sem as filas, quermesses sem os shows de quinta. Cabiam no bolso e eram atraentes para a classe média, sem apelo esnobe desencorajador; a comida era conhecida e barata.

Vern Winegard se tornava rapidamente o Rei de Las Vegas.

Mas, assim que estava terminando o Riverboat, um moleque novo chegou à cidade. Dan Ryan e seu Grupo Tara transformaram o Scheherazade, que ia ladeira abaixo, no próspero Casablanca. Justo — os recém-chegados tinham feito um bom trabalho. Mas então eles foram para o norte e construíram o fenômeno que se transformou no Shores.

Conforme o Grupo Winegard ia para o sul, o Grupo Tara ia para o norte, e agora o que há entre eles é o espaço vazio, o terreno baldio que era o velho Lavinia.

Mais do que apenas uma competição entre dois negócios, a rivalidade demonstrava visões opostas.

É uma generalização, mas basicamente o Grupo Winegard representa o interior dos Estados Unidos, os pequenos apostadores, os jogadores das máquinas atraídos por um tema fácil, amigável. O Grupo Tara, de Ryan, representa os mais ricos, os grandes apostadores, que vêm para quartos de luxo, refeições gourmet e jogos de mesa.

Novamente, a questão milenar — você quer mais fregueses que gastem menos ou menos fregueses que gastem mais? Cada grupo tem seu modelo de negócios que funciona bem para eles.

Dan e Vern concordam — falaram sobre isso várias vezes — que as duas visões não são tão conflitantes quanto complementares, já que juntas cobrem uma grande parte do mercado e trazem mais turistas para a cidade. Um hóspede num dos hotéis do Tara poderia querer uma mudança de cenário e passar umas horas em um estabelecimento do Winegard; um freguês do Winegard poderia querer esbanjar um pouco e ir para um hotel do Tara.

Vern Winegard e Dom Rinaldi já apareceram juntos em entrevistas coletivas e eventos promocionais, negando a rivalidade que a mídia amaria inflamar, passando a mesma mensagem com disciplina e tato — ambos têm espaço. Ambos são *necessários*. São rivais amigáveis, parceiros na grande Las Vegas.

Exceto que Vern está prestes a se tornar o parceiro dominante.

Vai comprar o Lavinia.

O Grupo Winegard está para fechar a compra do espaço. Vão erguer um mega-hotel que vai impedir o Tara de se expandir mais e se estabelecer como o centro de poder na Strip.

DEZESSETE

Marie Bouchard está sentada sozinha no bar do Hotel Providence Baltimore, segurando um uísque escocês com gelo, que ela estritamente disse ao bartender que não deveria flutuar.

Precisa da bebida, está se preparando para o julgamento de Peter Moretti Jr.

O uísque desce de forma agradável quando Tony Sousa subitamente se acomoda no banquinho ao lado dela. O advogado é um homem baixo, em forma, com cabelo branco encaracolado e um bigodinho bem arrumado.

— Marie, Marie.

— Tony.

— Vou beber o que ela está bebendo — diz Tony. — Então, Marie, como está o lance do processo?

Marie sabe por que ele está ali.

— Você viu minha lista de testemunhas.

— Pasco Ferri?

— Peter Jr. foi conversar com Ferri antes e depois dos assassinatos — diz Marie. — Preciso chamá-lo.

— Seu investigador colheu uma declaração juramentada — responde Tony. — Por que não ler a transcrição?

— Não é a mesma coisa — diz Marie. — E Bruce vai exigir uma oportunidade de questioná-lo.

— Talvez não — diz Tony. — Ele pode querer um acordo.

— Rhode Island. — Marie balança a cabeça. — Ferri mandou Bruce com o objetivo de fazer um acordo para o garoto, assim ele não precisaria depor. Não gaste saliva, Tony, nós dois sabemos o que aconteceu.

Bruce não fez o acordo, Ferri paga a conta de qualquer jeito. Quer saber minha teoria?

— Estou aqui.

— Pasco se sente culpado — diz Marie. — Peter Jr. foi procurá-lo. "Vinnie Calfo matou meu pai. O que eu deveria fazer?" Pasco deu uma de velha guarda com ele, deu sinal verde, o garoto pensa que é Michael Corleone e vai matar Vinnie. Fica tomado pela adrenalina e mata a mãe também. Agora Pasco está olhando para as portas peroladas do céu abrindo-se para ele e sente culpa. Tenta salvar o garoto que empurrou pela porta.

— Ele está velho — diz Tony. — Não está bem. Posso conseguir uma declaração médica afirmando que está doente demais para viajar. Posso te atravancar por semanas, talvez você nunca consiga falar com ele.

— Vou chamá-lo, Tony.

— Por que quer fazer inimigos, Marie? — pergunta Tony. — Há muita gente que não quer vê-la numa pescaria, tentando encontrar algo com Pasco como testemunha. Você tem um futuro na política. Poderia ter, de qualquer jeito…

— Se eu jogar o jogo.

— Se limitar seu campo de inquérito — diz Tony. — O júri já vai saber quem foi Vinnie Calfo, não precisa fazer Pasco estabelecer isso. Só foque no que aconteceu naquela noite, coloque-o lá, tire-o de lá, e vá fazer amigos.

— O que te faz pensar que eu quero amigos? — diz Marie.

— Todo mundo precisa de amigos — responde Tony. — Até você. Pasco gosta de você, ele te respeita. Se prometer limitar sua inquirição, posso trazê-lo sem briga. Se não, aperte o cinto.

Marie termina a bebida.

— Não estou procurando rediscutir cada julgamento da máfia na Nova Inglaterra. Não estou procurando encurralar Ferri numa armadilha de perjúrio. Só quero o testemunho verdadeiro do que Peter Moretti disse a ele.

— Tenho sua palavra.

— Uma freira mentiria?

— Elas mentiam em *A noviça rebelde* — diz Tony.

— Eu não sei cantar — diz Marie.

Tampouco sabe voar.

DEZOITO

Os biscoitos — *melomakarona* feitos com mel, azeite, nozes e açúcar — estão deliciosos.

Danny certifica-se de comer dois, para mostrar que gosta deles. Ele não liga muito para azeitonas, mas come uma de qualquer modo, para não ser mal-educado.

Stavros está sentado de frente para ele do outro lado da mesinha de café da sala da família. Zina o encontrou na porta para cumprimentá-lo. Ele deu a ela o buquê que trouxe, jogaram conversa fora por um minuto e então ela desapareceu discretamente.

— Foi uma festa e tanto na sua casa outro dia — diz Stavros.

— Fiquei feliz por você ter conseguido ir.

— Eu não teria perdido — diz Stavros. Ele pega outro biscoito. — Não conte para Zina.

— Seus segredos estão seguros comigo.

— Dan — diz Stavros —, não quero desperdiçar meu tempo ou o seu. Se está vindo com uma proposta para o Lavinia, já aceitei uma de Vern. Obrigado por seu interesse, fico lisonjeado, mas esse trem já passou.

— E se nós fizermos uma proposta melhor?

— Novamente, obrigado — diz Stavros. — Mas dinheiro não é o meu problema na vida. Eu me saí bem, graças a Deus. Minha palavra significa mais para mim que dinheiro. Minha resposta ainda precisa ser um não.

Então, pensa Danny, *agora preciso ir aonde não queria. Não, você não precisa, poderia apenas se levantar, apertar a mão dele e esquecer da coisa toda. É o que você provavelmente deveria fazer.* Em vez disso, ele diz:

— Pasco Ferri me pediu para mandar lembranças.

Uma sombra cai sobre o rosto de Stavros.

— Como está Pasco?

— Ele me contou uma velha história.

A história é do fim dos anos 1950, quando Stavros tinha só um hotelzinho. Um gângster menor chamado Benny Luna foi extorquir dinheiro de proteção dele.

Stavros o mandou se foder.

Stavros e Zina tinham só uma filha, uma menina chamada Lavinia. Uma criança linda, com cabelo preto vistoso, tão grosso que Zina uma vez tinha quebrado uma tesoura tentando cortá-lo.

Ela era a luz da vida de Stavros.

Naquele tempo, eles moravam em um apartamento nos fundos do hotel — frugal, economizando —, e Lavinia simplesmente amava ficar na cozinha. Aos sete anos, ela se deleitava ajudando a mãe a cozinhar, e às vezes saía da cama quando os pais estavam dormindo e se esgueirava até a cozinha para brincar de ser mamãe.

A bomba incendiária entrou pela janela da cozinha. Tocou fogo no cabelo preto grosso da menina. Quando Stavros ouviu os gritos, sentiu o cheiro da fumaça e abriu caminho entre as chamas, mas era tarde demais.

"Já notou que Stavros nunca usa manga curta?", perguntou Pasco a Danny. "É por isso. As cicatrizes."

Stavros e Zina jamais superaram aquilo.

Quem conseguiria?, pensa Danny.

Jamais tiveram outro filho.

A polícia nunca pegou o incendiário.

Porque Pasco Ferri o pegou antes.

Ele e Marty Ryan levaram Benny Luna até o meio do deserto. Stavros estava com eles. Fizeram Benny cavar a própria cova. Bem funda. O suficiente para ficar de pé. Eles o amarraram e o jogaram lá dentro. Então Marty derramou gasolina aos pés de Benny.

Stavros acendeu o fósforo.

— Não estou dizendo isso para te chantagear — diz Danny. — A conversa termina aqui. Só quero lembrar que Pasco jamais te pediu nada em troca. E não está pedindo agora. Ele sabe quem você é, sabe que você vai fazer a coisa certa.

Danny fica de pé.

— Obrigado por seu tempo. Por favor agradeça a Zina pela hospitalidade. Nossa proposta é de cem milhões, o mesmo que a de Vern. Vamos doar outros dez milhões para financiar a Unidade de Queimados Lavinia Stavros no Hospital Infantil. Não precisa me acompanhar até a porta.

Danny sai para o sol forte do deserto.

Stavros vai até o andar de cima, onde Zina descansa, no quarto.

Ele diz a ela que vai vender o Lavinia para Dan Ryan.

PARTE DOIS

AS POTÊNCIAS DO INFERNO
LAS VEGAS
1997

"Já que no céu nada alcanço, recorro às potências do Inferno!"

VIRGÍLIO, *ENEIDA*, LIVRO VII

DEZENOVE

Danny começa a subir o rochedo íngreme.

Aquilo o enche de medo, mas não tanto quanto a visão do filho de dez anos na frente dele, correndo pela trilha a toda velocidade, aparentemente destemido.

Ou apenas ignorante, pensa Danny.

As crianças não sabem sobre a vida, acham que são indestrutíveis.

Mas Danny tomou todas as precauções. O menino está encouraçado como um cavaleiro medieval — capacete, proteção nos ombros, cotovelos e joelhos. Ele reclamou bastante, mas Danny se manteve firme — sem equipamento de proteção, sem passeio.

Para evitar as acusações hipócritas do filho, Danny usa a mesma proteção e sente-se ridículo. Mas, principalmente, sente calor. Talvez julho não fosse a melhor época para uma viagem de bicicleta por estradas de terra no sul de Utah, mas é o tempo que Danny tem. E, além disso, terra e suor são palavras-chave nessa viagem, e Ian tem estado em êxtase pelos três dias desde que partiram.

Não é só andar de bicicleta. Ian adora, claro, mas também é o tempo sozinho com o pai, algo que não recebe o suficiente.

Tem sido ótimo.

Saíram de Las Vegas, atravessaram o Parque Nacional Zion e passaram a primeira noite no chalé deles em Duck Creek. Levantaram cedo, comeram ovos, panquecas e bacon no café da manhã e foram até Torrey para pedalar nas trilhas de Escalante. Naquela noite jantaram imensos cheeseburguers gordurosos e fizeram a mesma coisa no dia seguinte.

Então tomaram estradas secundárias com destino a Moab para experimentar as trilhas do lado de fora do Parque Nacional dos Arcos.

Danny e Ian não conversam muito durante os passeios de bicicleta — é muito difícil, e normalmente Ian vai na frente de Danny. Mas nas viagens de carro e durante as refeições, Ian vem sendo — aos olhos de Danny, de qualquer modo — surpreendentemente comunicativo.

Em especial, ele surpreendeu Danny na estrada a leste de Torrey, quando perguntou de súbito: "Como era a mamãe?".

Danny pensou por uns segundos e então disse: "Engraçada. Durona. Forte. Muito amorosa".

"Eu não me lembro dela."

"Não, você não conseguiria", disse Danny. "Você era só um bebê quando ela morreu."

"De câncer, certo?"

"Isso."

Ian ficou quieto por um minuto, então perguntou:

"Se ela tivesse ficado viva, acha que vocês ainda seriam casados?"

"Sem dúvida. Por quê?"

Ian deu de ombros.

"Muitas crianças na escola... a maioria das crianças na escola... os pais são divorciados."

"É uma pena."

"Acho que sim, mas..."

"Elas ao menos têm os dois pais?", perguntou Danny.

"Algo assim", disse Ian.

"Você teve azar nesse ponto", diz Danny. "Sem dúvida."

"Você já pensou em se casar de novo?"

"Talvez uma vez."

"Mas aí a Diane morreu, certo?", perguntou Ian.

Danny ficou surpreso novamente. Ian tinha idade, na época, para talvez se recordar de Diane.

"Certo."

"Você amava ela?"

"Amava."

"Igual amava a mamãe?"

"Não sei", respondeu Danny. "Não, diferente, acho. Não acho que se possa amar pessoas diferentes do mesmo jeito."

Aquilo pareceu satisfazer o menino.

Mas, no dia seguinte, fizeram uma parada para almoçar na trilha — sanduíches e barras de granola que Danny tinha enfiado em uma mochila leve. Estavam sentados num cume, com outros cumes vermelhos, cânions profundos e pináculos à vista diante deles. Era um espaço aberto bonito, sereno e quase espiritual.

Ian disse:

"Pai, no outro dia, na minha festa…"

Ele parecia desconfortável, hesitante.

"… o que o tio Kevin disse…"

"Você não estava lá."

"As pessoas comentaram."

"Que pessoas?", perguntou Danny. "Quem?"

Ele pôde se ouvir entrando na defensiva.

"Crianças", disse Ian.

"O tio Kevin bebeu demais", disse Danny.

Fazia tempo que ele temia aquele momento, tinha tido alguma esperança de que jamais fosse acontecer, mas ali estava, e queria adiá-lo só mais um pouco.

"É, eu sei", disse Ian. "Mas ele estava falando alguma coisa sobre a gente fugindo de Rhode Island, de onde você tinha tirado seu dinheiro… Umas crianças falaram que os pais deles disseram que você era tipo um gângster."

Então aqui está, pensou Danny.

Aqui está o momento.

Eu poderia despistar, mas não é justo com o menino. Não é justo comigo, também.

Todo pai quer ser admirado pelo filho, especialmente se for menino. Você quer ser um exemplo, quer que ele pense que você é perfeito. Então dói para diabo, é assustador, admitir que não é. Você não quer que ele fique desapontado com você.

Mas se não fizer isso, pensa Danny, *você o desaponta de qualquer jeito. Talvez até mais, porque ele vai descobrir que você é um falso, um mentiroso. Vai se perguntar se qualquer coisa que você diz a ele é verdade.*

Então Danny disse: "Ian, muito tempo atrás fiz umas coisas das quais não orgulho. Se isso fez de mim um gângster, certo, acho que pode me chamar de gângster. Mas isso foi naquela época, não agora".

Mas não é?, pensa Danny agora enquanto desce a ladeira. *Você não trouxe tudo aquilo de volta, usando uma coisa terrível que seu pai e Pasco fizeram para convencer George Stavros a lhe vender o hotel?*

Algum dia contaria isso para o filho?

Ian pareceu aceitar a explicação, mas perguntou:

"Nós realmente fugimos de Rhode Island? Quer dizer, por quê?"

"Umas pessoas queriam me matar."

"Ainda querem te matar?"

Ele pareceu preocupado.

"Não", disse Danny. "Aqueles dias acabaram, Ian, prometo. Você não tem nada com que se preocupar."

"Tá bom."

"Se alguma coisa acontecer comigo", disse Danny, "vai ser por cair da maldita bicicleta."

Ian riu.

Agora, Danny segura o guidão com força, chega ao pé da encosta sem quebrar o pescoço, faz a bicicleta derrapar e para.

Ian para, vira para ele e sorri.

— Você conseguiu!

— Estava duvidando?

— Estava!

— Então somos dois!

Eles pedalam por Moab por mais dois dias, ficando em um hotel modesto na cidade (Danny acha a falta de luxo um alívio) e comendo hambúrgueres ou tacos em restaurantes locais ou pontos de fast-food. Na última noite, estão sentados no carro devorando um Taco Bell quando Ian pergunta:

— O avião vai chegar amanhã?

— Vai.

Danny manteve a palavra. Como o voo de Moab para Las Vegas é ridiculamente curto, ele prometeu a Ian uma volta no jato corporativo.

— Será que ele pode não vir? — pergunta Ian.

— Como assim?

— Estou meio que gostando de andar de carro — diz Ian. — Talvez a gente pudesse simplesmente voltar de carro para casa?

Não é o ideal.

Danny precisa voltar porque em dois dias o Tara vai abrir o capital, com sua primeira oferta pública de ações. Um grande momento, que vai decidir se pode realizar seu sonho.

As últimas semanas não correram exatamente como esperado.

De um jeito bom.

O almoço para arrecadar fundos de Barry Levine foi perfeito. Conseguiu um milhão de dólares e um discreto *quid pro quo* no qual o imposto de quatro por cento foi considerado um tipo de gafe prematura de um ex-funcionário ansioso demais, e não haveria intimações da comissão.

Então Danny pôde respirar mais aliviado a respeito daquilo.

O mesmo aconteceu com a repercussão do anúncio de George Stavros de que ele venderia o Lavinia para o Grupo Tara.

A reação de Winegard foi surpreendentemente contida. Respondendo a questões de repórteres, ele disse que é claro que estava desapontado, mas que George Stavros mais do que tinha conquistado o direito de decidir os termos de distrato dele. Desejou sorte ao Grupo Tara e prometeu ser um bom vizinho.

Danny esperava aquele tipo de resposta pública, mas não o que ouviu a respeito da reação pessoal de Vern. Achava que Winegard teria um ataque de raiva, mas pessoas que o conheciam bem disseram que era mais um desapontamento e que ele tinha dito: "A ala do hospital. Eu deveria ter pensado nisso".

Então, o medo de surgir uma guerra com o Grupo Winegard parecia infundado.

A outra surpresa agradável foi a reação do público à notícia de que o Tara abriria o capital. Embora Danny e os sócios estivessem esperando que fosse positiva, não estavam preparados para o entusiasmo que irrompeu quando fizeram o anúncio.

A imprensa de jogos ficou especialmente entusiasmada, mencionando o histórico do Tara na recuperação dos negócios do Casablanca e seu feito incrível com o Shores, citando as margens de lucro sem precedentes em um período tão curto.

Análises de bancos e fundos de hedge foram positivas da mesma maneira, e Dom estava dizendo que eles poderiam facilmente aumentar os preços das ações a serem oferecidas enquanto mantinham uma porção maior para eles mesmos.

São todas boas notícias, mas ainda assim não é o melhor momento para Danny ficar uma semana longe — ele tem sido disciplinado em relação a não atender o celular, mesmo em áreas em que ele de fato funciona —, muito menos tirar um dia a mais.

Mas quantas vezes uma criança diz que preferiria passar um longo dia no carro com o pai, comendo porcaria em lanchonetes e postos de gasolina, a voar em um jato particular?

Quantas vezes seu filho quer fazer uma viagem de carro com você?

— Certo — diz Danny —, posso telefonar, dizer para o jato ficar lá. Mas você tem certeza?

— Tenho certeza.

De volta ao hotelzinho, Danny telefona e cancela o jato. Ele e Ian assistem a programas ruins de TV por um tempo, então vão dormir. Na manhã seguinte, levantam, tomam café e entram no carro para a viagem de volta.

Danny segue pelas estradas mais longas, mais demoradas — a rota cênica —, o que leva nove horas.

É um dos melhores dias da vida dele.

VINTE

Regina Moneta, a subdiretora nacional do FBI para o crime organizado, voa para Las Vegas.

Não vai à cidade para jogar, beber, ver um espetáculo ou se deitar no sol. Não está ali para um casamento, uma despedida de solteira ou uma convenção.

Reggie está ali com um só propósito.

Derrubar Danny Ryan.

O Grupo Tara pode até ser a estrela do negócio de jogos e do mundo financeiro, o anúncio de uma nova ala em um hospital infantil pode até transformá-lo em um filantropo amado na cidade, o sucesso dele com os cassinos pode até torná-lo um queridinho local, mas para Reggie ele não é mais que um mafioso, um marginal pomposo da Nova Inglaterra que acha que se livrou do passado como uma cobra troca de pele.

E talvez ele tenha se livrado, pensa Reggie ao entrar em um táxi. Porque o que mais a deixa furiosa a respeito de Ryan é que ele tem passe livre. Talvez seja a vaca poderosa da mãe dele mexendo os pauzinhos em Wall Street e em Washington, talvez seja o relacionamento obscuro dele com a comunidade da inteligência por causa de um favor que ele fez relacionado a um cartel de drogas, talvez seja o carisma lamentável, porém inegável, mas o mundo parece deixar Danny Boy Ryan se safar de qualquer coisa.

O Conselho de Controle de Jogos de Nevada fez vista grossa para as conexões dele com o crime organizado, a mesma mídia de tabloide que o rotulara de gângster e traficante de drogas quando ele estava saindo com uma estrela de cinema (que, com deliciosa ironia, morreu de overdose) desenvolveu amnésia seletiva, e agora uma comissão do Congresso que poderia ter arrancado o manto protetor dos ombros de Ryan está simplesmente numa missão de evitá-lo.

O pior de tudo, seu próprio departamento parece não dar a mínima para o fato de Ryan ser o provável assassino de um de seus agentes.

Todos dizem que é história antiga, passado, mas para Reggie o assassinato a tiros do agente Phillip Jardine em dezembro de 1988 ainda é uma ferida aberta. Ele foi amigo e amante dela — um bom cara, embora o departamento pareça ter aceitado rumores sem provas de que ele era corrupto, de que estava envolvido no roubo de quarenta quilos de heroína.

Então abafaram a coisa, varreram para baixo do tapete — como se Ryan ter deixado Phil morto em uma praia de inverno não tivesse importância. A reputação preciosa do departamento era prioridade.

Reggie fez esforços discretos para que Marie Bouchard reabrisse o caso, mas a promotora de Rhode Island havia demonstrado pouco interesse, obcecada como estava com o julgamento sensacionalista de Peter Moretti Jr.

Desde que matou Jardine, Ryan seguiu de vento em popa.

Reggie tem informações de confiança de que Ryan e sua equipe encenaram o roubo de um depósito de um cartel e saíram com quarenta milhões em dinheiro impossível de ser rastreado. Sabe que ele investiu um pouco da parte dele em um filme que fez sucesso e sem dúvida gerou mais dinheiro. O caso de Ryan com a atriz Diane Carson esteve em todos os programas de entretenimento da TV e nas revistas expostas nos caixas de supermercado. Danny Boy a abandonou, ela teve uma overdose, e Ryan saiu do radar por um tempo.

Então ele reapareceu como sócio oculto no Tara, sem posição oficial, mas ainda no controle, uma realidade que o Conselho de Controle de Jogos se recusa a reconhecer, que dirá tomar alguma atitude a respeito.

Reggie assistiu em fúria a Ryan comprar o velho Scheherazade e o transformar no sucesso que era o Casablanca e ficou ainda mais indignada quando ele apareceu com o milagre econômico que era o Shores e se transformou no queridinho da cidade.

E agora isso?

Comprar o Lavinia?

Com planos de construir um mega-hotel?

E abrir o capital?

Não, pensa Reggie.

Não.

Não se eu puder fazer qualquer coisa para impedir.

O problema é que ela não pode fazer nada declarado. Ryan ainda tem protetores poderosos em D.C. que deram a ela ordens para se afastar.

Ryan, disseram, é zona proibida.

É o que vamos ver, ela pensa.

Reggie pede ao táxi que a leve a um hotel no subúrbio de Henderson, e não ao escritório do FBI.

Jim Connelly já está no saguão, sentado em uma poltrona ao lado da janela. Ele se levanta ao ver Reggie entrar. Eles são um estudo sobre contrastes — ela, baixa, com uma robustez da metade dos quarenta em torno da cintura; ele, alto e incomumente magro, um pouco curvado, com sessenta e poucos, o cabelo um dia loiro desbotando para uma cor que só pode ser descrita como amarelo.

Os olhos azuis dele estão avermelhados.

Mas sempre estão, pensa Reggie enquanto se senta na frente dele. Sempre parece que Jim Connelly acabou de virar a noite bebendo, o que não é de fato o caso. Ela sabe que ele sofre de algum tipo de síndrome do olho seco, que foi exacerbada por seus anos morando no deserto.

Antes agente residente encarregado de La Vegas, ele se aposentou para aceitar um alto cargo de segurança no negócio dos cassinos, como fizeram vários agentes do FBI aposentados na cidade. Então agora Connelly é o chefe de segurança de todos os hotéis Winegard, um cargo alto com salário alto.

Que ele deve a Reggie Moneta.

Ela conseguiu para ele o trabalho de agente encarregado como preparação para uma aposentadoria confortável, fez uma recomendação brilhante para o pessoal do Winegard, embora a verdade fosse que, mesmo que Connelly tenha feito um ótimo trabalho, não fizera porra nenhuma em relação ao crime organizado.

O que não era incomum em Las Vegas.

Antes do começo dos anos 1980, o escritório aqui era uma piada, pensa Reggie. *Os agentes encarregados fechavam os olhos para a influência da máfia nos cassinos, sabendo que, se realmente fossem atrás deles, apenas fariam inimigos na* cidade e afetariam seus pacotes de benefícios de aposentadoria. Pior, os senadores e deputados que representavam Nevada estavam na mão do negócio de jogos e usavam seu poder em D.C. para sufocar qualquer investigação séria sobre os cassinos.

Joe Yablonsky mudou aquela cultura, indo atrás da máfia de modo severo e efetivo, e durante o tempo dele o crime organizado foi basicamente expulso da cidade, com a notável exceção das casas de strip-tease. Mas ele pisou no calo de muita gente de Las Vegas fazendo isso, e quando se aposentou, ninguém ali ou em D.C. o contratou.

Quando Connelly entrou, verificou as experiências de Yablonsky e não as repetiu. O predecessor tinha empunhado a vassoura que varrera Chicago, Kansas City e Detroit da cidade, e Connelly não sentiu a necessidade de pegá-la. Quando se aposentou, o Grupo Winegard ficou feliz em contratá-lo. Agora ele vira os olhos avermelhados para Reggie e pergunta:

— A que devo este prazer?

— Danny Ryan.

— Deus do céu, Reggie, você nunca vai largar esse osso?

— Não — diz Reggie. Ela encara Connelly por um longo momento. — Achei que Phil fosse seu amigo.

Ela havia escolhido Connelly deliberadamente na agência de Boston para o emprego em Las Vegas por aquele mesmo motivo.

— Ele era — responde Connelly.

— Então vai simplesmente deixar Ryan ficar com o dinheiro e os prêmios? — pergunta Reggie.

— O que eu deveria fazer?

— Acender uma fogueira debaixo do seu chefe — diz Reggie. — Jesus, Ryan acabou de roubar o Lavinia dele, e Winegard vai simplesmente aceitar isso sem fazer nada?

— É o que parece.

— Não.

Connelly ri.

— O que quer dizer com "não"? Ele é meu chefe, não sou chefe dele.

— Ele vai te escutar.

— Sabe quem Vern Winegard escuta? — pergunta Connelly. — Vern Winegard.

— Então ele tem ego, use isso — diz Reggie. — Também quero que o Conselho de Controle de Jogos comece uma investigação da licença de funcionário-chave de Ryan.

Qualquer um com um emprego importante em um cassino precisa ter uma licença de funcionário-chave para jogos de azar, que certifica que o funcionário não tem nada sério na ficha criminal, não tem laços com o crime organizado e não tem nenhum problema conhecido com jogatina ou drogas. Ryan, como diretor das operações hoteleiras do Grupo Tara, tem uma.

Danny Ryan é um poder nesta cidade, pensa Connelly, *o Grupo Tara é um poder. Se eu for contra eles e descobrirem, não há como saber de que modo vão agir. E se eu tentar dizer ao Vern o que ele deveria fazer?*

Ele vai me botar na rua.

Connelly se endireita na cadeira.

— Não posso fazer o que está me pedindo, Reggie.

— Eu consegui esse emprego pra você — fala Reggie. — É assim que me retribui?

— Pode me pedir qualquer outra coisa — diz Connelly.

— Estou te pedindo *isso*.

Connelly não quer ser ingrato, mas o fato é que ele não trabalha mais para Reggie Moneta, e não há nada que ela possa fazer contra ele. Ou *a favor* dele, aliás.

— Me desculpe, Reggie, não posso.

— Entendo — responde Reggie. — Você tem essa vida boa. Casa em bairro afastado, quatro quartos, dois banheiros e lavabo, piscina.

Connelly não diz nada. O que ele poderia dizer? Ela está certa.

— Isso tudo pode sumir — diz Reggie. — Você é um babaca ingrato e ganancioso, Jim. Você também é um babaca ingrato, ganancioso e *descuidado*.

Ela abre a bolsa, tira uma pasta fina e a coloca na mesinha à frente.

— Uma declaração juramentada de um jogador profissional chamado Stuart Alcesto. Ele vem contando cartas em todos os hotéis Winegard e você fechou os olhos em troca de uma parte. Ele foi preso com uma carga grande de cocaína e decidiu te entregar.

Connelly não lê a declaração. Não precisa. Já sabe o que há nela.

— Então — diz Reggie —, ou você vai até Winegard e o conselho para falar com eles sobre Ryan ou eu vou até eles falar sobre você. Você vai ser demitido, vai perder sua licença para jogos, vai ter sorte se virar cafetão de puta de vinte dólares em Atlantic City. Tchau, quatro quartos, tchau, dois banheiros e lavabo, tchau, piscina. Vai ser difícil contar para a sua mulher, né? Então essas são as suas duas opções, eu sei qual eu escolheria.

— Qualquer coisa que eu puder fazer para te ajudar, Reggie — diz Connelly —, sabe que vou fazer.

— Eu sei — responde Reggie. — Obrigada, Jimmy.

Reggie coloca a pasta de volta na bolsa e se levanta. Quanto mais rápido puder pegar um voo para ir embora dali, melhor.

Ela odeia esta cidade.

VINTE E UM

Jim Connelly é inteligente demais para ir diretamente a Vern e ser atingido por uma bala destinada ao mensageiro. Numa cidade cheia de fofoca, ele deixa o disse me disse fazer o trabalho. Começando no State Fair, ele diz ao gerente do cassino:

— Cara, Danny Ryan anda dizendo umas merdas brutais sobre o Vern.

— Quê?

— Você não ficou sabendo?

— Não.

— O que eu ouvi — diz Connelly — é que Ryan disse que ele passou a perna em Vern. Que fez ele de trouxa. Você sabe, a venda do Lavinia.

Ele conhece o homem, sabe que o cara vai espalhar aquilo pelo hotel inteiro antes do fim do turno.

Connelly fica mais agressivo no Riverboat. Enquanto bebe com o diretor de segurança, diz:

— Não acredito no que escutei sobre Dan Ryan. Sabe o que me disseram que ele falou?

Ele se inclina para a frente e olha em torno, como se para checar que ninguém está ouvindo. Então diz:

— Ouvi falar que Ryan disse que o Vern "ficou com a cara no chão" por causa do lance do Lavinia, mas que, com a cara que ele tem, isso seria uma coisa boa.

— Jesus. Ele falou isso?

— Foi o que eu ouvi.

— Vern ficou sabendo?

— Espero que não.

No dia seguinte, ele faz questão de "trombar" em Zina Stavros quando ela está saindo do encontro do Clube de Mulheres. Eles se conhecem há anos, então conversam o habitual. Até que Connelly fala:

— Zina, posso te fazer uma pergunta? O que aconteceu com a venda do Lavinia? O Vern achava que tinha fechado o negócio.

— Não sei — diz ela. — George só comentou que mudou de ideia e que não queria falar sobre isso. Você sabe como ele é. Por quê?

— As pessoas andam falando.

— Falando o quê?

— Você não vai querer saber.

— Me conte, Jim.

Connelly conta relutantemente que a cidade está falando de como George foi enganado por Dan Ryan, que ele traiu seu velho amigo Vern, descumpriu a própria palavra.

— Meu marido é um homem que cumpre a palavra — diz Zina.

Connelly dá de ombros. Tipo, "aparentemente não".

Zina vai direto para casa e diz ao marido o que andam falando.

— Não ligo para o que as pessoas falam — diz George. — Deixe que falem.

— Mas é nosso bom nome — responde Zina. — E você não vai acreditar nas coisas horríveis que Dan falou do Vern. Disse que ele ficou de cara no chão, e que isso provavelmente era uma coisa boa.

— Onde você escutou isso?

— Estavam falando por todo o Clube das Mulheres.

— Papagaiada.

— Por quê, George?

— Por que o quê? — Embora ele saiba muito bem.

— Por que vai vender para Dan Ryan em vez de Vern? — pergunta Zina.

George se levanta do banquinho alto no balcão da cozinha e vai até a geladeira. Enquanto procura alguma coisa para comer, pergunta:

— Há quanto tempo somos casados?

— Você sabe que são 57 anos.

— E por 57 anos — diz George, pegando uma metade de sanduíche de atum embrulhado em plástico —, funcionou muito bem comigo tomando conta dos negócios e você tomando conta da casa. Eu te perguntei por que comprou um sofá azul em vez de vermelho? Perguntei se a sala realmente precisava de um tapete novo?

— Isso não é um tapete ou um sofá.

Ele se vira para ela.

— Zina, acredite em mim, confie em mim. Há coisas que você não quer saber.

Assim como há coisas das quais ele gostaria de não se lembrar.

Vern fica sabendo.

Andando pelo chão do State Fair, ele escuta uma garçonete dizer:

— ... ficou com a cara no chão, o que não é lá muita perda.

O crupiê ri.

Vern para.

— O que foi isso?

— Nada, sr. Winegard. — A garçonete parece apavorada.

— Não, deve ser algo engraçado — diz Vern. — Eu ficaria feliz em dar uma gargalhada hoje. O que era?

Porque ele já sabe do comentário de Ryan.

A cidade inteira sabe.

Mas escutar em seu próprio hotel...

— Não foi nada, senhor.

— Alguma coisa sobre a minha cara? — pergunta Vern. — Vamos, pode me contar. Eu tenho espelho no banheiro.

Chocada, a garçonete apenas olha para ele.

O crupiê baixa os olhos para a mesa.

Vern sai para seu encontro semanal com Jim Connelly.

Agora ele está puto.

Ele vem ficando cada vez mais raivoso desde que Stavros disse que tinha mudado de ideia, mas tentou manter aquilo no plano dos negócios. Mas magoa, dói. Perder o Lavinia acabou com seus planos de expansão, acabou com seu status de Rei de Las Vegas. Aquela coroa vai para Danny Ryan, e ele não gosta nem um pouco disso.

É uma obviedade da vida americana que ninguém de fato supera o ensino médio. Ou foi o pico da vida da pessoa, que ela não vai conseguir alcançar de novo, e nesse caso o resto da existência é vivida como uma triste ladeira abaixo, ou foi uma provação dolorosa que ela só quer esquecer, mas não consegue.

Vern é um cara inteligente, tem consciência de que, em algum nível, sempre está tentando compensar — em alguns casos, compensar em excesso — ter sido o menino com acne, o "cara de pizza", o cara que nunca ficava com a menina, que nunca era nem considerado para rei do baile.

Ele pensava que, com seus milhões de dólares, com o fato de que muitos dos tipos que costumavam tirar sarro dele — ou pior, ignorá-lo — agora precisam cumprir suas ordens e, na verdade, puxar o saco a cada capricho seu, tinha deixado tudo aquilo para trás.

Certo, só que agora a coisa começa a se insinuar de novo.

Dan Ryan — bonito, carismático; na essência, o capitão, o quarterback, o menino popular de todo time — está tomando a coroa de Vern, recordando-o de que ele nunca foi e nunca será aquele cara.

No começo, foi como uma pontada. Agora se transformou em uma dor surda, um tormento nas entranhas.

Vern foi falar com Stavros e defendeu seu caso.

"Você quer uma ala de hospital? Eu construo uma ala de hospital para você. Eu construo um hospital inteiro se quiser".

"Agora que Ryan ofereceu."

"Nós tínhamos um acordo."

"Os contratos não estavam assinados", disse Stavros.

"Por quê?", perguntou Vern. "É o que eu quero saber."

"Gosto mais do que ele planeja fazer", disse George.

É claro que gosta, pensa Vern. *Os hotéis de Ryan são belos, elegantes. Os meus são cassinos baratos para a classe trabalhadora. Os dele são para os meninos legais, os meus são para os tipos do clube do audiovisual. Entendo.*

"O quê, aquele Dream?", perguntou Vern. "Fala sério."

Mas ele não conseguiu dobrá-lo. Velho teimoso. Então Vern deixaria aquilo para lá. O que mais ele deveria fazer?

Aí ele começou a ouvir os rumores. Sobre Ryan falando merda, tirando sarro dele, vangloriando-se de sua vitória. *Tudo bem*, pensou Vern. *Para ser sincero, eu provavelmente teria feito a mesma coisa.*

Mas aí aquilo sobre a cara dele.

Ele já ouviu todas as merdas de piada antes, viveu com elas desde a infância, embora tenha desenvolvido, por assim dizer, uma casca grossa.

Mas vindo de Ryan, depois do lance do Lavinia, aquilo o afeta.

Foda-se o Ryan.

Foda-se o sonho dele.

— Você ouviu toda aquela merda que o Ryan andou falando? — ele pergunta a Connelly.

— Queria dar um soco na boca dele — diz Connelly.

Quando Vern não responde, ele continua:

— Ou acertar onde realmente dói.

— Do que está falando?

— Tomar o Lavinia de volta.

— Esse trem já passou — diz Vern.

— Ryan é um gângster — diz Connelly. — Levou uma década para expulsar o crime organizado de Las Vegas, e agora vamos deixar eles tomarem tudo de novo? Você é o único que pode impedir.

— Dan não é um gângster — diz Vern.

Ele ouviu os boatos, todo mundo ouviu. Ouviu o que o bêbado na festa de Ryan disse e se arrepende da provocação que fez. A verdade é que é difícil para qualquer dono de cassino — quase todos empresários honestos — escapar da velha calúnia da máfia. *Ryan sempre se comportou de modo legítimo*, pensa Vern, *e se me venceu no Lavinia, isso ainda não é razão para manchar a reputação dele.*

— Você é bonzinho demais — diz Connelly. — É cavalheiro demais. Fala sério, ele estava ligado a Pasco Ferri. Saiu em todos os tabloides há uns anos.

— Tabloides.

— Mesmo assim — diz Connelly —, quem sabe que tipo de pressão ele fez sobre o Stavros? Olha, cá entre nós, os federais estão de olho em Ryan.

— De que merda você está falando?

— Se decidir tomar alguma atitude contra Ryan — diz Connelly —, você vai ter aliados.

— Que aliados?

— Talvez os federais.

— Chega de gracinha — diz Vern. — Você tem alguma coisa ou não tem?

Sem dar nomes, Connelly conta a ele sobre seu encontro com Reggie Moneta.

Deixa algumas coisas de fora.

— Não sei — responde Vern.

De qualquer jeito, é tarde demais, pensa. *O Grupo Tara é dono da propriedade.*

Mas, pensando bem, quem é dono do Grupo Tara?

VINTE E DOIS

Poderia ter acabado ali.

Com Vern matutando e depois deixando para lá. Poderia ter acabado ali, se não fosse pelo leilão beneficente.

Danny não quer ir.

Por vários motivos.

Um, ele odeia eventos de gala. São chatos pra caramba e uma perda de tempo. Em vez de sentar-se lá por horas e dar lances por coisas que não quer e não pode usar, ele poderia simplesmente fazer um cheque para o Fundo de Pesquisa de Câncer de Mama Rosa Blumenfeld.

Dois, leilões beneficentes não fazem nenhum sentido para ele. As pessoas doam coisas quando seria muito mais eficiente apenas dar o dinheiro. Comprar algo que você quer é realmente caridade? E a maioria das pessoas nas mesas pode comprar o que quiser, de qualquer modo. *Não,* pensa Danny, *eles querem ser vistos doando, querem que sua generosidade seja uma competição, um concurso de mijo filantrópico, uma demonstração de superioridade.*

Três, e mais importante, ele sabe que Winegard vai estar lá.

Normalmente não é grande coisa — ele esteve em dezenas de eventos do tipo com Vern e ambos faziam o jogo da rivalidade amigável de modo gentil, competindo por itens dos quais vão se livrar de qualquer jeito. Existe uma espécie de ritual entre eles, cada um deixando o outro ganhar alternadamente, fingindo desapontamento. Aquilo se transformou em um tipo de jogada ensaiada que a cidade espera e aprecia.

Agora estão esperando outra coisa.

Inimizade real.

Danny também soube das fofocas.

Dom entrou no escritório um dia e perguntou:

"Que merda você falou do Winegard?"

"Nada."

"Não foi o que escutei", disse Dom. "Fui jogar um pouco de raquetebol e a academia inteira estava dizendo que você andou esculachando o Vern."

"Isso parece algo que eu faria?"

"Não", disse Dom. "Por isso fiquei tão surpreso. Quer dizer, eu sei que você ficou puto com o que ele disse na sua festa..."

"Foda-se aquilo."

"... mas, Danny, fazer piada sobre a aparência do homem?"

"Do que você está falando?"

Jesus Cristo, pensou Danny enquanto Dom lhe contava tudo. *Alguém falou para alguém que alguém ouviu que eu tinha dito alguma coisa sobre a cara de Vern e agora, por repetição, a coisa se tornou um fato.*

"Vou falar com ele."

"Eu não falaria", disse Dom. "Pode piorar tudo. Eu só deixaria a coisa esfriar."

É, talvez, pensa Danny agora.

Talvez eu devesse falar com Vern diretamente, matar essa coisa, o que não significa que quero fazer isso na frente de um grande grupo de pessoas que espera algum tipo de confronto empolgante.

— Você precisa ir — diz Gloria.

Ela também escutou as fofocas. A porra da *cabelereira* dela estava falando daquilo. "O que seu chefe falou de Vern Winegard?" "Nada, o sr. Ryan não fala desse jeito." "Bem, eu escutei..." "Não me importo com o que você escutou."

— Eu deveria ficar em segundo plano — diz Ryan.

Mas a coisa espalhou, pensa Gloria. *E é um problema. Só que, se Dan evitar esse evento, vai dar credibilidade aos rumores.*

— Você é um funcionário do alto escalão do Grupo Tara — diz ela. — É em um de seus hotéis. É esperado que você vá, e é esperado que dê um lance. E é *black tie*, Danny.

— Melhor ainda.

— E melhor ainda se for com uma acompanhante.

— *Você* quer ir como minha acompanhante, Gloria? — pergunta Danny.

— O que meu marido ia pensar?

— Acredite em mim, ele ficaria aliviado.

Danny encontrou Trevor algumas vezes, e sabe que ele ficaria feliz em escapar dessa e ficar em casa com uma cerveja na mão e vendo um jogo na TV. Mas o Tara comprou cinco mesas, então ele vai precisar entrar numa roupa de gala e acompanhar Gloria no evento obedientemente.

— Você sabe onde está seu fraque? — pergunta Gloria.

— Não, porque você sabe.

— Você não precisa de uma acompanhante — diz Gloria —, precisa de uma esposa.

— Talvez eu possa dar um lance por uma hoje.

— Não precisa dar um lance — diz Gloria. — Você é o solteiro mais cobiçado da cidade. Pode ter qualquer mulher que quiser.

Eu tenho a mulher que quero, pensa Danny.

E Eden não vai chegar nem perto do leilão.

"É exatamente o tipo de coisa com a qual não quero lidar", ela disse quando ele mencionou o assunto.

"E se estiverem leiloando uma primeira edição de Jane Austen?"

"Estão?"

"Claro que não."

"Então é não mesmo", disse Eden. "Mas se acha que precisa levar uma acompanhante, fique à vontade."

"Não acho."

"As mulheres todas vão ficar assanhadas", disse Eden.

VINTE E TRÊS

O evento de gala é mais do mesmo.

Las Vegas exagerada, fora do normal.

Para começar, o mágico que vem esgotando a bilheteria dos teatros do Shores por dois anos faz um Lamborghini desaparecer. O modelo Diablo de dois lugares amarelo-vivo, avaliado em 250 mil dólares, estava sob um holofote no palco em um segundo, e no outro...

Sumiu.

— Como ele fez isso? — pergunta Ian.

Ele parece lindamente infeliz em seu fraque, com um orgulho secreto por estar tão arrumado naquela multidão sofisticada.

— Mágica — diz Danny.

— Merda nenhuma — diz Ian.

— Olha a boca — diz Madeleine. Ela está bem elegante sentada ao lado de seu acompanhante, um homem respeitável, na casa dos cinquenta, gay no armário, que Danny acha ser algum tipo de político.

Sob aplausos, o mágico anuncia:

— O Lamborghini só vai reaparecer no fim do leilão, quando algum vencedor de sorte fizer o lance mais alto!

O público, pensa Danny, *pode ser descrito com exatidão como "brilhante", considerando a prevalência de vestidos com lantejoulas, e há decotes suficientes para dar palpitações em uma tropa inteira de escoteiros.*

Danny volta para seu galeto, embora não entenda por que uma ave em miniatura impossível de cortar é considerada gourmet. Se você serve frango para as pessoas, elas reclamam porque serviu frango, mas se serve um frango pequeno e coloca um nome diferente, elas não sentem que foram mal servidas.

— Como está seu galeto? — pergunta Danny a Ian.

— Tem gosto de frango.

Danny está começando a amar de fato o garoto.

— No próximo jantar que dermos, sabe o que vai ser? Macarrão com queijo.

— Parece bem bom para mim — diz Ian. — Então, você vai comprar o Lambo?

— Não — diz Danny.

Para começar, meu pau ainda funciona, ele pensa. *Além disso, o plano é deixar Vern ficar com o carro. Entrar em uma disputa de lances com ele e perder. Winegard precisa sair desta noite sentindo que ganhou de mim em alguma coisa.*

— Ah, vai, pai — diz Ian. — Pode deixar na garagem até eu fazer dezesseis anos.

— É — diz Danny —, quando você fizer dezesseis anos, vai ganhar um Honda usado. Sabe qual era *meu* carro quando eu tinha dezesseis?

Ele aponta para o dedão.

Ian olha para ele sem entender. Danny se lembra de que ninguém mais pega carona, e se sente um idiota por ter apelado para o "quando eu tinha". De qualquer modo, essa coisa de dirigir ainda vai demorar um bom tempo, graças a Deus.

— Achei que você ia dizer que era um cavalo — fala Ian. — Entendeu? Sabe, porque você é velho?

— Engraçadinho. Menino engraçadinho.

— Eu acho. — Ian sorri.

Todas as pessoas de sempre estão ali — a maioria dos donos de hotéis, os altos executivos com as mulheres e famílias. O evento foi marcado para o começo da noite para que as crianças pudessem comparecer. Barry Levine está ali com a mulher e os filhos, Dom e Jerry com as famílias, Vern com Dawn e Bryce, que está quase do tamanho do pai.

Os olhos de Danny encontram os de Vern uma ou duas vezes, já que estão a apenas quatro mesas de distância, mas ambos desviam rapidamente o olhar.

Não é bom, pensa Danny. *Está na hora de acabar com isso*. Quando Vern se levanta, talvez para ir ao banheiro, Danny vê uma oportunidade.

— Volto em um minuto.

Ele alcança Winegard no saguão.

— Vern, uma palavra.

Vern se vira.

— Não acha que já disse palavras demais?

— Não sei o que você ouviu — diz Danny. — Só posso falar do que *eu* escutei, e, Vern, eu não disse nada daquelas coisas.

— Ouvi de uma boa fonte.

— Você conhece esta cidade — diz Danny. — É um jogo de telefone sem fio o dia inteiro, e...

— Primeiro você quebra minhas pernas no Lavinia...

— Aquilo foi negócio.

É, foi negócio, pensa Danny. *Mas seja franco, você jogou sujo.*

— E aí você sai por aí dizendo que me passou a perna? — pergunta Vern. — Que eu sou sua cadela?

— Eu nunca disse...

— O que você *disse*, então?

— Nada.

Vern não responde. Danny percebe que ele está pensando na questão, talvez até queira acreditar nele.

— Não tenho nada além de respeito por você — diz Danny. — Como empresário, pai, rival e, sim, colega.

O rosto de Vern se suaviza.

Então Danny fode com tudo.

— E sinto muito por...

Ele para. A expressão no rosto de Vern diz que foi um engano pedir desculpas.

— Por que sente muito? — pergunta Vern.

— Por você ter escutado toda essa merda horrorosa.

— Vai se foder, Ryan — diz Vern. — Ao menos tenha os colhões de falar na minha cara de pizza cheia de marca de espinha.

— Vern...

— Fique longe de mim a partir de agora — diz Vern. — Não temos nada para falar um ao outro.

Ele sai andando.

Várias pessoas desviam o olhar, mas Danny sabe que viram e ouviram. A notícia vai se espalhar pelo salão inteiro em dez minutos. Dan Ryan tentou pedir desculpas a Vern Winegard e viu o esforço jogado na sua cara.

Ótimo.
Ele volta para a mesa e se senta.
— Deu tudo certo? — pergunta Ian.
Meninos de dez anos, pensa Danny.
São todos comediantes.

VINTE E QUATRO

O leilão começa.
Itens de preço alto e grande prestígio — um relógio Patek Philippe, um colar Buccellati, uma bolsa Hermès, uma viagem para esquiar em Aspen, um cruzeiro do Taiti a Bora-Bora, um jet ski Kawasaki, uma motocicleta MV Augusta 750 vintage que Barry Levine arrematou por 175 mil.

O Grupo Tara faz a parte esperada — Madeleine compra uma das bolsas, Dom compra a viagem de esqui. Danny faz o lance vencedor por um taco autografado por Carl Yastrzemski que vai dar para Ned.

A noite é um grande sucesso, e arrecada muito dinheiro para a pesquisa do câncer.

Então vem o Lamborghini.

O apresentador tira leite daquilo, trazendo o mágico de volta ao palco para a grande reaparição, fomentando drama. Não que o público precise. A essa altura a história do confronto entre Ryan e Winegard no saguão já circulou, e o ritual de competição pelo maior item não precisa de propaganda.

Todo mundo está esperando por ele.

O leiloeiro lê a descrição — um Lamborghini VT Roadster 1997, um dos únicos duzentos fabricados no mundo, 5,7 litros, 485 cavalos, motor V12, transmissão de cinco marchas, consegue atingir 325 quilômetros por hora...

Danny não se importa de fato, não é muito interessado em carros. Mas Vern é — engenheiro, um cara da aeronáutica, tem uma coleção de carros clássicos, então vai querer esse veículo que é basicamente um avião que anda no chão.

Mas agora Danny também quer.

Não porque realmente deseja o carro — não sabe que diacho vai fazer com ele —, mas porque tem uma ideia.

O pregoeiro começa os lances em cinquenta mil, um valor ridiculamente baixo, para animar.

Danny levanta a placa.

Sessenta mil.

Vern levanta a dele.

Setenta mil.

Há um rumor satisfeito no público.

Começou.

Danny e Vern vão de um para o outro. Ninguém mais dá lances — o público conhece o jogo, sabe que são espectadores em uma partida de tênis, cabeças indo de um jogador para o outro.

As rebatidas são rápidas — respostas imediatas, sem hesitação.

Oitenta mil, noventa mil, cem mil.

Só um aquecimento, na verdade — todo mundo sabe que a partida vai até tarde.

Cento e vinte paus para Ryan, 140 para Winegard.

— *Estou ouvindo 150 mil?*

Danny levanta a placa.

Vern não espera.

— Cento e sessenta!

Danny assente para o pedido não dito.

— *Eu tenho 170, estou ouvindo…*

— Cento e oitenta — grita Vern.

Segue assim, avançando rapidamente na direção do valor real de 250 mil — lance de Vern. O que deveria terminar tudo, exceto que Danny levanta a placa e diz:

— Duzentos e setenta e cinco!

O público solta um "ooooh".

Dom se inclina para Danny.

— O que você está fazendo?

— Você vai ver.

— Achei que a gente queria paz — diz Dom. — Você queria que Winegard ganhasse.

— Trezentos! — grita Vern.

Ele olha através da sala para Danny. Sem fingimento, sem tentar esconder o ódio.

Danny olha de volta e diz:

— Trezentos e vinte e cinco.

— Trezentos e cinquenta!

Cem paus acima do valor de verdade.

Danny sabe que todos estão olhando para ele. Ele sorri e dá de ombros, dizendo casualmente:

— Quatrocentos.

— Dan, o que está fazendo? — pergunta Dom.

Ian está encarando o pai, de boca aberta.

Madeleine olha para ele do outro lado da mesa, a boca em um sorriso apertado, disciplinado. Mas não diz nada.

Vern levanta a placa.

— Quatrocentos e vinte e cinco.

Ninguém deixa de perceber que Winegard aumentou o lance por um fator mais baixo. O rebate está diminuindo conforme a partida chega ao fim.

O que Danny deveria fazer — o que sabe que deveria fazer pelas regras ocultas do jogo — é subir os mesmos 25, deixar Vern rebater 475, e então cair fora.

Vern vence o concurso de mijo. Vern tem o maior pau.

Danny sente centenas de olhos sobre ele. Olhando através do salão para Vern, ele levanta a placa e diz:

— Quinhentos mil.

O salão fica em silêncio completo. Todos os olhos se voltam para Vern. O rosto dele está vermelho, a mandíbula, apertada, os lábios, unidos num rosnado.

Ele olha de volta para Danny.

E abaixa a placa.

— E o Lamborghini VT Roadster vai para Dan Ryan, do Grupo Tara! — anuncia o leiloeiro. — Por quinhentos mil dólares! Que espetáculo de generosidade! Que grande dia para a pesquisa do câncer!

Vern se vira para a mulher:

— Aquele babaca. Acabei de fazê-lo pagar meio milhão num carro que nunca vai dirigir.

Soam tambores, e então…

O mágico faz o carro reaparecer.

— Dan Ryan, venha para cá! Venha receber seu prêmio!

Danny caminha sob aplausos. O leiloeiro entrega as chaves do carro e pede que ele faça um discurso.

— Gostaria apenas de agradecer a todos por terem vindo — diz Danny. — Obrigado por sua generosidade. Juntos vamos encontrar a cura. Obrigado.

Ele desce do palco.

O público se levanta e começa a sair.

— Dan, que porra você fez? — pergunta Dom. — Você humilhou o cara.

— Você vai ver.

Danny atravessa a aglomeração e vai até Vern, que está indo para a porta com a família.

— Vern, espere.

— O que você quer?

Dawn e Bryce olham para ele como se o odiassem.

Danny empurra as chaves na mão de Vern.

— Quero que fique com o carro. Como presente. Por qualquer ofensa que eu possa ter causado. Chame de oferta de paz.

Vern deixa as chaves caírem no chão.

— Foda-se a sua paz.

Ele vira as costas, sai e larga Danny ali de pé.

Parecendo um idiota.

— Não sei no que você estava pensando — diz Madeleine mais tarde, sentada na sala.

— Era uma oferta de paz — diz Danny.

— Só deu a ele mais motivos para achar que você disse aquelas coisas — responde Madeleine. — Como se estivesse com a consciência pesada.

Sou um católico irlandês, pensa Danny, *eu sempre tenho a consciência pesada, mas o modo como lidei com Stavros para conseguir o hotel foi errado. Fiz uma coisa errada para tirar o hotel de Vern.*

Seu número clássico, pensa. *Você toma uma propriedade de um bilhão de dólares de um cara e tenta compensar com um carro de 250 mil. Não é de se espantar que ele tenha jogado a chave na sua cara, ou a seus pés, o que for.*

Danny sabe que a cidade está falando sobre aquilo.

O confronto no saguão.

O leilão.

Vern rejeitando sua oferta de paz.

— Ele tinha inveja de você antes — diz Madeleine. — Agora ele te odeia.

— Palavras reconfortantes. Obrigado.

— Prefere que eu minta? — pergunta Madeleine. — Você queria se dar bem. Queria fazer as pazes com Vern, mas, se for honesto consigo mesmo, sabe que também queria vencê-lo. Então você tentou fazer as duas coisas e não funcionou.

Ela tem razão, pensa Danny.

— Você mudou — diz Madeleine. — O velho Danny estava sempre disposto a chegar em segundo lugar ou abaixo. Esse não é mais você. O homem que você é agora quer vencer, e eu, pelo menos, sinto orgulho de você. Não precisa ter vergonha de vencer, Danny... ou deveria dizer Dan?

Jesus, pensa Danny.

— Você não precisa que Vern Winegard te ame, nem mesmo que goste de você — diz Madeleine. — Agora o Tara é dono do Lavinia. Construa seu hotel. Construa Il Sogno.

É o que Danny faz.

Ele manda vender o Lamborghini e doa o dinheiro para o fundo de pesquisa do câncer.

Então vai trabalhar realizando seu sonho.

VINTE E CINCO

Jake Palumbo é a combinação perfeita dos pais.

O pai é, estranhamente, um italiano ruivo, a mãe é loira. O cabelo de Jake é uma mistura dos dois, indo para o mais claro ou para o vermelho de acordo com quanto tempo passa ao sol. Ele tem os olhos verdes de Chris, o nariz aquilino e os lábios finos de Cathy.

É um jovem bonito, em forma pelas sessões regulares de exercícios, sensível por natureza, traço que a vida dura ensinou os pais a suprimir. Jake ainda precisa absorver aquela experiência de fortalecimento; ele sente as coisas intensamente.

Desde criança.

Jake tinha por volta de doze anos quando começou a perceber que o pai não era apenas um empresário, e sim um membro da máfia. Isso deixa alguns filhos de mafiosos escandalosos e arrogantes; teve o efeito oposto em Jake, que ficou reservado, cautelosamente educado, cuidadoso para não tirar vantagem da posição do pai.

Ele não queria ser aquele cara.

Nisso ele era bem parecido com seu amigo, Peter Jr. — modesto, apagado, bom aluno, popular com as garotas, mas não um jogador.

Só que Peter simplesmente perdeu o juízo.

Jake (mal) conseguia entender Peter matar Vinnie, mas a própria mãe? Agora o garoto vai a julgamento e depois provavelmente será preso para o resto da vida.

É triste.

Jake sente-se mal por ele.

Os dois cresceram juntos sabendo que um dia teriam de entrar no negócio da família. Peter Jr. queria fazer seu lance de fuzileiro naval antes, mas Jake não teve tal impulso. Ele planejava apenas conseguir o diploma, trabalhar com o pai e, um dia, chegar à chefia.

Então o pai desapareceu.

Simplesmente foi embora.

Abandonou a família.

Aquilo cortou o coração de Jake, porque ele idolatrava o pai. Era forte, inteligente, engraçado, e, se era gângster, era o que os caras da geração dele faziam. Mas Chris sentou com Jake quando achou que o menino tinha idade suficiente para entender e explicou que toda aquela coisa de mafioso era como um dinossauro que ia se extinguir, deixando outras coisas para trás.

Entre essas coisas estavam os negócios da família. Lógico, tinham começado com dinheiro e poder da máfia, mas com o tempo se transformariam em algo legítimo. Só que se, ocasionalmente, a família precisasse usar um pouco de seus velhos músculos para proteger seus interesses, bem, era a vida.

Jake estava bem com isso.

Ainda está.

Exceto que agora a família está afundada na merda, e não há músculos para consertar isso. Caras como John Giglione estão roubando deles feito loucos, desrespeitando-os, e não há nada que ele possa fazer a respeito.

O pai dele poderia.

Mas o pai dele não está ali.

Então, agora, Jake vai procurá-lo, o que o leva a ficar cara a cara com o homem do outro lado do vidro na sala de visitas da prisão. Jake não sabia por onde começar. Nenhum dos outros amigos antigos do pai vai ajudá-lo com o problema, porque eles *são* o problema.

Por isso ele foi ver Joe Narducci, um homem de quem se lembra da infância. Narducci já cumpriu dez anos de uma pena de 25 e, aos 81, nunca vai sair daquele lugar.

Não na vertical, pelo menos.

— Seu pai? — diz Narducci. — Claro, eu o conhecia.

Para os olhos jovens de Jake, o homem parece tão velho quanto o tempo, como um daqueles prédios antigos em Providence, abandonados, aos pedaços e a ponto de cair.

— Você poderia me contar qualquer coisa sobre ele? — pergunta Jake.

Narducci sorri, os dentes pequenos são amarelos.

— Posso te contar tudo sobre ele. Seu pai, nos velhos dias, era uma coisa. Todos lutamos juntos contra os irlandeses. Foi uma pena o que aconteceu com ele.

— O que quer dizer? — pergunta Jake, o coração batendo mais rápido. Narducci sabe de alguma coisa?

— Ele tomando um tiro na banheira daquele jeito — diz Narducci. — Planejado pela própria mulher.

Jake percebe que ele está falando de Peter Moretti pai.

— Sr. Narducci, eu sou Jake *Palumbo*, filho de Chris Palumbo.

— Eu sei disso — retruca o velho. — Como *vai* seu pai? Diga a ele que mandei um oi.

Jake percebe que a visita será inútil.

— Vou dizer.

Mas os olhos de Narducci de repente ficam espertos, furtivos.

— Ouvi dizer que algumas pessoas estão dando problema para sua mãe. O que vai fazer a respeito disso?

— Estou tentando encontrar meu pai.

— Você está no jardim de infância? — pergunta Narducci. — Você agora é um homem. O homem da família. Cabe a você fazer alguma coisa.

Só que não sei o que posso fazer, pensa Jake.

Matar John Giglione? Nunca estive numa briga de verdade, muito menos matei alguém. E mesmo se matasse, há meia dúzia de outros e suas equipes.

— Veja aquele Peter Jr. — diz Narducci. — Ele fez a coisa certa. Teve a quem puxar.

— Peter é um bom rapaz.

— *Você* é um bom rapaz — diz Narducci. — Quando ouço você falar, escuto seu pai. Precisa deixá-lo orgulhoso agora.

— Sr. Narducci, o senhor sabe onde ele está?

— Está no vento — diz Narducci, tremulando uma mão. — Uma folha.

— Tem gente que diz que ele está no programa.

— Não seu pai — diz Narducci. — Ele é das antigas. Mas você falou com Paulie Moretti?

— Por que ele? — pergunta Jake.

Os olhos de Narducci se estreitam.

— Soube que... ele pode ter ouvido alguma coisa.

— Não acho que ele vá falar comigo.

— Você não vai saber até tentar — diz Narducci. Ele se endireita para mostrar a Jake que a conversa acabou. — Você não foi criado para aparecer aqui de mãos vazias.

— Eu trouxe um pouco de *prosciutto* — diz Jake. — Dei para o guarda entregar para você.

— Como eu disse, você é um bom garoto.

É, pensa Jake. *Sou um bom garoto.*

Talvez seja esse o problema.

VINTE E SEIS

Pam Moretti abre a porta.

Jake não a vê há anos. Quando ele era adolescente, ela era o maior tesão, a gata mais gostosa que qualquer um deles tinha visto. Ele costumava fantasiar sobre ela.

Ela também era uma lenda, a mulher que tinha começado a guerra entre os italianos e os irlandeses quando largou Paulie Moretti para ficar com Liam Brady. Agora Brady está morto, e ela voltou para Paulie.

E agora parece que ela deveria passar um tempo caminhando na esteira, perder um pouco de peso. As pálpebras dela estão pesadas, e, embora sejam só duas da tarde, parece que ela andou bebendo.

Ou alguma outra coisa.

Para a surpresa dele, ela o reconhece.

— Você é o Jake Palumbo?

— Sim, senhora.

— *Senhora* — repete ela. — Faz eu me sentir mais velha do que sou. Você é a cara do seu pai. É bom te ver, Jake.

— Bom te ver — diz Jake. — O sr. Moretti está?

Ela baixa a voz.

— Acho que acabou de acordar da soneca. Vou ver. Entre.

Pam o leva para a sala e sai para procurar o marido. Jake senta-se no sofá. A sala é comum, assim como a casa, uma construção térrea a dez quarteirões da praia em Fort Lauderdale. Há um sofá, um par de poltronas reclináveis, uma televisão de tela grande.

Jake esperava mais de Paulie Moretti, o irmão mais novo do antigo chefe. Mas ele é meio que nada desde que Peter foi morto, só mais um mafioso em uma família sem líder.

Paulie entra na sala parecendo desgrenhado, o cabelo sem pentear, olhos inchados depois de um sono profundo. Usa uma camiseta preta, jeans e meias pretas sem sapatos. Joga-se em uma das poltronas reclináveis e a gira para ficar de frente para Jake em vez de para a TV.

— Filho de Chris Palumbo.

— Sim, senhor.

— Como *está* seu pai? — pergunta Paulie. — Certo, você não sabe, nenhum de nós sabe. Ele não liga, não escreve...

Ele está bêbado, pensa Jake. *Bêbado ou chapado.*

— Eu amava seu pai, sabia? — diz Paulie. — Eu *amava* o cara.

Jake acha que Paulie pode chorar de verdade.

— Mesmo depois que ele fodeu com a gente... — A voz de Paulie some, como um fio de fumaça indo de volta para o passado.

— O senhor sabe o que aconteceu? — pergunta Jake.

Paulie conta a história.

Chris convencera a família a comprar heroína dos mexicanos — quarenta quilos. Mas, Chris sendo Chris, ele tinha um truque para o negócio — mandou um cara, Frankie Vecchio, para convencer os irlandeses a roubarem a carga. Então Chris arranjou uma apreensão dos irlandeses com a polícia federal, para destruí-los e ganhar a guerra. O federal, um cara chamado Jardine, era corrupto, então toda a heroína ia voltar para a família, mas Danny Ryan escondeu dez quilos que a polícia federal não encontrou.

— Mas *seu pai* encontrou — diz Paulie. — Ele foi para o depósito pegar, mas Ryan apareceu. Sem problemas, Chris tinha uma equipe esperando do lado de fora, mas...

— Mas o quê, senhor?

— Ryan — diz Paulie — tinha os caras dele parados na frente da *sua* casa. Com ordens para matar você, sua irmã e sua mãe, a não ser que ele saísse de lá com a heroína. O que seu pai ia fazer?

— Ele deixou Ryan sair — diz Jake.

— Porque ele te amava — diz Paulie. — Lembre-se sempre disso. De qualquer modo, Jardine apareceu morto em uma praia, seu pai sumiu, muita gente perdeu dinheiro, fim da história.

Pam reaparece.

Jake já sabia que muita gente tinha perdido dinheiro. Eles vêm tirando a grana dele e de sua mãe desde então. Mas não sabia que o pai tinha entregado as drogas para salvar a vida deles, e sente uma onda de amor pelo velho.

— Conversei com Joe Narducci. Ele disse que o senhor poderia ter escutado alguma coisa. Sobre onde meu pai está.

— Vamos tomar alguma coisa — diz Paulie. — Você quer uma bebida, garoto?

— Preciso dirigir.

— Não, você fica com a gente esta noite — diz Pam. — Temos um quarto extra. Tome uma bebida, tira o amargo da vida.

— Pam não gosta da Flórida — diz Paulie. — Eu, um dia saí da cama em Providence, estava raspando gelo da porra do para-brisa, decidi que já dava pra mim, que nunca mais ia limpar neve. Viemos para cá.

— Eu queria ir para Miami ou para West Palm — diz Pam. — Mas Paulie disse que era caro demais.

— O fundo fiduciário aqui — diz Paulie.

— Sabe por que os velhos se mudam para a Flórida? — pergunta Pam. — Porque quando morrem, não ligam tanto.

Ela prepara três copos altos de gim-tônica e entrega um para Jake. Então ele a vê abrir uma garrafa de pílulas e colocar uma na bebida dela, outra na de Paulie. Ela oferece uma pílula para Jake, as sobrancelhas levantadas para fazer a pergunta:

— Valium? Você coloca uma dessas na bebida e consegue aguentar até quinta-feira.

Só que é sexta-feira, pensa Jake. Mas ele não quer ofendê-los, precisa da informação que Paulie pode ter, e quando em Fort Lauderdale...

— Tá bom.

Ela coloca o Valium no copo dele.

— Doces sonhos, jovem Jake.

VINTE E SETE

Quando Jake acorda, não sabe ao certo se Pam Moretti foi para a cama dele ou se sonhou com aquilo. A cabeça está zonza, a boca parece cheia de algodão. Ele se levanta, escova os dentes, joga um pouco de água no rosto e vai para a cozinha.

Paulie está meio largado em uma banqueta na cozinha.

— Tem café na jarra. Se quiser café da manhã, é servido por volta das onze, quando Sua Majestade se levanta. Dormiu bem?

Jake se questiona se é uma pergunta capciosa.

— Dormi. E você?

— Feito uma pedra — diz Paulie. — Sonhei com meu irmão. Você deve se lembrar dele.

— Eu era bem novo, mas claro.

— Aquele babaca do Vinnie atirou nele na banheira, acredita numa porra dessas? — pergunta Paulie. — Foi uma coisa, isso que meu sobrinho fez, hein?

— Só que agora ele vai passar a vida na cadeia — diz Jake.

— Não sei — diz Paulie. — Ele tem um advogado muito bom. Aquele cara hippie de rabinho...

— Bruce Bascombe — diz Jake. — Como o Peter Jr. vai pagar por isso?

— Não se iluda — responde Paulie. — Você sabe quem vai pegar a conta: o cara em Pompano.

Pasco Ferri, pensa Jake.

Certo, bom para ele.

Pam aparece na porta, vestindo um robe de seda azul preso frouxamente na cintura.

— Bom dia, Jake.

— Que porra de surpresa — diz Paulie. — E ela se levanta. Um pouco cedo para você, não é?

— Dormi bem — fala Pam, sorrindo para Jake.

Jake olha de relance para Paulie. Se ele sabe — se há *alguma coisa* para ele saber —, o rosto dele não demonstra.

— Ontem estávamos falando sobre como Joe Narducci disse que você deve saber de alguma coisa.

— Ouvi falar que Narducci tem Alzheimer.

Jake diz:

— Sr. Moretti, preciso da sua ajuda. John Giglione e os outros estão tirando nosso sangue. Não sei quanto mais minha mãe consegue aguentar. Preciso encontrar meu pai. Sabe onde ele está? Sabe ao menos se ele está vivo?

— Conte ao Jake o que você ficou sabendo — diz Pam.

Paulie suspira.

— Você se lembra de Joe Petrone? Que tinha uma loja de material de pesca em Goshen? Um velho amigo do seu pai?

— Não.

— Não, acho que não, Joe é mais velho que andar para a frente — diz Paulie. — De qualquer modo, ele tem um daqueles trailers de viagem que dirige pelo país, sabe Deus por quê. Ele parou aqui um dia, me disse que tinha visto seu pai.

— Quando foi isso? — pergunta Jake, o coração acelerando.

— Uns dois meses atrás — diz Paulie. — Joe me disse que viu seu pai em um bar no Meio do Nada do Oeste, Nebraska. Talvez tenha sido em Meio do Nada do Leste, não sei...

— Ele falou com meu pai?

— Não — diz Paulie. — Não se vai falar com alguém que está sumido, porque você pode não sair daquela conversa. De qualquer modo, Joe o viu sair, perguntou sobre ele. Descobriu por fim que o cara, Joe jura que era seu pai, mora com alguma mulher no meio do mato. O povo de lá ri porque ele basicamente ganha a vida trepando com ela. Belo trabalho, se puder conseguir um desses.

— Belo trabalho, se conseguir fazer um desses — diz Pam.

Paulie não reage.

— Como o Narducci ficou sabendo disso? — pergunta Jake.

— Posso ter falado alguma coisa no telefone — diz Paulie. — Ou sei lá, talvez Joe tenha falado alguma coisa. Ele nunca conseguia ficar de boca fechada.

— Você acha que ele falaria comigo? — pergunta Jake.

— Se você tiver um daqueles, como é que se chama... médiuns — fala Paulie. — Joe bateu as botas duas semanas atrás. Um ataque cardíaco fulminante. Enquanto dirigia. Graças a Deus que não bateu e matou alguém.

Então, se esse Joe tinha uma boca grande, pensa Jake, *todo mundo sabe.*

— É melhor eu ir embora.

— Fique uns dias — diz Pam. — Aproveite a praia.

— O garoto disse que precisa ir.

— Vou fazer um Bloody — fala Pam, olhando para Jake. — Quer um?

— Eu realmente preciso ir.

— Então vá — diz Pam. Ela está puta.

Jake entra no carro e dirige.

O que devo fazer agora, pensa, *andar por todo o Nebraska até trombar com meu pai?*

Ele nem tem certeza de onde fica o Nebraska, embora tenha a impressão de que é grande. É claro, qualquer estado é grande comparado a Rhode Island. Uma coisa é certa: Giglione e os outros vão vasculhar o Nebraska atrás de Chris Palumbo. E não vai ser para falar dos velhos tempos.

Vai ser para matá-lo.

VINTE E OITO

Pasco Ferri sabe exatamente onde fica o Meio do Nada do Leste. Ele conseguiu o nome da cidade antes que Joe Petrone batesse o trailer em um poste de luz.

Graças a Deus que consegui, pensa Pasco.

A pequena cidade de Malcolm fica alguns quilômetros a noroeste de Lincoln, Nebraska. Se a história de Petrone for verdade, não deve ser tão difícil encontrar Chris.

Ele passa o trabalho para Johnny Marks.

Johnny é um daqueles caras sem afiliação, que não pertencem a uma família em particular, mas que executam trabalhos de alto nível para todas. É profissional, discreto e disciplinado, faz o trabalho sem bagunça ou transtorno. A última vez que Pasco o usou foi para falar com Danny Ryan, dar a mensagem para largar aquela atriz de Hollywood.

O que Danny fez.

Agora precisa dele para encontrar Chris Palumbo.

Resolver essa bagunça de uma vez por todas.

Porque a Nova Inglaterra está uma zona.

Está assim desde a manhã em que Chris perdeu a linha.

O vácuo de liderança está horrível.

Desde a morte de Vinnie, ninguém decidiu realmente tomar as rédeas. A maioria dos caras não quer a posição, dada a história dos predecessores e o fato de que é praticamente um convite para a polícia federal te foder com as leis RICO.

Pasco costumava se sentar naquela poltrona, mas se aposentou e a deixou para Peter.

Ou tentei me aposentar, ele pensa agora.

As merdas continuam acontecendo e as outras famílias, as grandes famílias de Nova York e Chicago, o procuram para apagar os incêndios.

Ninguém quer ver as manchetes.

É ruim para o que restou do negócio.

E agora as famílias, especialmente a de Nova York, estão colocando pressão nele para dar um jeito na Nova Inglaterra. É a porra do caos, como um carro que estaciona no picadeiro e desembarca os palhaços.

Como John Giglione.

Que agora acha que pode querer o posto mais alto, mas não tem inteligência ou músculo para dar conta de fato.

Ainda assim, pensa Pasco, *uma escolha ruim é melhor que nenhuma,* e ele estava a ponto de ungir Giglione quando veio a notícia de que o há muito desaparecido Chris Palumbo foi encontrado. E Giglione e os outros palhaços vão "tomar conta do negócio".

Só que eles vão foder tudo, pensa Pasco. *Ah, podem até fazer a coisa acontecer, mas de um jeito que vai gerar mais manchetes. E isso, combinado com o julgamento de Peter Jr., seria catastrófico.*

Daí o recado das grandes famílias.

Você precisa voltar, Pasco, e tomar o controle de novo.

Dar um jeito na Nova Inglaterra.

O que é a última coisa no mundo que Pasco quer. Os médicos lhe deram três, quatro anos, no máximo, e ele não quer passá-los consertando nada — nem tetos, nem encanamento, nem uma família do crime decrépita. Mas o que ele deveria fazer? Se quer os três, quatro anos, precisa fazer *alguma coisa*.

Que desgraça aquele julgamento do Moretti vai ser, pensa Pasco, enquanto olha para Johnny Marks do outro lado da mesa. Tem o potencial de abrir muitas caixas que seria melhor ficarem fechadas.

Ele tinha ordenado a Bascombe que evitasse o julgamento, não importava qual acordo conseguisse, e declarasse Peter Jr. culpado, assim a coisa sairia da atenção da mídia em um ou dois dias e ninguém — especialmente ele — precisaria depor.

Mas Bascombe o desafiou com aquilo, achando que poderia até conseguir tirar o garoto da situação. Com um homicídio duplo e uma confissão, Pasco não vê como, mas está deixando o advogado seguir com a ideia.

Talvez, pensa Pasco, *isso tenha relação com o que os médicos me disseram, talvez esteja pensando no momento em que vou encontrar São Pedro e prestar contas do que fiz na vida. Claro, os padres dizem que a Unção dos Enfermos vai cobrir isso, mas e se estiverem errados? Fiz umas coisas terríveis. Precisei fazer a maior parte delas — mas terríveis de qualquer jeito.*

Uma delas foi o que fiz com aquela menina, Cassandra. Ela era jovem — é claro que havia noivas mais novas no velho país, mas ela ainda era jovem, e nunca tinha superado aquilo, com todos os problemas com álcool e drogas. Então ela morreu jovem, morta a tiros na mesma banheira que Peter pai. Ela nunca abriu a boca sobre o que fiz com ela neste mundo, mas talvez tenha feito isso no outro e talvez essas acusações estejam esperando por mim quando eu chegar lá.

E então tem Peter Jr. Ele veio até mim perguntar o que deveria fazer a respeito de Vinnie e a mãe dele terem assassinado o pai, e eu quase o empurrei porta afora. Aí, quando ele veio me procurar depois, eu o mandei embora.

Então eu devo algo ao rapaz.

Uma chance, de qualquer modo, de ter algum tipo de vida.

Um passo de cada vez, pensa Pasco.

A coisa toda começou com Chris, então pode terminar com Chris.

— Preciso que ache o nosso amigo antes dos outros.

Marks diz:

— Não será um problema.

Não, pensa Pasco, *com Johnny Marks, não será um problema.*

Marks resolve problemas.

VINTE E NOVE

Chris Palumbo não sobreviveu por tanto tempo nessa vida sendo estúpido ou desprevenido.
Ele viu Joe Petrone no bar.
Esperou tempo o suficiente para não ficar óbvio e saiu de lá.
Agora está preocupado.
Não que ache que Joe Petrone é um capanga atrás dele, é só que Joe fala muito. Chris não sabe se Joe o reconheceu, mas pode correr esse risco?
Você não deveria, diz a si mesmo enquanto anda pelo campo de sorgo colhido em direção à fileira de choupos e o pequeno ribeirão.
Chris nunca tinha ouvido falar de sorgo antes de chegar a Nebraska. Conhecia milho, talvez trigo, mas não sabia que sorgo existia ou que era um tipo de forragem, fosse lá que porra isso significasse.
A coisa inteligente a fazer é ir embora.
Agora.
Mas o outono no Nebraska é lindo, o ar fresco é um alívio bem-vindo da umidade abafada do verão. Ele odeia o inverno, mas parece uma pena ir embora no outono.
E tem Laura. *O que vou dizer para ela? Falo alguma coisa? Talvez ela simplesmente acorde de manhã e eu tenha ido embora, como em uma música folk ruim. Ela vai entender, vai achar outro cara.*
Mas ela tem sido boa para você, pensa Chris.
Te dá uma boa vida.
Ele chega aos choupos e se senta.
Mas...

Sempre há um "mas", pensa.

Você está ficando um pouco cansado disso.

Por mais que Laura seja boa na cama, você está ficando um pouco enjoado de "foder ou morrer". Poderia dar uma pausa, mudar um pouco. Admita, é um pouco estranho.

Em Rhode Island, ele tinha Cathy, mas também tinha *gumars*, porque a variedade é o tempero da vida e toda essa besteira alegre. Laura tem muitos temperos guardados na gaveta, mas ainda é a mesma gaveta, e agora tem vezes em que ele precisa recorrer a vídeos para conseguir terminar o trabalho.

E dormir.

Seus sonhos ultimamente andam estranhos para caralho.

Pequenas visitas à morte.

Uma noite ele começou a conversar com a mãe.

"Estou morta, você sabe", disse.

"Não, eu não sabia", disse Chris. "O que aconteceu?"

"Você. Você partiu meu coração."

"Desculpe por isso", disse Chris. "Como está a Cathy? Você a vê?"

"Ela tem problemas, como todo mundo."

"Ela está com outro cara?", perguntou Chris.

"Não que eu saiba."

"Ah."

Em outra noite estava sentado com Peter Moretti no deque do Liffy, o bar na praia que frequentavam nos verões.

"Se algum dia você for para casa, tome cuidado", disse Peter.

"É, por quê?"

"A porra dessas mulheres", disse Peter, "não se pode confiar nelas. Você soube o que minha Celia fez comigo? Eu dei tudo para aquela vaca, e ela mandou Vinnie me matar. Na porra da banheira, Chris".

"Ouvi dizer que você estava com Cassie Murphy."

"Ei, o que vai fazer?", Peter perguntou. Deu um longo gole na cerveja e olhou para a água. "Só um aviso: fique de olho na Cathy."

"Não, ela não é desse jeito."

Peter se inclinou sobre a mesa.

"Elas são *todas* desse jeito."

Foi quando Chris acordou e sentiu Laura a seu lado.

Em outra noite, falou com outro cara morto.

Sal Antonucci.

Sal, grandão, durão, matador frio, que levou uma bala quando saía do apartamento do namorado. No sonho, Sal estava sentado na mesa do café no andar de baixo, comendo donuts.

Dunkin' Donuts.

Com cobertura de açúcar.

Com açúcar em volta dos lábios.

"Sinto falta desses", disse.

"Eles sentem sua falta", disse Chris. "Mas, ei, você teve um funeral lindo."

Sal sorriu.

"É? Veio muita gente?"

"Está brincando?", perguntou Chris. "O lugar estava lotado. Só tinha lugar em pé."

Então Sal franziu o cenho.

"Alguém falou alguma coisa sobre eu ser veado?"

"Não", disse Chris. "Não foi mencionado."

"Que bom."

"É claro", disse Chris, "te enterraram com a bunda para cima".

Sal se levantou da mesa.

"Uma piada", disse Chris. "Estava só te zoando. Sério, Jesus, Sal, sente, coma os donuts."

"Eu era arremessador", disse Sal, "não receptor".

"Quem é que se importa, porra?"

Mas Sal foi embora.

Sonhos esquisitos do caralho, pensa Chris.

Talvez tentando me dizer que eu deveria voltar.

E, admita também, você está com um pouco de saudades de casa.

Quem teria imaginado?

Mas é verdade — você sente falta do mar, das praias, da comida. Se alguém em Nebraska faz cannoli *decentes, esconderam de mim, ele pensa. E bolinho de marisco? Esqueça. Sopa? Ditto.*

É, como se você pudesse voltar.

Se está preocupado em ser encontrado por eles aqui, volte lá para ver só. Levaria uns quinze minutos para a notícia se espalhar e talvez outros trinta até você ser apagado.

Mas ele pensa na mulher e se pergunta sobre os filhos.
Como Cathy está se saindo?
Como está Jill?
Como está Jake?
Ele se lembra de como Cathy tinha rido dele, dado aquele olhar torto engraçado, quando disse que queria chamar o bebê de Jacob, se fosse menino.

"Jake e Jill?", perguntou Cathy. "Eles fazem o quê, sobem a colina? Voltam rolando? Ele quebra a coroa?"

"Que porra você está falando? Coroa?"

"É uma música de criança. Jack e Jill?"

Chris não conhecia.

Mas ela cedeu, chamaram o filho de Jacob e ele se tornou um bom menino. Inteligente, educado. Chris sente-se mal pelo que fez com ele, abandonando-o. Mas o que deveria fazer?

O que deveria fazer agora?, ele se pergunta.

Abandonar outra pessoa?

Talvez.

Voltar para casa? Enfrentar a situação?

Talvez.

Mas talvez também significa talvez não.

Talvez eu fique aqui durante o outono. É só ser extracuidadoso, enfiar uma arma debaixo do jaqueta.

Esperar a neve cair e então decidir.

TRINTA

Laura sempre diz que tem intuição.
Ela consegue sentir coisas.
É médium.
Talvez seja isso, talvez seja apenas o que uma mulher sente ou sabe, mas ela pode sentir Chris escapando dela.
Laura percebe na cama, quando ele está em cima dela e fecha os olhos, e ela sabe que ele está conjurando a memória de outra mulher, e deseja que ele apenas fale para ela, porque não se importa, ela poderia ser aquela mulher, ela entende, tem uma gravação própria dos melhores momentos.
Talvez isso desse uma renovada nas coisas.
Então talvez ele ficasse.
Porque ela sabe que ele está pensando em ir embora.
Como os gansos no outono.
E talvez esteja na hora.
Mas ela vai sentir saudades dele, vai se sentir sozinha.
Aquilo a deixa triste, então, depois de dar a aula de ioga, ela não volta direto para casa, mas passa no bar para uma cerveja, talvez duas. Que é onde o universo lhe envia outra mensagem, porque um cara passa uma cantada nela.
Ele é bonitinho, também.
Um pouco velho, talvez, sessenta e poucos, ela imagina, mas com uma cabeça cheia de cabelo encaracolado grisalho, um corpo em forma, talvez 1,80 metro ou por aí, e está bem-vestido — jaqueta de camurça

marrom-clara, camisa azul de sarja, calças cáqui largas e sapatos de camurça de aparência cara.

Não é daqui, mas não é um caçador de faisão, pelas roupas.

Sorriso bonito, também, dentes limpos, alinhados.

Ela sorri de volta, e, antes que se dê conta, estão sentados a uma mesa, e três cervejas depois, ela está desabafando com ele. O cara é quase como... ela não sabe, um padre sexy ou algo do gênero.

Um daqueles padres que, tomara, trepam.

— Sabe o que eu acho? — o cara pergunta quando ela termina de contar sobre Chris. — Confie nos seus instintos. Você me parece muito intuitiva. Se acha que ele quer ir embora, provavelmente está certa.

Ele entende, pensa Laura. *Ele me entende.*

— O que você acha? Devo tentar fazer com que ele fique?

— Você já sabe a resposta para isso — diz.

Ele está certo, pensa Laura. *Eu sei.* Se houvesse um motel na cidade, ela o levaria para lá imediatamente.

— Eu deveria deixar ele ir.

O cara apenas assente com a cabeça.

Ela descobre que ele está em Lincoln a trabalho, tinha uma tarde livre e decidiu dirigir um pouco pelo campo.

— Por quanto tempo vai ficar aqui? — pergunta Laura.

— Só esta noite — responde. — Mas vou voltar várias vezes nos próximos meses. É aqui que te encontro, Laura?

Ela diz que provavelmente não, ela não é muito de beber.

Mas diz a ele como encontrar a fazenda dela.

Chris sente antes de ouvir ou ver.

A presença do outro.

Todas as presas têm esse sentido. Às vezes isso as salva; outras vezes é tarde demais, uma percepção muito breve de que a vida acabou. Chris a sente ao sentar no carro, atrás do volante, para ir fazer compras na cidade.

Ele desliza a mão para dentro da jaqueta em busca da arma, mas *é* tarde demais.

O cano de uma arma pressiona a parte de trás de seu pescoço bem abaixo do crânio, e ele sabe que está morto.

— Calma, Chris — diz Johnny Marks. — Comece a dirigir.

No meio do caminho até a cidade, Marks ordena que Chris encoste.

— Pode se virar — diz Marks.

Chris se vira e vê Johnny Marks. Tem a sensação de que vai mijar nas calças. Nos filmes, os caras durões saem de cena durões, mas isso não é um filme. No entanto, ele se segura.

Por pouco.

— O cara em Pompano manda lembranças — diz Marks.

— Faz isso logo. Por favor. — Chris está tremendo. Não vai conseguir se segurar por muito mais tempo.

— Se eu fosse te matar, a gente ia estar conversando? — pergunta Marks. — Você sabe que não é assim que funciona.

Chris sabe. O pavor começa a diminuir e ele consegue pensar.

— Você tem uma bela vida aqui — diz Marks. — Tem uma boa mulher. Pena que vai precisar ir embora. Seus velhos amigos de Providence sabem onde você está.

— Por que Pasco está me mandando esse aviso?

— Ele precisa que você faça uma coisa pra ele — diz Marks.

Naquela noite, Chris e Laura têm uma foda de despedida. Ambos sabem que é isso, então é desnecessário quando ele diz:

— Vou embora de manhã bem cedo.

— Eu sei.

— Você foi ótima — diz Chris. — Isso foi ótimo. Mas preciso voltar para casa.

— Depois de todo esse tempo — diz Laura. — O que ela tem que eu não tenho? Ela é mais bonita que eu? Mais inteligente?

— Não — diz Chris. — Tenho responsabilidades.

Pela manhã, antes que o sol nasça, Laura embrulha para ele uns sanduíches de presunto, duas maçãs, uma garrafa de suco de uva.

— Para a estrada — ela diz.

— Você é boa demais para mim — diz Chris.

— Eu te amo.

Laura observa enquanto ele vai embora.

Ela nunca mais tem notícias do cara bonitinho no bar.

TRINTA E UM

A primeira batalha no julgamento de Peter Moretti Jr. por homicídio é travada sem ele.

Um mano a mano entre Bruce Bascombe e Marie Bouchard em uma audiência preliminar sobre a admissibilidade da confissão de Peter Jr.

— Em primeiro lugar — diz Bascombe —, meu cliente não era representado por um defensor quando fez a confissão falsa.

— Os direitos de Moretti foram lidos para ele — diz Marie. — Ele dispensou representação.

— Ele não estava em condições mentais de entender esses direitos — diz Bruce —, muito menos de tomar uma decisão informada. Estava sofrendo de abstinência severa de drogas, para a qual não recebeu tratamento, aliás, e de estresse pós-traumático.

— Por causa do quê? — pergunta Marie.

— Por testemunhar a morte da mãe.

Marie ri alto.

— Excelência, a defesa está literalmente contando a velha piada sobre a criança que assassina os pais e depois pede misericórdia por ser órfã.

— Continue — diz o juiz.

O juiz Frank Faella conhece bem os dois, ambos já estiveram em sua corte muitas vezes. Agora passa os dedos pelo cabelo grisalho e se recosta na cadeira para assistir ao espetáculo.

— Debatendo os méritos, ou a falta deles, da suposta confissão em si — diz Bruce —, não estava claro para meu cliente, e não está claro para nós agora, o que ele estava confessando.

— De que modo? — pergunta Faella.
— Vamos à gravação em vídeo — diz Bruce.
— Vamos à transcrição — afirma Faella.
— Certo — diz Bruce. — Ela consiste em duas afirmações. Primeira: "Não há o que conversar: quero confessar". Como já apontei à sra. Bouchard, confessar o quê? Por tudo que esse jovem desorientado sabia, poderia estar sendo preso por posse de drogas, roubo, vadiagem...
— Nós deixamos bem claro que...
— Deixaram? — pergunta Bruce. — Tudo o que vejo na gravação é a detetive Dumanis dizendo: "Então há muita coisa para conversar. Você precisa nos contar em detalhes a coisa toda". Que "coisa toda"?
— Obviamente os homicídios — retruca Marie.
— Obviamente para você, talvez — diz Bruce. — Mas era óbvio para Peter? E duvido que seja óbvio para um júri. Então há a outra declaração: a única outra declaração, "O que quer que eu fale? Fui eu". Mesmo argumento, Excelência, o mesmo problema básico. É vago.
— Estávamos a ponto de especificar quando o sr. Bascombe chegou e interrompeu o interrogatório — diz Marie.
— E Graças a Deus fiz isso — diz Bruce. — Iam fazer ele confessar o assassinato de Kennedy na sequência.
— Qual deles? — pergunta Marie.
— Os dois, é provável — responde Bruce. — Excelência, essa suposta confissão é impossivelmente vaga, foi coagida...
— Coagida?! — pergunta Marie. — Como?
— Um jovem confuso — diz Bascombe —, provavelmente sofrendo alucinações como resultado de abstinência de heroína, deixado sem representação em uma salinha com detetives e procuradores intimidadores...
— Ah, por favor — diz Marie.
— Excelência — diz Bruce —, mesmo se o senhor permitir que essa "confissão" figure entre as provas, vou desacreditá-la perante o júri. Vou chamar especialistas constitucionais, vou chamar especialistas médicos...
— Vamos refutar seus especialistas com os nossos — responde Marie.
— E o julgamento vai demorar meses — diz Bruce. — Vamos julgar esse caso pelos fatos. Marie, se está tão confiante de que tem provas, não precisa desse lixo.

Faella diz:
— Minha tendência é concordar. Marie, último golpe?

— É uma boa confissão — diz, sabendo que soa fraco.
— Vou proibir — diz Faella. — A confissão não vai estar entre as provas, e, Marie, não vou tolerar nenhuma tentativa sorrateira de se referir a ela e trazê-la pela porta lateral. Bruce iria pedir anulação de julgamento e eu concederia.
Fora da sala, Marie diz:
— Primeiro round, Bruce. Só o primeiro round.
— Mas você já está atrás por pontos — diz Bruce.

Peter Jr. está sentado à mesa da pequena sala de reuniões da Instituição Correcional para Adultos e espera seu advogado entrar.
Ele mudou nos meses desde sua prisão.
Para começar, superou as crises de abstinência de heroína deitado em posição fetal na cela. Foi um pesadelo, mas agora ele está limpo pela primeira vez em anos. E, pela primeira vez em anos, desde que apertou o gatilho contra Vinnie e a mãe, sua mente está limpa.
A porta se abre e Bruce Bascombe entra e senta.
— Sua confissão foi retirada — diz.
— O que isso significa? — pergunta Peter Jr.
— Significa que nunca aconteceu — diz Bruce. — E não aconteceu.
Peter Jr. solta um suspiro de alívio.
— Acha que eu tenho chance?
— Você é religioso, Peter? — pergunta Bruce.
— Sou católico.
— Esqueça isso tudo — diz Bruce. — De agora em diante, você acredita em uma coisa: em mim. "Eu sou o caminho, a verdade e a vida. Ninguém vem ao Pai a não ser por mim." O que significa que, se você fizer a porra toda que eu disser, e não fizer porra nenhuma que eu *não* disser, pode ter uma chance. De outro modo, seu mundo sempre será muito parecido com o que é agora. Você entende?
Peter Jr. entende.
Ele pensou muito sentado em uma cela. Ele sabe o que fez. Sabe que o que fez foi horrível e errado e que merece ser punido por isso.
Mas não quer passar o resto da vida em uma cela.
Ele se mataria antes.
Mas eu não quero, ele pensa.
Peter Moretti Jr. quer viver.

TRINTA E DOIS

Danny está vivendo seu sonho.

Il Sogno.

O Tara montou um escritório separado em um galpão sem identificação na periferia da cidade para planejar e projetar o hotel, e Danny passa a maior parte de suas horas de trabalho lá.

Deixando arquitetos, designers e engenheiros totalmente malucos.

Danny quer que o saguão principal seja construído com paredes de LED nas quais as imagens nunca sejam as mesmas, jamais, mais de uma vez. Quer que os elevadores para os quartos sejam iluminados por luzes em mudança constante. Quer que as três torres do hotel subam em uma curva graciosa a partir do prédio central.

"O que está procurando?", perguntou um arquiteto frustrado. "Oz?"

"Não", disse Danny. "Oz já foi feita. Quero uma coisa que ainda não foi feita."

O refrão "Dan, não é possível" é respondido com a réplica padrão "Tudo é possível"; a frase muito repetida "Não sabemos fazer isso" é retrucada com "Não sabemos fazer isso *ainda*".

Todos acham que ele é louco, mas a coisa *realmente* louca é que na maior parte das vezes encontram jeitos de vencer os desafios dele, e mais louco ainda é que começaram a secretamente gostar disso. Os que ficam, pelo menos; muitos desistem, ao que a resposta de Danny é "Estamos melhor sem eles".

Os que ficam — os Sobreviventes, como Jerry os chama — trabalham no prédio como monges escrevendo manuscritos iluminados, inventando design atrás de design, só para vê-los rejeitados com o mesmo mantra: "Podemos fazer melhor".

Eles fazem.

O projeto segue em frente.

Para Danny, talvez seja a época mais feliz de sua vida. Ele está ocupado, envolvido, imerso em criar algo belo. Dos escombros de uma vida que viu muita destruição, está construindo algo.

E encontrando equilíbrio.

Ele trabalha muitas horas, mas cumpre a decisão de estar em casa para o jantar todas as noites, sem exceção. Depois que Ian vai para a cama, Danny às vezes volta para o trabalho, mas folga nos finais de semana. Os sábados são o dia de Ian escolher o que quer que os dois façam — andar de bicicleta em estrada de terra, assistir a um filme, almoçarem juntos, o que for. Às vezes o menino só quer andar por aí, e Danny ficou empolgado quando ele pediu para ir ao galpão para ver uma das muitas maquetes de argila do Il Sogno.

"É legal mesmo, pai."

"Você acha?"

"Acho. Legal *mesmo*."

As noites de sábado são normalmente de filme. Danny, Ian e Madeleine — às vezes um ou dois amigos próximos, às vezes Ned — sentam-se na sala de projeção da casa e assistem a um filme, comem pipoca e fazem sundaes, pelos quais Danny vai pagar mais minutos na esteira, mas ele não se importa.

Ele sente falta de Eden nos finais de semana. Chegaram a discutir a vinda dela para as noites de filme, mas ambos têm sentimentos conflitantes a respeito disso.

"Terreno perigoso, Dan", disse Eden. "A próxima coisa que vai acontecer é estarmos caindo de cabeça em um relacionamento."

"E isso seria uma coisa ruim?"

Ela deu de ombros.

"Acho que estou pensando mais em Ian."

"Eu também."

"Nessa idade", respondeu, "ele iria se apegar... você sabe, charmosa e amável como eu sou... e isso não seria justo até...".

"Até..."

"A não ser", continuou, "que a gente levasse isso para o próximo nível. Seja lá o que isso for. E eu acho que estamos bem no nível em que estamos agora".

Basicamente, ele também acha.

Está feliz com o que eles têm.

Então Danny está vivendo o sonho.

O ataque vem do nada.

TRINTA E TRÊS

Danny está no galpão, olhando para a planta do teatro de 1.800 lugares, quando Dom entra.

— Alguma coisa está acontecendo com as ações — comenta ele. — Há um movimento. As pessoas estão comprando.

— Isso não é bom? — pergunta Danny.

— Pode ser — diz Dom. — Também poder ser uma coisa ruim. Depende de quem está comprando.

A resposta chega com velocidade brutal.

Vern Winegard.

Vern e vários de seus aliados — indivíduos, fundos de hedge, bancos — estão comprando as ações do Tara.

Uma aquisição hostil.

Dom coloca a coisa em termos duros.

— Winegard não conseguiu comprar o Lavinia, então está comprando a empresa que é dona do Lavinia. Nós. Quando ele controlar a maioria das ações, vai controlar o conselho. Vai votar para nos tirar.

— Ele pode fazer isso? — pergunta Danny.

— Está fazendo — responde Dom. — Somos uma empresa de capital aberto. Qualquer um pode comprar ações.

Danny se esforça para controlar um jorro de raiva, luta contra a vontade de gritar: "*Eu falei para vocês! Era por isso que eu não queria que abríssemos o capital!*". Mas isso não seria bom — ele pode ver que Dom já está aflito.

— Vamos precisar comprar mais ações — diz Danny.

— Não temos os recursos — diz Dom. — A corrida está fazendo o preço subir. O único jeito pelo qual poderíamos conseguir o dinheiro para comprar seria vender ações, o que anularia o propósito. Alguns de nossos aliados já estão vendendo, fazendo lucro.

— Vamos perder o Tara — diz Danny.

— Parece que sim — responde Dom.

A realidade é devastadora. Vão perder não só a propriedade do Lavinia, mas também o Casablanca e o Shores. Tudo que trabalharam tão duro para construir vai embora porque se excederam e abriram o capital.

O sonho acabou, pensa Danny.

Antes de poder ao menos começar.

Danny se senta na sala com Madeleine naquela noite.

— Não sei o que fazer — diz. — Dom acha que deveríamos sair agora. Vender as ações e pegar o dinheiro.

— Hastear a bandeira branca — diz Madeleine. — É isso que quer fazer?

— Claro que não — diz Danny. — Mas não sei que opções tenho. Vamos precisar de dezenas, talvez centenas de milhões, e ninguém vai nos emprestar isso. Ninguém vai investir contra Winegard, não agora.

Madeleine olha para o filho, sentado ali com a cabeça literalmente nas mãos. Ela se lembra da primeira vez que o viu como adulto, um atirador da máfia deitado em uma cama de hospital com o quadril destroçado por um tiro.

Ele pode estar ainda mais quebrado agora, pensa.

Você o trouxe de volta naquela época — os melhores médicos, terapeutas —, precisa trazê-lo de volta agora.

— Primeiro de tudo — diz —, você precisa deixar claro que vai continuar lutando porque quer construir algo, não por causa de alguma animosidade pessoal contra Vern Winegard. Se lutar apenas para não deixar que ele vença, não vale a pena.

— Quero manter minha empresa — diz Danny. — Quero construir meu hotel.

— Segundo — continua ela —, você está certo: nenhuma fonte tradicional de financiamento vai vir ao seu resgate.

— Se está pensando em Pasco e naquelas pessoas — diz Danny —, esqueça. Nem mesmo eles têm esse tipo de dinheiro.

— Claro que não — diz Madeleine. — Você precisa procurar Abe Stern.

Danny fica pasmo.

Abe Stern?

O velho, chefe da Companhia Stern, é dono de cassinos em Lake Tahoe, cassinos em barcos em dezenas de estados e uma cadeia de hotéis gigantesca — centenas de propriedades — em todo o mundo.

É um multibilionário.

Famosamente recluso.

E, de modo quase tão famoso, Abe *odeia* Las Vegas.

Recusa-se totalmente a fazer qualquer negócio na cidade. Ele teve um hotel ali nos anos 1960, vendeu e jurou nunca mais voltar.

— Abe Stern? — perguntou Danny. — Está maluca?

— Eu conheço bem Abe — diz Madeleine.

Claro que conhece, pensa Danny. *Você conhece* todo mundo.

— Posso fazer com que ele concorde com uma reunião — ela continua.

— Precisaríamos ser rápidos.

Madeleine se levanta e sai. Volta cinco minutos depois e diz:

— Ele vai ver você hoje à noite. Sugiro que use o jatinho da companhia.

TRINTA E QUATRO

Danny se senta para o jantar de Shabat.
Ele se sente esquisito; nunca esteve em um desses antes.
Josh, neto de Abe, foi buscar Danny pessoalmente no aeroporto, o que ele achou ser um sinal positivo. Assim como a energia de Josh — simpático, aberto, entusiasmado.

Danny fez o dever de casa no voo curto e ficou sabendo que Josh se graduou em Harvard, com um MBA pela Wharton. Voltou para Lake Tahoe há dois anos para ajudar o avô a gerir o negócio e foi considerado um tipo de prodígio pelo uso sofisticado de coleta de dados para guiar decisões de negócios.

Alto, de aparência atlética, bonito, Josh é o sucessor no comando da Companhia Stern quando Abe decidir passar o bastão. Danny também leu que o pai de Josh — outro Daniel — morreu jovem, de câncer, quando Josh tinha só dez anos, e que Abe basicamente criou o neto.

Josh quase saltou na direção de Danny, pegou a mala dele e a jogou na parte traseira do Land Rover. Então fizeram a viagem saindo da pista de voo, passando pela cidade e até a casa ao lado do lago na qual a família vivia desde os anos 1960.

"Você deve ser um convidado especial", disse Josh, "para vir para o jantar de Shabat".

"Não sabia que era."

"É sexta-feira", disse Josh. "Somos judeus."

Ele tirou um quipá do bolso do jeans e o passou para Danny.

"Vai precisar disso."

Danny disse:

"Você foi me pegar pessoalmente por uma razão."

"Claro", respondeu Josh. "Eu queria uns minutos sozinho com você. Olhe, sr. Ryan..."

"Dan."

"Dan", disse Josh. "O motivo da sua vinda é óbvio: você precisa de um investidor para lutar contra a aquisição hostil de Winegard. Estamos observando as ações com atenção."

"Certo."

"Abe ficou impressionado com sua recuperação do Casablanca", disse Josh. "Essa é a base do nosso modelo de negócio: eficiência, uso inteligente de recursos, serviços impecáveis aos hóspedes. Ele tem uma opinião muito favorável sobre o Grupo Tara."

"É bom ouvir isso."

"Mas você precisa saber que Abe vai encontrá-lo apenas como uma cortesia para sua mãe", disse Josh. "Ele não quer ter presença em Las Vegas. Vai recebê-lo para jantar, depois conversar com você em particular e lhe dizer não."

Bem, aí está, pensou Danny. *Minha única chance de salvar a empresa acaba de ir pelo ralo.*

Então Josh disse:

"Mas eu sou totalmente a favor. Acho que definitivamente deveríamos ter uma presença, uma grande presença, na Strip. Os dados corroboram minha visão. Acho que posso apresentar o argumento, mas não sei se consigo fazer a venda. Eu amo meu avô, mas ele é um velho teimoso."

Agora Danny senta-se para jantar, o cômodo iluminado suavemente por velas. A mesa longa está cheia — filhos adultos, netos, sobrinhos e sobrinhas.

Danny é o único de fora.

Ele observa Abe Stern levantar dois pães e fazer uma prece.

A voz de Abe é sonora.

Forte.

Danny não entende as palavras, mas percebe que são profundas, ancestrais e significativas de uma maneira que ele pode apenas imaginar.

— *Barukh atah Adonai Eloheinu melech ha'olam...*

O rosto de Abe é comprido — testa alta, olhos fundos, queixo forte. O cabelo ralo está totalmente branco, como a barba por fazer. Ele aparenta cada momento de seus 93 anos.

— ... *hamotzi lechem min ha'aretz.*

Abe polvilha sal nos pães, que são passados de mão em mão nas laterais da mesa, cada pessoa arrancando um pedaço.

Danny imita o que vê.

Depois do compartilhamento do pão, o restante da refeição é servido — algo que Danny descobre ser *gefilte fish*, seguido de frango assado, então um ensopado grosso de carne, batatas, feijões e outros vegetais.

A conversa é animada e solta, e as sobrinhas e os sobrinhos de Abe interrogam Danny alegremente — quem ele é, de onde vem, o que faz. Ele é casado? Tem filhos? O que acha do presidente Clinton? Do Oriente Médio? É pró-Israel? Pró-Palestina? O que acha do movimento de colonos? Yankees ou Dodgers, ou torce para o Red Sox?

As perguntas são intercaladas por debates acirrados sobre cada assunto enquanto Abe se recosta e pouco fala. Danny sabe que o velho o observa, vendo como ele se sai com as perguntas, como ele age com crianças.

Depois do *rugelach* de chocolate de sobremesa — Danny faz uma anotação mental para conseguir a receita e servir em seus restaurantes —, Abe sugere que se dirijam ao escritório.

Josh vai com eles.

Abe senta-se à mesa, Danny e Josh se acomodam nas poltronas.

Danny nota que as paredes estão cobertas de livros. Olhando para as lombadas, ele vê que a maioria é de história e filosofia.

— Normalmente não faço negócios no Shabat — diz Abe —, mas entendo que há uma certa urgência aqui.

— Agradeço que tenha aberto uma exceção — responde Danny.

— Eu conheço seu pessoal há muito tempo — comenta Abe. — Seu pai, Marty, e seu sogro, John Murphy, eram velhos amigos e sócios de negócio.

Danny fica chocado.

— Eu não sabia.

— Não alardeávamos as nossas conexões na época — diz Abe. — Mas naqueles dias era preciso ter... embaixadores... nos sindicatos. E na venda de serviços. Às vezes você não conseguia comprar um guardanapo sem a cooperação de indivíduos que agora podem ser vistos como indesejáveis. Nunca vi seu pessoal dessa maneira. Para mim, eram apenas homens de negócios.

— Não sou meu pai — diz Danny.

— Foi o que fiquei sabendo — diz Abe. — Quanto à sua mãe, Madeleine e eu nos conhecemos há décadas. Trocamos dicas de ações, esse tipo de coisa. Para ser claro, essa era a dimensão de nosso relacionamento.

— Entendo.

— Então, quando ela me pediu para fazer uma reunião com o filho dela — diz Abe —, embora seja Shabat, concordei. Gosto de você. É bem-vindo em minha casa a qualquer hora. Mas receio dizer que só vai até aí. Não posso ajudá-lo em sua luta com Winegard.

— Com todo o respeito — diz Danny —, o senhor pode. O que quer dizer é que não vai.

— Sim, isso é mais preciso — confirma Abe. — Não vou. Meu neto não concorda, e julgando pelas batidas que está dando no pé, acho que está prestes a nos dizer por quê. Joshua?

Josh expõe suas razões.

O Grupo Tara tem um histórico excelente. Dá grandes lucros. Com a captura de dados apropriada, o retorno do novo projeto, Il Sogno, pode ser astronômico. Além disso, a Companhia Stern precisa de uma presença, de uma localização de primeira, na Strip de Las Vegas. É uma questão de prestígio. Embora sejam altamente lucrativas e bem avaliadas, as propriedades da Stern são consideradas um pouco banais, classe média. Uma parceria em um hotel exclusivo e elegante como Il Sogno poderia abrilhantar toda a companhia e todos os seus estabelecimentos.

Abe diz:

— Essa classe média que você menospreza...

— Não a menosprezo — diz Josh.

— ... nos deixou ricos — completa Abe. — Nunca se esqueça, são os 99 por cento que fazem o um por cento. Eu seria muito cuidadoso em mudar nossa marca de um jeito que se sentissem excluídos.

Josh tem os dados à mão.

Ele menciona uma série de cadeias de hotéis que ficaram presas a uma marca e a um perfil demográfico de médio porte e agora estão em trajetória descendente rumo a uma reputação de segunda categoria. Apresenta números para mostrar que é possível obter muito mais lucro com menos clientes gastando mais dinheiro. Cita as vantagens da integração vertical de baixo para cima da base de clientes.

— Não estou sugerindo fechar as portas para nossa base de clientes atual — diz Josh. — Estou sugerindo abrir as portas para novos fregueses.

Abe olha para Danny.

— Essa é a desvantagem de dar uma boa educação aos descendentes. Eles usam o conhecimento adquirido contra você.

— Mas ele está certo — diz Danny. — Aprendemos uma lição semelhante no Tara.

— E agora você está a ponto de perder a empresa — diz Abe. — Então veio pedir socorro. Jamais teríamos aberto o capital, jamais vamos abrir. Esse foi um engano terrível, Daniel.

— Concordo.

— Concorda?

— Concordo.

Abe parece absorver aquilo.

— *Zayde* — diz Josh —, é uma grande oportunidade. A sinergia entre as nossas empresas...

— Sinergia — interrompe Abe, olhando para Danny. — Você ao menos sabe o que isso quer dizer?

— Não.

— Nem eu — responde Abe. — Mas Josh sabe. Ele conhece todo tipo de palavra que eu não entendo. Mas ele ganhou muito dinheiro para nós, preciso admitir. Você disse no jantar que tem um filho?

— Isso.

— Boa sorte com ele. — Abe fica de pé. — Desejo boa sorte em todos os seus esforços. Mas não posso te ajudar. Eu simplesmente não faço negócios em Las Vegas. Josh vai lhe mostrar seu chalé e levá-lo para o aeroporto de manhã. Shabat Shalom.

Acabou, pensa Danny. Ele se levanta, aperta a mão de Abe e o agradece pelo tempo e pela hospitalidade.

Josh o acompanha até um chalé de hóspedes ao lado do lago.

— Sinto muito, Dan. Eu tentei.

— Eu agradeço.

Danny não consegue dormir naquela noite. Só fica sentado em uma cadeira e olha para a lua pela janela.

Perdi, ele pensa.

Perdi Il Sogno, o Shores, o Casablanca — tudo o que construí.

Talvez seja melhor assim. Venda suas ações, pegue o dinheiro e se aposente cedo. Pare de sentir pena de si mesmo, você é um multimilionário. Você não tinha nada antes.

Ele diz isso a si mesmo, mas sabe que seu coração está partido.

Então vê uma figura alta e curvada sob o luar.

É Abe Stern.

TRINTA E CINCO

—Os velhos não dormem muito — diz Abe. — Talvez seja porque sabemos que logo vamos dormir *demais*.

Estão sentados em cadeiras Adirondack no gramado dos fundos do chalé, de frente para o lago.

— Você também não dorme muito — continua Abe.

— Estou com umas coisas na cabeça.

— Eu construí fortunas e as perdi. Então construí de novo. Você também vai construir. Você fez uma coisa estúpida, Winegard quebrou suas pernas. No momento, é o seu orgulho que está mais ferido do que qualquer coisa.

— Mas qual é o valor do meu orgulho? — pergunta Danny.

— Dignidade? Tudo. Orgulho... — Abe para de falar, como se a resposta não tivesse consequência.

Uma brisa suave sopra a água do lago até a margem.

— É um sossego — diz Abe. — Você não consegue isso em Vegas.

— Você não foi embora por causa do barulho do trânsito.

— Não — responde Abe. — Joshua mencionou a você os dois tios-avôs dele, Julius e Nathan?

— Não.

— Não, por que iria mencionar? — diz Abe, mais para si mesmo do que para Danny. — Ele só ficou sabendo que um foi assassinado e o outro morreu em um hospital psiquiátrico. Muito antes de ele nascer. Você tem tempo para a história de um velho?

— Claro.

Eram meados da década de 1960, conta Abe. Ele tinha seu hotel na Rua Fremont, estava indo bem.

Também tinha dois irmãos mais novos.

Julius e Nathan.

Eram brilhantes, provavelmente gênios. O problema era que eram inteligentes *demais*. Arrogantes. Achavam que podiam se safar de qualquer coisa e normalmente se safavam.

Como trapacear no carteado.

Eles tinham um longo esquema.

Julius conseguia emprego de crupiê. Jogava direito por meses. Então colocava um espelhinho na caixa de cartas, assim conseguia ver qual seria a próxima. Nathan vinha e jogava. Perdia um pouco, ganhava um pouco — de modo legítimo — e então mantinha as apostas baixas. Quando o prêmio estava grande o bastante, Julius sinalizava — piscando o olho — qual seria a próxima carta.

Eles ganhavam uma bolada, Julian esperava umas duas semanas e pedia demissão. Depois se mudavam para Reno, ou para Tahoe, e faziam a mesma coisa.

Então voltavam para Las Vegas.

Alternando como crupiê e jogador. Nomes diferentes, identidades falsas, disfarces.

Faziam dinheiro muito rápido.

O problema era que eles também gostavam de gastar.

Bebidas, mulheres, carros, ternos, roupas.

Julius, em particular, gostava de moda. Amava ternos feitos sob medida, gravatas de seda, sapatos caros. Amava mulheres caras, que cobria de presentes, pendurava no braço e exibia.

Aquilo chamava a atenção, era notado.

Abe tentou avisá-los. Sobre a trapaça e a exibição. Mas eles não quiseram escutar.

Eram inteligentes demais.

Na época, havia um jovem *capo* de Detroit chamado Alfred "Allie Boy" Licata, enviado para ficar de olho nos interesses da família, em particular na parceria oculta no velho Hotel Moonglow. A família de Detroit estava desviando dinheiro do lugar aos baldes e insistia em ter o monopólio do roubo do hotel.

Julius e Nathan não concordavam.

Julius amava ir para o Moonglow.

Não conseguia ficar longe de lá.

Talvez fosse porque odiasse Allie Boy e amasse irritá-lo no próprio estabelecimento. Eles tiveram um tipo de confusão por causa de uma mulher, trocaram palavras, e sabe como é, às vezes isso é suficiente para criar uma hostilidade permanente.

Danny sabe exatamente como é.

Os irmãos atacaram o Moonglow em cinquenta mil com o golpe do espelho e se safaram.

Deveriam ter ficado longe.

Mas Julius não conseguia evitar.

Voltou às mesas de 21 de lá, disfarçado, e fez seu lance de contar cartas.

As pessoas não eram idiotas e perceberam, e Licata o escoltou para fora pessoalmente com um convite para nunca mais voltar.

Mas Julius era bocudo. Ofendeu Licata com todo insulto que conhecia e inventou alguns ele mesmo. Xingou o homem em inglês, iídiche, hebraico e um pouco de italiano, mesmo enquanto estava sendo espancado.

Julius cuspiu sangue na cara de Licata.

Licata foi falar com Abe.

"Você é boa gente", Licata disse a ele. "Todo mundo te respeita. Preciso pedir que fale com seus irmãos, faça eles pararem com isso."

De novo, Abe tentou avisá-los. Fiquem longe. Licata é coisa errada — um psicopata sádico.

"Não tenho medo daquele carcamano", disse Julius.

"Deveria ter", respondeu Abe.

"Ele que se foda."

Até Nate disse a Julius para não voltar, mas não, Julius era inteligente demais, arrogante demais.

Voltou, com outro disfarce.

Foi pego de novo.

Licata voltou a falar com Abe — diga a seus irmãos para ficarem longe dos nossos hotéis ou vamos matá-los.

Abe passou o recado.

"Então eles vão precisar nos matar, cacete", disse Julius.

"Por quê?", perguntou Abe. "Por que estão fazendo isso?"

Julius sorriu. "Porque sim."

É óbvio que ele voltou.

Conseguiu uma bolada e se safou. Mas, quando voltou ao apartamento, Nathan não estava lá. O telefone tocou.

"*Se quer seu irmão, vá para...*"

Julius pulou no carro e dirigiu até o galpão na periferia da cidade. Ele sabia que era uma missão suicida, que estavam usando o irmão como isca para pegá-lo, mas não se importava.

Estava disposto a morrer pelo irmão.

Julius entrou na porra do prédio e ali estava Nathan, nu, acorrentado pelos pulsos a uma viga de aço, os dedos mal tocando o chão de concreto.

Mas estava vivo.

"Solta ele", Julius disse a Licata. "Sou eu quem você quer, certo?"

"Certo", respondeu Licata.

Ele sorriu, levantou a arma e atirou na testa de Nathan.

— Jesus Cristo — diz Danny.

Mas essa não foi a pior parte da história.

Julius sentiu uma pancada na parte de trás da cabeça e, quando acordou, estava nu e acorrentado cara a cara com o irmão morto.

Eles o deixaram lá por três dias, enquanto o corpo de Nathan apodrecia, se decompunha e inchava. A cada tantas horas, alguém vinha e forçava água pela garganta de Julius, e às vezes Licata vinha, sentava em um banco e fumava um cigarro enquanto Julius implorava para morrer.

"Por favor, me mate."

"Acho que não."

Depois de três dias, eles o desacorrentaram e o jogaram na viela atrás do hotel de Abe. Um garçom jogando o lixo fora o encontrou.

Àquela altura, Julius Stern tinha enlouquecido.

Um psicótico de olhos esbugalhados, babando, balbuciando sobre ser acorrentado ao irmão morto, um desastre incoerente que jamais teria crédito no banco de testemunhas.

Abe levou semanas para tirar a história dele, juntar as peças a partir dos gritos em meio a pesadelos e solilóquios divagantes.

Julius nunca se recuperou.

Abe o levou a médicos, tentou terapia de eletrochoque, medicamentos, tudo, mas no fim precisou colocá-lo em uma instituição psiquiátrica, e ele viveu uma morte lenta com tranquilizantes pesados, até que finalmente, depois de vinte anos, se foi.

O corpo de Nathan nunca foi encontrado.

Licata visitou Abe mais uma vez.

"Achamos que seria melhor se você vendesse seu hotel e fosse embora da cidade."

Abe concordou.

Nunca quis ver Las Vegas de novo.

Agora Danny entende a recusa de Stern.

— Sinto muito por sua perda.

— Faz muito tempo — diz Abe.

— O que aconteceu com Licata?

— Ele se tornou bem importante em Vegas — conta Abe —, até o fim dos anos 1980, quando a polícia federal expulsou os mafiosos. Mas sabe quem ele ajudou a entrar no negócio dos cassinos?

Danny balança a cabeça em negação.

— Vernon Winegard — diz Abe.

— Vern é limpo.

— Talvez agora — responde Abe. — Mas ele ainda paga um percentual para o Licata.

Jesus Cristo, pensa Danny.

Eles ficam sentados em silêncio por um minuto.

Então Abe diz:

— Quando recusei sua oferta, você aceitou isso com decência. E dignidade. Não tentou jogar nada daquela merda de máfia em mim. O nome de Pasco Ferri nunca saiu de seus lábios. Se tivesse saído, não estaríamos tendo essa conversa.

Danny mantém a boca fechada, mas sente o coração disparar.

— Nunca pensei que quisesse vingança — diz Abe. — Achava que era imoral, que estava abaixo de mim. Mais que tudo, quis proteger minha família de toda aquela brutalidade, toda aquela violência, aquela feiura. Ainda quero, entende?

— Entendo.

— Quando o mercado abrir na segunda-feira, o grupo Stern vai comprar ações do Tara o suficiente para impedir a aquisição — afirma

Abe. — Você vai ter os votos para controlar o Tara. Você e eu seremos sócios.

— Obrigado, sr. Stern.

— Uma coisa — diz Abe. — Joshua vai com você. Ele vai se mudar para Las Vegas para tomar conta de nossos interesses. Ele é um rapaz inteligente, mais inteligente que eu ou você. Vai ganhar dinheiro para você.

— Sei que vai.

Abe levanta da cadeira com esforço.

— A coisa mais estúpida que fazemos é envelhecer. Esse hotel que estamos construindo, esse seu sonho, eu provavelmente não estarei vivo para ver.

Danny fica de pé.

— Tenho certeza de que vai estar.

— Me prometa uma coisa — pede Abe. — Tome conta do meu neto.

— Prometo — responde Danny. — Como se fosse minha própria família.

Eles apertam as mãos.

TRINTA E SEIS

A imprensa está toda em cima daquilo.

Por que não estaria?

A notícia de que a Companhia Stern se aliou ao Grupo Tara muda o jogo, é um movimento tectônico na geografia do mundo das apostas.

"*Pode ter sido hostil, mas no fim não foi uma aquisição*", diz um artigo, "*e o Grupo Tara emerge mais forte que nunca enquanto o ataque de Vern Winegard fracassa*".

Outro diz: "*Dessa vez não foi um Lamborghini, nem mesmo o Lavinia, mas algo muito mais valioso, posto que a aposta de Winegard para comprar o Grupo Tara não bastou*".

Outros tinham uma abordagem diferente.

"*A Volta da Stern.*"

"*A gigante de hospitalidade e jogos Companhia Stern veio como a cavalaria para resgatar o Grupo Tara da aquisição hostil de Vern Winegard. O movimento pôs fim ao longo exílio autoimposto por Abe Stern de Las Vegas, trazendo finalmente para o deserto, de sua base em Lake Tahoe, o gigante de hotéis e cassinos. Fontes internas dizem que o neto de Stern, Joshua Stern, vai supervisionar os quarenta por cento da companhia no Grupo Tara. A ação transforma a aliança Stern-Tara na grande força dominante na Strip, se não em todo o mundo dos jogos...*"

— Você está se regozijando — fala Eden.

— Mais desfrutando — diz Danny, deitado na cama. — Estou desfrutando.

Desfrutando do alívio, desfrutando da vitória.

É bom vencer.

— Você abriu mão de quarenta por cento da sua empresa — diz Eden.

— Mas eu ainda *controlo* minha empresa — responde Danny. — De qualquer modo, isso não diz respeito ao dinheiro.

— Diz respeito a quê, então?

— Ao sonho.

— Com um S minúsculo ou maiúsculo?

— Ambos, acho. Mesma coisa.

Ela está começando a se apaixonar por ele.

Mas não, não, repita, não se permita se apaixonar por ele, pensa Eden.

Danny Ryan é apaixonado por duas mulheres mortas, memórias com as quais você jamais poderia competir. Duas mulheres que nunca vão dizer a coisa errada, ganhar um quilo a mais, sofrer com cólicas, ter um nariz vermelho e escorrendo ou envelhecer.

Duas mulheres que jamais desapontam.

É mais profundo que isso.

Embora ela jamais fosse dizer a ele, sabe que Danny é apaixonado pela própria tristeza, apegado ao romance de suas tragédias. São sua autodefinição, perceba ele ou não. Nunca vai deixar essa tristeza, não saberia o que fazer.

Chega, pensa Eden.

Você tem um bom relacionamento com o homem. Amistoso, afetuoso, íntimo em mais aspectos que o sexual — bem, tão íntimo quanto qualquer um de vocês vai permitir —, mutuamente benéfico.

Um relacionamento simbiótico, se desejar.

Você atende às necessidades dele, ele atende às suas.

O que, obviamente, é como as pessoas descrevem um bom casamento, mas Eden não tende a essa direção. Ela sabe que a maioria das mulheres tenderia, de olho no dinheiro, no prestígio e no poder. Na mansão, no country club, nos comitês.

Eu cortaria os pulsos, pensa Eden.

Ela imagina a cena entre as senhoras que almoçam. Inclinando-se sobre a salada Cobb, pegando uma faca e cortando as artérias. À la Julia Child de Dan Aykroyd em *Saturday Night Live*, espalhando sangue por todos os vestidos de milhares de dólares, gritando "Eu precisava fazer isso! Vocês estão me *matando* de tédio!".

TRINTA E SETE

Vern abaixa o jornal com desgosto.

Quem teria pensado que Ryan teria os colhões de procurar Abe Stern? Quem teria pensado que Stern um dia concordaria em investir em Las Vegas?

— Ryan o intimidou — diz Connelly.

— Como? — pergunta Vern. — Como é que Dan Ryan poderia intimidar Abe Stern? Seria como Floyd Mayweather intimidando Mike Tyson. Mayweather é um ótimo lutador, mas não tem o peso. Ryan também não tem.

— Ryan tem algo contra ele — diz Connelly. — Ou só o ameaçou. Sabe como esses caras funcionam.

— Que caras?

— Caras da máfia.

— Você está nisso de novo? — pergunta Vern.

— Estou dizendo, Ryan tinha alguma coisa contra Stavros, foi como ele virou o homem na venda do Lavinia — diz Connelly. — Abe Stern diz há *trinta anos* que não virá para Vegas, Ryan vai vê-lo *uma noite* e agora ele está de volta? Fala sério.

— Mesmo se for verdade, o que deveríamos fazer a respeito disso? Não temos nenhuma prova — pergunta Vern.

— Vamos ao conselho — responde Connelly —, fazer que comecem uma investigação, suspendam a licença dele.

— Eles já recusaram.

— Então alguém no conselho. Se a pessoa for abordada do jeito certo...

— Vamos para a sarjeta com Ryan.

— É o único jeito de ganharmos essa coisa — diz Connelly. — Ou podemos apenas desistir e deixar os bandidos ganharem. Vai ser como nos velhos dias ruins, a máfia mandando na cidade.

É um jogo de dominó, pensa Vern. *Se Ryan tem ligação com a máfia por meio de Ferri, então Dom Rinaldi e Jerry Kush têm ligação com a máfia por meio de Ryan. O conselho poderia suspender as licenças deles, até forçá-los a vender os hotéis.*

O Tara vai cair.

Vou pegar os pedaços.

— Faça a abordagem.

— Está fazendo a coisa certa, Vern.

Muito depois de Connelly sair do escritório, Vern se pergunta se *está fazendo a coisa certa*. Odeia Ryan, mas ainda não acredita muito que ele seja mafioso. Ou que *ainda* seja mafioso, pois em algum momento ou outro ele com certeza teve ligações.

Mas todos nós temos nosso passado, pensa Vern, *e é arriscado escavar o de Ryan. Ninguém nesse ramo é totalmente limpo. Todos nós fizemos nossos acordos, todos assumimos nossos compromissos. O melhor que podemos dizer é que estamos quase totalmente limpos.*

Agora.

Somos como a própria Las Vegas.

Estamos quase totalmente limpos agora.

Nos velhos tempos?

Fazíamos o que era preciso para entrar no ramo, ficar no ramo. Você começa a escavar o passado de Ryan e não é o único que pode empunhar uma pá. Ryan pode retaliar com alguma escavação arqueológica própria.

Você tem esqueletos enterrados nessa terra.

TRINTA E OITO

Josh gosta de Las Vegas.

"No fim das contas", ele brincou com Danny, "somos um povo do deserto".

Josh é triatleta, então o clima cai bem com o treino dele. Ele corre ou anda de bicicleta de manhãzinha, nada pela tarde ou à noite. Hóspede de Madeleine até encontrar um lugar, ele usa a piscina e a academia, o banho de vapor ou a sauna.

E trabalha feito um filho da puta.

Danny está impressionado.

Josh chega cedo ao escritório e vai embora tarde, e normalmente almoça na mesa. Quando não está lá, está nas propriedades, muitas vezes com Dan, observando e aprendendo todos os detalhes.

Ele passa muito tempo ajustando sua ferramenta de coleta de dados, descobrindo quanto gasta o hóspede médio em cada hotel, no que apostam e qual valor, quantos voltam a quais hotéis e por quê. A pesquisa está começando a mostrar que é verdadeiro o argumento de Danny de que os hóspedes gastam mais nos quartos, espetáculos e refeições do que em apostas.

Quando não está trabalhando, ele está treinando. Quando não está treinando, fica por ali, janta com a família, às vezes senta na sala de televisão com Danny, Ian e Madeleine e assiste a um filme.

Ele está ensinando Ian a jogar tênis.

Josh se torna rapidamente um membro da família.

Madeleine, é claro, quer encontrar uma mulher adequada para ele.

— Isso não vai funcionar — diz Danny.

— Por que não?

— Ele é gay — responde Danny.

— Você é um estúpido que acha que todo mundo é gay — diz Madeleine.

— Não — insiste Danny —, ele me contou que é gay.

O assunto veio à tona no almoço um dia no escritório de Danny, quando Josh perguntou se havia uma mulher na vida dele.

"Na verdade não", disse Danny, sentindo um pouco de culpa por Eden. "E você?"

"Na verdade, jogo no outro time", respondeu Josh. Quando Danny pareceu não entender, ele completou: "Sou gay".

"Ah."

"Ah." Josh riu. "Que ótima reação, Danny. Tudo bem para você?"

"Não cabe a mim achar que está tudo bem", falou Danny. "É você quem precisa achar que está tudo bem. Está tudo bem para você?"

"Está ótimo", respondeu Josh.

Danny ficou em silêncio por alguns segundos, depois perguntou: "Abe sabe disso?"

"Sabe."

Josh tinha ficado apavorado ao sair do armário para o avô. Meio que esperava ser renegado, deserdado. As consequências financeiras não o assustavam. Ele era educado, inteligente e criativo, então sabia que sempre poderia ganhar dinheiro, ficaria bem. Mas amava o avô, amava a família, amava o negócio e não queria ser banido.

Queria ficar.

Mas não ao custo de viver uma mentira.

Então, quando ele voltou da faculdade um verão, pediu para ver Abe no escritório, sozinho.

"O que se passa em sua cabeça, Joshua?", perguntou Abe.

"*Zayde*, eu sou gay", disse Josh. "Homossexual."

"Eu sei o que significa gay", respondeu Abe. "Você acha o quê, que os homens começaram a ficar com homens na semana passada? Eu conheço homossexuais."

"Então, o que acha?" Josh sentiu a voz tremer.

"Acho que você é meu neto e eu te amo", disse Abe. "Estou cheio de alegria por isso? Não, eu gostaria de conhecer seus filhos. Penso menos de você? Também não. Você é uma boa pessoa. Tenho orgulho de você, sempre terei."

"E se eu trouxesse... um parceiro... para casa?", perguntou Josh.

"Ele seria bem recebido", disse Abe. "Se alguém na família tiver um problema com isso, vai ter um problema comigo também. E, Joshua, como você sabe, ninguém na família quer um problema comigo. Essa pessoa *existe*, esse 'parceiro'?"

"Ainda não, não de verdade."

"E você está tomando cuidado?"

"Não vou ficar grávido, *Zayde*."

"Brincadeiras, Joshua?"

"Claro que estou tomando cuidado."

Josh não levou ninguém para a casa da família, ainda não. Teve casos, namorados, mas ninguém que tenha desejado apresentar para o avô.

E agora ele saiu do armário para Dan Ryan e está aliviado e se divertindo um pouco com a reação tranquila dele.

"Abe me aceita como sou."

"Bem, Abe é um bom cara."

"É a melhor pessoa que conheço."

Se Madeleine ficou surpresa com a orientação sexual de Josh, se recuperou rapidamente.

— Nesse caso, devo arranjá-lo com um rapaz adequado.

— Acho que Josh é capaz de cuidar de si mesmo — diz Danny.

Josh também acha e recusou educadamente a oferta de Madeleine para ajudar em sua vida amorosa. Está ocupado demais para romance agora, de qualquer modo, absorto em elevar o Grupo Tara ao próximo nível e com o planejamento, o financiamento e a construção de Il Sogno.

"Amo o conceito", disse a Danny. "Pode ser extraordinário."

Josh vai aos banqueiros, aos administradores de fundos de hedge, aos grandes jogadores, para fazer com que invistam no hotel. Suas análises de dados, junto com o peso da Companhia Stern, fazem diferença.

Espalha-se a palavra de que Josh Stern e Dan Ryan são uma equipe importante, um novo poder genuíno no negócio.

Um dos maiores pontos fortes da dupla é que eles discutem entre si.

Refinando o projeto de Il Sogno, as estatísticas de Josh às vezes entram em conflito com a estética de Danny.

Por exemplo, a localização dos elevadores.

— Você não pode — comenta Josh — deixar as pessoas irem direto para o elevador sem passar pelos caça-níqueis.

— Quero que elas se sintam hóspedes valorizados — diz Danny —, e não alvos de manipulação.

— Mas vamos perder fonte de renda.

— Vamos recuperá-la com fregueses que voltam — responde Danny.

Eles chegam a um meio-termo — o fluxo de tráfego levará os hóspedes pelo lado das máquinas caça-níqueis, mas não passará no meio delas.

Eles debatem quanto espaço deve ser reservado para mesas de pôquer, jogos de dados e roleta. Discutem quanto espaço ceder a lojas de varejo e que lojas devem ser. Dão voltas e voltas pensando em esquemas de iluminação, materiais para isolamento de som, soluções para desgaste do piso.

Como resultado, ambos se tornam grandes crentes no que Josh chama de "batalha de ideias" — aprendem a deixar os egos do lado de fora e permitir que os melhores dados, as melhores análises e o melhor pensamento vençam.

Isso engrandece os dois.

Engrandece Il Sogno.

E diverte Gloria imensamente.

"Vocês dois são Abbott e Costello do ramo de jogos", disse a Josh certa vez. Vendo a cara de interrogação que ele fez, completou: "Não? Dean Martin e Jerry Lewis? Não? Nada? E que tal Jerry e George?"

"*Seinfeld*", respondeu Josh.

"Aí sim", disse Gloria. "Vocês dois discutiriam a cor do ar."

"Ela está levantando uma questão interessante, Dan", disse Josh. "O sistema de circulação precisa…"

Dom e Jerry se tornam grandes fãs de Josh Stern — o novo parceiro deles segura os impulsos mais extravagantes de Dan, traz segurança financeira séria para a companhia e é sempre uma presença alegre, positiva.

A pessoa que talvez mais goste de Josh é Bernie Hughes.

A pedido de Danny, o contador se mudou para Las Vegas para ficar de olho nos números que sustentam a parceria Tara-Stern, e também porque Danny está preocupado com a saúde do velho e quer mantê-lo mais perto.

Bernie *ama* Josh. Ama a atenção dele ao detalhe, a visão conservadora em relação aos gastos, e reserva a ele o maior elogio: "O menino conhece seus números".

Sim, o "menino" conhece, e os manipula com uma fluidez e uma imaginação que beneficiam Danny. No processo, Danny e Josh se tornam amigos. Tanto que Danny fica um pouco triste quando Josh lhe diz que encontrou um lugar para morar.

— Você sabe que sempre é bem-vindo aqui — diz Danny.

— Eu sei — fala Josh —, mas eu fico inibido.

— Vamos sentir saudades. Ian vai sentir sua falta.

— Não vou ficar muito tempo sem aparecer — diz Josh —, e vai levar um mês ou mais para ajeitar o novo apartamento.

— Madeleine e Gloria ficariam felizes em ajudar.

— Sou um jovem gay. Não preciso da ajuda delas com decoração.

— Então precisa da eficiência brutal delas.

— Isso eu posso aproveitar.

Então Josh gosta de sua vida em Las Vegas. Encontrou uma família substituta nos Ryan, está desenvolvendo amizades na cidade, tem uma cobertura na Strip. Vai de bicicleta ao escritório, corre em trilhas fora da cidade. Seria legal ter um namorado — isso seria a cereja no bolo —, mas não tem tempo para sair procurando e não gosta de marcar encontros pela internet.

Isso vai acontecer, pensa Josh.

Todas as sextas ele pega o jato da companhia até Tahoe para o jantar de Shabat e para ver o avô.

A vida é tão boa.

Para Josh.

Para o Tara.

Para Danny.

E então...

TRINTA E NOVE

Danny dirige até o parque Sunset e estaciona ao lado de um carro sem placa.

Ron Fahey é um tenente da Agência Contra o Crime Organizado, Seção de Inteligência Criminal.

Todos os maiores operadores de cassino têm um ou dois caras no departamento de polícia. Não são policiais corruptos, não aceitam propina para fazer vista grossa para crimes, mas estão pensando no futuro pós-aposentadoria, talvez um emprego lucrativo em segurança ou consultoria em uma das grandes corporações de jogos.

Danny baixa a janela, e Fahey baixa a dele.

— O que foi? — pergunta Danny.

— Acho que deveria saber — diz Fahey — que um investigador do conselho veio pedir seus arquivos.

A Agência de Serviços Investigativos da polícia metropolitana tem arquivos extensos sobre todos os maiores empresários de Las Vegas.

Danny sente uma pontada de medo.

— O que tem neles?

— Coisa velha — diz Fahey. — História antiga, o normal. Mas, Dan, você almoçou com Pasquale Ferri no Piero's?

Merda, pensa Danny. *Pode ser o suficiente para arrancarem minha licença.*

— Você sabe quem no conselho está por trás disso?

— Vou ver o que consigo descobrir.

É Camilla Cooper.

Cammy para a família, os amigos e os fãs, que são muitos, pois Cammy Cooper é uma estrela.

Alta, loira, olhos azuis, cristã renascida, mãe de cinco, ex "Sra. Las Vegas", ela é um modelo — de modo literal e figurativo — para a população conservadora, propagadora da Segunda Emenda, contra o aborto, contra o casamento gay, "a favor da família", que é uma coisa importante em Nevada.

Ela deu início à própria figura pública com a chamada Campanha da Promessa, que convocava meninas adolescentes a prometerem se guardar para o casamento.

Cammy organizou comícios, em igrejas e até em escolas, com bandas de rock cristão, grande emoção e energia, e conseguiu a adesão de milhares de garotas. Falava sobre gravidez, falava sobre doenças, falava sobre moralidade, mas também falava, com a influência considerável de uma beleza estonteante, sobre abstinência sexual — "É *melhor* quando se tem um compromisso, quando é monogâmico".

Então, sorrindo de modo sedutor, completava: "Confiem em mim, eu sei".

E dava uma piscadela.

Era matador.

Às vezes o alvo daquela piscadela era o marido, Jay, mais conhecido como Coop. Coop, como Cammy ficava feliz em relatar, era um "homem de verdade", marido, pai, caçador e ex-estrela do futebol universitário; mancava quase imperceptivelmente por causa de um ferimento no joelho que o impedira de seguir o caminho profissional, mas estava se saindo muito bem, obrigado, na área de seguros. Alto, bonito, Coop era o coadjuvante perfeito, ficando atrás e levemente para a esquerda, sorrindo, assentindo, corando com uma modéstia charmosa quando Cammy falava das qualidades dele como pai e da vida mais--que-satisfatória deles na cama.

Enfrentando críticas de que o programa era machista por colocar a responsabilidade somente nas meninas, ela o expandiu para incluir meninos, atraindo milhares de adolescentes cheios de tesão para os comícios e fazendo com que subissem no palco para fazer a promessa.

A Campanha da Promessa inaugurou a carreira pública de Cammy. Ela se tornou uma palestrante badalada, deu sermões como convidada em megaigrejas, apareceu em programas de entrevistas da TV local.

Ela ampliou o escopo.

De castidade para direitos a porte de armas pode não parecer uma evolução natural, mas Cammy certamente tornou tudo perfeito.

"Os mesmos liberais que estão minando nossa moralidade sexual", ela pregava, "também querem tirar nossas armas. Bem, não vou renunciar ao direito de defender meu lar, minha família e a mim mesma".

Em uma foto que se tornou icônica, Cammy posava com um macacão todo branco, uma longa perna erguida, coldre na cintura, soprando o cano de uma pistola Colt.

Aos críticos que expressaram decepção com a indecência da foto, Cammy respondeu: "Não há contradição inerente entre sexualidade e cristianismo. Deus nos deu nossos corpos e quer que desfrutemos deles — dentro dos laços sagrados do matrimônio".

O mesmo sorriso sedutor, com a mesma piscadela e o mesmo sussurro alto: "Basta perguntar ao meu marido".

Redobrando os esforços, Cammy, em conjunto com uma das megaigrejas, lançou o Desafio Atrás de Portas Fechadas, no qual cônjuges se comprometiam a fazer sexo pelo menos uma vez por dia durante um mês.

"Vamos ficar cansados", disse. "Mas estaremos sorrindo."

O DAPF — como se tornou conhecido — foi um grande sucesso.

"Vocês já notaram", disse Cammy na conclusão do desafio, "como os liberais estão sempre infelizes? Sempre reclamando de alguma coisa? Preocupados com outra coisa? Enquanto os conservadores geralmente são felizes? Por que isso? Acho que é porque temos nosso Deus, nossas famílias, nossas armas, nossas casas e nossos corpos, que tratamos como templos em vez de banheiros de postos de gasolina. Eu me levanto feliz de manhã. Vou para a cama feliz à noite... Meu marido também. Nós dois dormimos como bebês".

Sorriso. Piscadela.

Coop Cooper corou.

Cammy Cooper era a favor da sexualidade.

Bem, da heterossexualidade.

A campanha seguinte dela foi um ataque aos direitos dos gays, especialmente o temido fantasma do casamento entre pessoas do mesmo sexo. Com Coop a seu lado, ela proclamava: "Era Adão e Eva, não Adão e Ivo", como se fosse a tirada mais engraçada e original desde que Henny Youngman disse "Tome minha esposa, por favor".

"Casamento é um contrato sagrado entre um homem, uma mulher e Deus", dizia para a câmera de TV. "Não vou permitir que o casamento seja rebaixado ou degradado por uma violação grosseira desse sacramento. Se concorda comigo, e você sabe que concorda, quero que escreva agora para seu deputado, seu parlamentar, e diga a ele que você exerceu seu direito ao voto e que é a favor do casamento."

Cammy se tornou uma estrela.

Conseguiu o próprio programa em uma emissora local, e, depois de uma temporada, ele foi vendido para todo o país.

Quando foi indicada para o Conselho de Controle de Jogos de Nevada, ela disse: "Não aposto muito. Ah, talvez um bilhete de loteria de vez em quando. Mas sei que o jogo é uma parte imensa da economia de Nevada. Cria milhares de empregos. Quero que o jogo de Nevada seja limpo, livre das influências criminosas que o afetaram no passado. Sob minha supervisão, Las Vegas, Reno e Tahoe serão apropriadas para famílias".

Mas Cammy não fica satisfeita com um lugar no conselho. O que se diz por aí é que ela quer a mansão do governador.

E, pensa Danny, *ela vai pisar em mim para chegar lá.*

QUARENTA

D anny conta aos sócios.

Eles precisam saber, a ameaça não é apenas contra ele. Poderia colocar todos em perigo, até derrubar o Tara, porque se Cammy Cooper conectá-lo ao crime organizado, isso implicará, por associação, Dom, Jerry e a Companhia Stern.

Então ele os convida para vir até a casa, reúne-os na sala e conta sobre a investigação de Cooper.

— O que você fez para Cammy Cooper? — pergunta Dom.

— Nada — responde Danny. — Ela precisa de uma pele para pendurar na parede e a minha serve.

— Ela tem alguma coisa? — pergunta Dom.

— Tem meu encontro com Pasco.

— Só isso?

— Pode ser o bastante — diz Danny. — Some isso à publicidade do meu tempo em Hollywood... poderia ser suficiente para tirarem minha licença.

É a espada de Dâmocles que está pendurada sobre o pescoço deles desde o início. Eles todos sabiam que Pasco Ferri e alguns de seus sócios tinham dinheiro enterrado fundo no financiamento do Tara; sabiam que Danny os tinha procurado na época do financiamento do Shores, tinha feito isso de novo para obter a permissão de abrir o capital. E, ainda que a parte de Ferri tenha sido diluída a ponto de ser quase inexistente, a conexão ainda pode ser letal.

— Dan — diz Jerry —, por mais que seja difícil dizer isso, temo que esteja certo.

Dom olha para Danny e assente.

— Odeio isso, precisamos pedir que você se demita como diretor de operações e venda suas ações.

— Isso é revoltante — argumenta Madeleine.

— Que escolha temos, Madeleine? — pergunta Dom. — Sinto muito, mas Dan é um risco muito grande.

— Porra nenhuma — diz Josh.

— Quê? — pergunta Jerry.

— Eu disse porra nenhuma — responde Josh. — Dan transformou o Tara no que ele é. É a visão dele. Vocês todos sabiam quem era o Danny quando entraram no negócio com ele. Não vou excluí-lo porque as coisas ficaram um pouco difíceis.

— Eu estou me excluindo — diz Danny. — Vou me demitir e vender.

— Não vou deixar — responde Josh. — Simples assim: se Dan sair, as ações da Stern vão com ele. Vamos vender, deixar o Winegard comprar vocês. Então vamos começar uma empresa nova com Dan e tirar vocês do negócio.

Esse é Josh?, pensa Danny. *O Josh afável, despreocupado, "alguém quer jogar tênis?".*

— Você quer falar sobre isso com seu avô primeiro? — pergunta Dom.

— Não preciso — diz Josh. — Tenho total autoridade em todas as questões relacionadas a nossa parceria com o Tara. Se quiser telefonar para ele, fique à vontade. Mas posso lhe adiantar o que ele vai dizer: "Fale com o Joshua".

— E o conselho?

— O que tem o conselho? — pergunta Josh. — Dan, você não tem permissão da Stern para se demitir. Boa noite para todos.

Eles observam enquanto Josh sobe as escadas.

Pela manhã, na mesa do café, Danny diz:

— Você não precisava fazer aquilo.

Josh levanta os olhos dos ovos mexidos.

— Vocês, católicos irlandeses, sempre querem ser os mártires.

— Ainda assim...

— Você dividiu o pão com a gente — diz Josh. — Sentou à nossa mesa de Shabat. Você me recebeu na sua casa. Isso significa alguma coisa.

— Bilhões de dólares? — pergunta Danny.

— Meu avô me ensinou — continua Josh — que dinheiro não forma caráter, mas que caráter faz dinheiro. Sempre invista em caráter, diz ele. Se os papéis estivessem invertidos, você não teria aceitado a demissão de Dom ou Jerry.

Ele fala como se fosse um fato. Não há necessidade de responder.

— Se os Stern estivessem com problemas — diz Josh —, Dan Ryan ficaria do nosso lado. Então, o que vamos fazer a respeito da sra. Cooper? Você sabe que Winegard está por trás disso.

— Você acha?

— Fala sério. Olha o timing. Ele tentou uma aquisição hostil. Não funcionou. Essa é a jogada seguinte.

— Ele a comprou.

— Lógico que a comprou — diz Josh. — Se ela concorrer para governadora, vai precisar do dinheiro. E ela ainda consegue entalhar Danny Ryan naquela pistola dela. Só ganhos para nossa Cammy.

— Não temos como provar isso.

— Não, não podemos — diz Josh. — Precisamos encontrar outra coisa. Cammy quer escavar seu passado, nós escavaremos o dela. Ela não pode ser tão limpa quanto parece.

— Achei que você fosse o sr. Certinho — fala Danny. — O sr. Limpo.

— Quando o outro lado seguir as regras, eu vou seguir também — responde Josh. — Até lá, vou jogar do jeito que todos os outros jogam.

Danny não gosta disso.

É tudo de que vem trabalhando para escapar.

Mas, como diz o aviso de segurança, "objetos no retrovisor podem estar mais próximos do que parecem".

É, pensa Danny.

E acelerando.

QUARENTA E UM

Alfred "Allie Boy" Licata também lê os jornais.

"Allie Boy" há muito deixou de ser um menino, embora o apelido dos dias de jovem figurão em Las Vegas tenha ficado. Mas agora ele está na casa dos sessenta, congelando na porra de Detroit, expulso do mundo de jogos de Nevada como "indesejável".

Mas a porra do Abe Stern está voltando para Las Vegas, pensa Licata, enquanto olha para as manchetes e se recorda do que fez aos irmãos de Stern.

Ele fica excitado só de pensar naqueles dois irmãos presos como gatos pendurados num varal, Julius estrebuchando e gemendo, os olhos ficando mais loucos, o jeito que o corpo dele pulava quando pegavam uma mangueira para lavar a merda e o mijo dele.

Marone, mas como aquele lugar fedia.

O corpo apodrecendo, inchando.

Era melhor do que matar Julius, muito melhor, mandar a mente dele para um estado de dor eterna. Esse é o problema com a tortura: normalmente ela acaba, você não pode continuar para sempre, o cara morre cedo demais e então você precisa encontrar outro...

Mas Licata encontrou muitos.

E se transformou em um dos caras mais temidos e odiados do mundo deles, o que é uma coisa boa.

Eles que me odeiem, pensa.

Desde que também tenham medo de mim.

E agora Winegard se deixou ser enrabado por Abe Stern.

E esse Ryan.

Licata conhece um pouco da reputação de Ryan. Foi soldado dos irlandeses nos velhos tempos, quando estavam brigando com os italianos pelo controle da Nova Inglaterra. Perdeu a guerra, mas saiu bem dela, apareceu em Los Angeles comendo alguma estrela de cinema. Entrou em alguma briga lá com Angelo Petrelli. Dizem que Petrelli mandou matar Ryan, mas não deu certo. Nenhuma surpresa aqui, Petrelli sempre foi um brocha, e a família de Los Angeles era uma piada, não tanto uma família, mas uma colônia de Chicago e Detroit. Só que também significa que esse Ryan sabe se cuidar.

Além disso, dizem que Ryan tem um antigo relacionamento com o velho Pasco Ferri.

Ferri não é brincadeira, um cara de muito peso, com entrada em todas as grandes famílias. Teoricamente está aposentado agora, mas enfia o nariz em quase tudo.

Então, ele está comandando Ryan?

E, por meio de Ryan, comandando Stern?

Não seria surpresa, pensa Licata. *Abe era unha e carne com os irlandeses nos velhos tempos, com o velho John Murphy e com Marty Ryan. Eu me pergunto se esse Ryan é parecido com o pai, que era um cara durão quando novo, antes de cair no fundo da garrafa e não conseguir mais sair.*

Porra de irlandeses.

Piada velha: "Um irlandês passa em frente a um bar…".

É isso, essa é a piada.

Falando em piadas, os federais acham que expulsaram o crime organizado de Las Vegas, acham que a cidade é dirigida por corporações agora. Nem percebem que essas corporações ainda têm conexões com gente como Pasco Ferri e Danny Ryan.

Nada mudou, a não ser os nomes.

Uma piada.

E Winegard?

Vern é um cara bom, inteligente, mas não um cara durão. Não durão como Pasco Ferri. E agora está lidando com uma bucha.

Licata olha pela janela, para a neve caindo.

Às vezes as pessoas perguntam se ele sente falta de Vegas.

Se eu sinto falta de Vegas? Sinto falta de 35 graus e sol? Moças andando quase peladas? Dinheiro desviado saindo pelo ladrão? Boquetes fiado? Por que sentiria falta daquilo tudo? Tenho Detroit, ou a Motown, a cidade imunda, degradada, todos-os-empregos-foram-pro-Japão, mulheres-trepam-de-colete.

Foda-se aquilo.

QUARENTA E DOIS

Cammy *é* tão limpa quanto aparenta.

Difícil de acreditar, mas aparentemente verdade, porque ninguém — nem Fahey, nem o pessoal de Josh — consegue encontrar uma partícula de sujeira no macacão branco de Camilla Cooper. As finanças dela são imaculadas, ela paga os impostos, e as aulas vespertinas de tênis são realmente aulas de tênis.

Seu passado parece tão puro quanto seu presente.

Sem gravidez na adolescência, sem abortos, sem casos amorosos, sem indiscrições bêbadas em festas. Coop era seu namorado da faculdade (ela era, claro, líder de torcida), ficaram noivos, se casaram, tiveram filhos.

Frequentam a igreja aos domingos, vão aos eventos esportivos e escolares das crianças. Cammy bebe uma taça de vinho nas noites de sábado, Coop toma uma cerveja no churrasco de domingo. É isso — sem receitas de Valium, medicamentos para ansiedade, remédios para herpes...

— Como você consegue essas informações? — pergunta Danny.

— Você não quer saber — diz Josh.

Não, imagino que não, pensa Danny.

Ele se sente sujo. Precisa se lembrar de que Cooper está tentando destruí-lo, de que ela está cavando o passado *dele*, mas ainda está apreensivo.

Não importa, de qualquer maneira.

Não há sujeira para escavar.

As pás saem limpas.

Fahey dá notícias piores.

— Cooper tem o seu encontro com Ferri — diz ele a Danny. — Ela também está investigando um Kevin Coombs? Teve algum tipo de cena em uma festa sua, algo que ele pode ter dito sobre você fugir de Rhode Island? Ela também anda fazendo perguntas sobre um Sean South, um James MacNeese e um Edmund Egan. Egan tem ficha?

— Tem.

— Ela está tentando ligar você não apenas com a máfia, via Ferri — diz Fahey —, mas também com uma equipe antiga que a polícia federal lista como a Organização Murphy.

É como estar no oceano em uma correnteza forte, pensa Danny. *Você tenta sair, mas o oceano puxa suas pernas, e, se não consegue firmar o passo, ele te leva de volta. Você pensa que está na costa, e a próxima coisa que percebe é que está se afogando.*

— Aparentemente, ela também está buscando o arquivo de um homicídio antigo — diz Fahey. — Um caso sem solução, Phillip Jardine. Agente do FBI.

E Fahey lança um olhar duro, inquisitivo, como: "Você é um matador de policiais, Dan? Você matou um policial?".

— Os tabloides publicaram essa merda anos atrás — diz Danny. — Não havia nada a respeito na época e não há nada agora.

— A coisa está meio feia, Dan.

Danny sabe disso. Cooper não precisa provar nada de fato — só a aparência de uma ligação com o crime organizado é suficiente para revogarem sua licença. O conselho não é um tribunal — pode condená-lo por um rumor.

Só que nesse caso não é um rumor.

Ele tinha atirado em Jardine.

Só depois que Jardine tentara atirar nele, mas ele apertou o gatilho e matou o homem ainda assim.

— Falam que esse Jardine era corrupto — diz Fahey. — Estava envolvido em tráfico de heroína. É uma faca de dois gumes: isso o torna menos digno de empatia, mas também liga você a drogas.

Verdade também, pensa Danny.

O erro da minha vida, e não vai embora.

O repuxo do oceano.

Ele tinha ouvido aquilo centenas de vezes de velhos pescadores em outra vida: se o mar te quer, ele te pega. Talvez o devolva, às vezes vivo, quase sempre morto. Muitos pescadores que conheceu nem sabiam nadar. Eles apenas davam de ombros e diziam...

— Se o mar te quer, ele te pega.

Não há nada que você possa fazer.

Uma semana depois, Danny recebe uma carta registrada exigindo sua presença em uma audiência do conselho, na qual será determinado se ele pode manter a licença.

A decisão já está tomada.

Cammy diz isso a ele pessoalmente.

Eles se encontram em um dos restaurantes do Shores, Cammy saindo do banheiro feminino enquanto Danny está a caminho da cozinha para checar as coisas.

— Sr. Ryan.

— Sra. Cooper — diz Danny. — Estou um pouco surpreso de vê-la aqui.

— Ah, não tenho nada contra o Shores — responde. — Tenho contra você.

— Quanto o Winegard está te pagando?

— Veja só, aí está. O corrupto só vê corrupção.

— Vejo o que está na minha frente, sra. Cooper.

— Por favor, me chame de Cammy, todo mundo chama — diz ela. — Vou destruir você, Dan. Vou te expulsar de Las Vegas, de Nevada. Não queremos seu tipo por aqui.

— Meu tipo?

— Por favor, você sabe exatamente o que eu quero dizer.

— Aproveite o jantar — fala Danny. — É por conta da casa.

— Não, não posso — responde Cammy. — Isso seria corrupção.

Ele observa enquanto ela se afasta.

Se o mar te quer...

QUARENTA E TRÊS

Ron Fahey dirige para o norte na I-15, com cuidado para ficar bem atrás do Ford Bronco de Coop.

Coop está em uma de suas viagens de fim de semana para caçar. Fahey o viu carregar as armas no carro, beijar a mulher e os filhos e sair, ostensivamente, na direção da Floresta Nacional Dixie, no sul de Utah, onde ele tem um chalé.

Fahey dirige pelas planícies desertas ao norte de Las Vegas, passando a pequena cidade fronteiriça de Mesquite, então corta a ponta mais noroeste do Arizona antes de chegar aos cânions de rocha vermelha em Utah, ao longo do rio Virgin.

Coop faz uma parada para abastecer em St. George, e Fahey segue dirigindo, confiante de que o encontrará de novo em Cedar City, onde ele vai pegar a Rota 14 para Duck Creek Village, um lugar apropriado o suficiente, imagina Fahey, para caçar patos. Então Fahey estaciona perto da saída para a 14 e, como previsto, poucos minutos depois vem o Bronco. Deixando outro carro entrar entre eles, Fahey volta para a estrada. Ele sabe o endereço do chalé de Coop, então, mesmo se o perder, vai encontrá-lo de novo.

Fahey está dando um tiro no escuro.

Uma daquelas jogadas desesperadas em que você aposta durante uma investigação que não está dando em nada.

Cammy Cooper está limpa.

Ela de fato pega bolas, e não o instrutor, durante as aulas de tênis, mas talvez Coop esteja caçando buceta em vez de patos.

Fahey duvida (por que um cara iria colocar a amante a três horas de distância?), mas está desesperado. Falta apenas uma semana para a audiência sobre a licença de Dan, e Cammy vai foder Dan Ryan completamente. E Fahey gosta de Ryan.

Ele é um cara bom, paga um bom dinheiro.

Ele matou um policial?

Talvez, mas era um federal, e corrupto. Talvez ele merecesse.

Então ele segue Coop até Duck Creek Village, uma pequena cidade resort com algumas pousadas e várias casas de veraneio. Coop dirige pela cidade, então vira ao norte em uma estrada de terra e segue bem para dentro do mato.

Fahey estaciona. Ele vê que a estrada vai até um chalé solitário no topo de uma colina, que consegue enxergar com binóculos.

O chalé de Coop é um lugar modesto, uma casa de madeira com teto íngreme para a neve. Fahey vê Coop sair, descarregar as malas e as armas e entrar no chalé.

E agora esperamos, pensa Fahey.

Ele fica ali sentado por duas horas e então outro carro, um Land Rover, sobe a estrada. Vai para a entrada e estaciona atrás do carro de Coop. Um homem sai dele e entra. Não bate, nota Fahey, então deve ser um amigo e hóspede esperado.

Parece ter a mesma idade de Coop.

Alto, boa figura.

Um colega de caça, provavelmente.

Fahey fica sentado no carro e espera.

Uma grande parte do trabalho de polícia é esperar. Esperar em vigilância, esperar por resultados da investigação forense, esperar a expedição de mandados, esperar por julgamentos... esperar pela escuridão, pois quer chegar mais perto do chalé.

Ele não tem certeza do porquê. É mais uma questão de por que não. Já fez todo o caminho, então deveria verificar, mesmo se for apenas para ver Coop e o amigo bebendo cerveja e comendo um bife, indo dormir cedo para acordar antes do amanhecer e massacrar alguns patos desprevenidos. Ao menos pode dar a notícia decepcionante, mas não inesperada, de que Coop é tão limpo quanto a mulher.

Então, quando escurece, ele pega a câmera, sai do carro e se aproxima do chalé. Uma luz está acesa, as persianas estão abertas, então ele faz uma aproximação cautelosa, aperta-se contra a parede e espia lá dentro.

O que ele vê é Coop, nu e de joelhos na frente do sofá, chupando o outro cara.

Jesus, pensa enquanto bate fotos. *Cammy é a fachada dele.*

Ele tira mais fotos — Coop de quatro, Coop deitado no sofá com a cabeça no colo do amante, olhando para a lareira.

Para mim parece amor, pensa Fahey.

Ele pega aquilo de que precisa — aquilo de que Ryan precisa —, volta para o carro e dirige de volta para Las Vegas.

QUARENTA E QUATRO

É difícil levar aquilo para Josh.

Que o único jeito de pegar Cammy Cooper é usando o relacionamento gay do marido dela.

Danny não sabe como Josh vai reagir àquilo, e não o culparia se ele não quisesse ir adiante. Ele e Danny estão sentados na sala de estar de Madeleine. Ron Fahey acabou de sair, deixando uma pasta de arquivo com as fotos.

Josh está olhando para elas.

— Se você não quiser que a gente use isso — diz Danny —, acaba aqui.

— Você quer dizer porque sou gay? — pergunta Josh.

— Isso.

— Então eu teria alguma empatia por Coop.

— Eu poderia entender isso — diz Danny.

— Não tenho nenhuma empatia — diz Josh. — Se ele fosse apenas um gay no armário, tudo bem, talvez. É triste. Mas os Cooper se opõe ferozmente aos direitos dos gays. O mal que eles fazem, a dor que causam... isso é justiça, carma.

— Eu me pergunto se Cammy ao menos sabe.

— Se não sabe, deveria — diz Josh. — Ela merece saber. Por outro lado, se ela souber, foda-se ela, a hipocrisia é desvairada.

— Ainda assim...

— Ainda assim nada — diz Josh. — Danny, quando você olha de fato para a coisa, você não tem escolha.

— Eles têm filhos — diz Danny. — E eles?

— Você tem um filho — diz Josh. — E o Ian? É o futuro dele também. Se você não usar isso...
— Você vai?
— Não — diz Josh. — Vou respeitar sua decisão. Mas eu não deixaria minha consciência me incomodar sobre uma santinha hipócrita como Cammy Cooper.

Danny liga pessoalmente para Cammy.
— Gostaria de encontrá-la antes da reunião formal.
— Acho que seria altamente inapropriado.
— Você vai descobrir que é de seu interesse.
— Se vai me oferecer suborno...
Danny diz:
— Não, só quero falar sobre caça aos patos.
Silêncio.
Danny sabe que ela sabe.
— Piero's? Uma da tarde?
Ele escolheu o lugar de propósito.
Para que ela entenda a simetria.

Cammy senta-se à mesa.
— Gostaria de alguma coisa? — pergunta Dan. — Uma bebida?
— Por que estamos aqui?
Danny desliza a pasta sobre a mesa.
— Tenha cuidado ao abrir isso.
Ele a observa olhar as fotos. O rosto dela fica vermelho. Ela fecha a pasta, a desliza de volta para ele e diz:
— Você é um lixo. Detrito humano.
Danny não diz nada.
— Meu marido é um bom homem — diz Cammy. — Um pai maravilhoso... Ele tem necessidades; é discreto, nós temos um acordo.
Danny fica grato por isso. *Ao menos*, pensa, *não destruí o mundo dela do nada*.
— Já pensou no que isso vai fazer com meus filhos? — pergunta Cammy. — Vai destruí-los. O outro homem também é pai, tem uma família...

— Eu também.

Cammy olha para ele desconcertada, como se aquilo jamais tivesse ocorrido a ela.

— Nada disso precisa ir adiante — diz Danny. — Nenhuma família precisa sair ferida.

— Como assim?

— Na audiência, você vai levar o conselho a descobrir que não há verdade nas alegações contra mim ou minha empresa — diz Danny.

Cammy não hesita.

— Posso fazer isso.

— Se isso for para qualquer outro lado...

— Não vai.

Danny se levanta.

— Eu o amo, sabe — diz Cammy.

Danny se sente sujo.

Não como um detrito humano, mas ainda assim sujo.

QUARENTA E CINCO

Madeleine caminha até o bar de sua suíte no Hotel Willard, em Washington, D.C., e serve três copos de brandy.

Um para ela, um para Evan Penner, um para Reggie Moneta. Ela entrega as bebidas e diz:

— Obrigada aos dois por terem vindo. Vamos direto ao assunto: quero saber por que meu filho está sendo perseguido.

— Porque seu filho é um assassino — responde Moneta.

— Calma, Reggie — pede Penner.

Ex-diretor da CIA, Penner se aposentou, mas ainda é um poder em Washington, um tipo de conselheiro com influência e poder enorme, vindo de saber onde todos os corpos, literais e figurados, estão enterrados.

— Não, ela quer ir direto ao assunto — diz Moneta —, vamos a ele. Sra. McKay, seu filho assassinou um agente do FBI chamado Phillip Jardine. Mas a senhora já sabe disso.

— Não sei de nada disso — contesta Madeleine. — Sei que existiram alegações e rumores. Sei que ele não foi processado porque não há provas.

— Ele não foi processado — responde Moneta — porque pessoas como o sr. Penner aqui o blindaram. Mas a senhora também já sabe disso.

— O que eu sei — diz Madeleine — é que você tentou, e continua tentando, se vingar de Danny. Manipulou investigações contra ele e exacerbou o conflito com Vernon Winegard. Por favor, não tente negar.

— Não ia tentar — retruca Moneta. — Por que eu deveria ser a única a agir dentro das regras?

— Quero que isso acabe — responde Madeleine.

— Acredite ou não — diz Moneta —, seu desejo não move o mundo. Não me importo com o que você quer. Eu me importo com justiça.

— Porque Jardine era seu amante.

— Isso é irrelevante.

— Minta para você mesma — fala Madeleine. — Não minta para mim.

— Sua *vida* é uma mentira — devolve Moneta. — Foi de cama em cama até ficar rica e age como Maggie Smith numa produção da BBC. Para mim, você não é nada além de uma puta imponente de Barstow.

— Já chega — determina Penner.

— Não — diz Moneta —, já chega é dessa superproteção a Danny Boy Ryan. Cada vez que ele se mete em problemas, corre para a mamãezinha dele.

— Na verdade, ele não sabe que estou aqui — diz Madeleine.

— *Na verdade*, que diferença isso faz? — pergunta Moneta.

Ela se vira para Penner.

— Sei que Ryan fez algum trabalho sujo para você nos velhos tempos. A frase central aqui é "nos velhos tempos". Seu partido não está mais no poder, Evan. E duvido que o governo atual vá correr para ajudar Danny, apesar das contribuições dele. O próprio Vern Winegard contribuiu.

— E você está do lado de Winegard — diz Madeleine.

— Se alguém está tentando derrubar Danny Ryan — responde Moneta —, é do lado dessa pessoa que estou.

— Apesar do fato de Winegard ter laços profundos com mafiosos como Allie Licata — afirma Madeleine. — Sua hipocrisia é muito impressionante.

Penner se inclina para a frente. É o suficiente para ganhar a atenção delas, parar o diálogo.

— Tenho uma casa de veraneio em Chilmark. Tenho netos, *bis*netos, na verdade. Deveria estar lá com eles, em Vineyard, em vez de estar aqui com vocês mediando uma disputa que deveria ter terminado anos atrás.

"Reggie, os fatos são que não há provas para acusar, muito menos para condenar Ryan pelo assassinato de Phillip Jardine. Isso é letra morta.

"A respeito de você achar que sabe alguma coisa que Ryan possa ter feito para o governo anterior, asseguro que também não tem futuro. Os atuais governantes não querem saber dessas coisas, porque, se soubessem, precisariam tomar uma atitude, atitude que seria perigosa politicamente em uma época de margens muito estreitas no Congresso. Então a carta que você acha que tem escondida na manga não acrescenta nada ao que você tem de verdade."

A mandíbula de Moneta parece ter sido fechada com arame.

— Mas nesse sentido você está correta: a administração não vai levantar um dedo para ajudar Danny Ryan em um conflito com Vern Winegard. Ou, aliás, ajudar Vern Winegard. É uma questão de total indiferença para eles. Se você está, como alega Madeleine, por trás dos ataques de Winegard a Ryan, ninguém quer saber.

"Mas vou te dizer uma coisa, Reggie", Penner diz enquanto coloca o copo de brandy na mesa lateral, "agora você deu dois golpes em Ryan: um com a aquisição hostil, outro por meio da comissão de jogos. Perdeu nos dois. Não sei se tem a intenção de um terceiro, ou o que poderia ser, mas bancos, corporações e fundos de hegde têm bilhões de dólares investidos no setor de jogos e querem paz e estabilidade. Se fizer mais alguma coisa para perturbar isso, sua cabeça vai estar a prêmio. Agora, quero falar com Madeleine sozinho, por favor.

Moneta se levanta e sai.

Madeleine olha para Penner.

Um dia, quando eram jovens, ela o achava leonino — uma cabeleira cheia, mandíbula quadrada, olhos brilhantes de humor e ameaça. Agora parece idoso, e ela se pergunta se ele está doente.

— Estou ficando velha, Evan — diz ela.

— Não você. Você não envelhece.

— E você é um eterno cavalheiro — diz ela. — Um mentiroso galante. Estava blefando com aquela mulher horrível.

— Ganhei um pouco de tempo para você — responde Penner —, nada mais. Ela não vai parar, você sabe.

Madeleine assente.

Ela sabe.

Reggie Moneta vai para a rua.

Furiosa.

Ela tentou tudo.

Tudo que era legal.

Mas a lei não vai lhe dar justiça.

Então está na hora de deixá-la de lado.

QUARENTA E SEIS

Eles se encontram no estacionamento enorme da pista de corrida.
Há uma pequena disputa de poder no começo, e então Vern sai de seu carro e entra no de Licata.
— Apague a luz do teto.
— Faz tempo que não te vejo — diz Licata. — Quanto tempo? Quinze anos?
— Você recebe seu dinheiro — diz Vern.
— Não fique tanto na defensiva. Estou só falando.
Vern não está com paciência.
— Por que estamos aqui?
— Entendo que está com problemas — diz Licata. — Estou aqui para ajudar.
— Não preciso de sua ajuda.
— Bom, você fica perdendo para Danny Ryan — diz Licata. — É vergonhoso. E caro. Quando você perde pontos, eu perco dinheiro.
— Eu te fiz mais merda de dinheiro...
— Sabe o que é melhor do que mais dinheiro? — pergunta Licata. — *Mais* dinheiro. Não estou aqui para dar esporro, estou aqui para ajudar. Você tem um problema com Danny Ryan. Posso fazê-lo desaparecer.
— Como?
— Preciso falar tintim por tintim?
— Não — diz Vern. — De jeito nenhum. Comprar sua roupa de cama e essas merdas é uma coisa, te dar uns pontos... mas assassinato? Não. *Não*. Você nem *pense* nisso, Allie.
— Está me dizendo que não pensou nisso?

— Certo — diz Vern. — Vou sair do carro agora.

Licata se estica na frente dele e segura a porta fechada.

— Ryan tem ligação com Pasco Ferri. Você realmente acha que não vão te matar se acharem que é necessário?

— Estou tomando medidas.

— Fodam-se as suas medidas — diz Licata. — Você tem menos armas. Posso trazer uma equipe aqui *amanhã*. E te prometo, posso colocar Chicago, Detroit e Los Angeles na sua retaguarda.

— Não quero retaguarda — diz Vern.

— Cuidado com o que diz.

— Está me ameaçando?

— Estou te protegendo.

Vern sai, então se inclina de novo sobre a porta aberta.

— Deixe o Ryan em paz ou, juro por Deus, vou...

— Vai o quê?

— Só faça o que eu mando.

Licata levanta as mãos, como quem diz "claro, o que quiser".

Licata telefona para um serviço e fica feliz por ainda estar em operação. Eles mandam uma garota especial e aquilo sai *caro*.

Muito.

— Eles te falaram o que veio fazer aqui?

Ela assente.

— Tire a roupa e se deite de bruços.

Quando ela faz isso, ele tira o cinto dos passantes.

Só o som já o deixa de pau duro.

QUARENTA E SETE

Danny toca a campainha de Eden.
— Uma rara aparição noturna — dispara Eden, surpresa e um pouco preocupada.
— Ian foi dormir na casa de um amigo.
Eden percebe que há algo errado. Ela faz um gesto para ele entrar.
— Você poderia ter usado a sua chave.
— Não quis te assustar — diz Danny.
— Quer uma bebida? — pergunta Eden.
O bar está cheio das favoritas dele — cerveja Samuel Adams, Johnnie Walker Black, Coca-Cola e, ultimamente, Coca Diet.
— Uísque se for beber comigo. Se não, uma Coca Diet horrível.
— Posso tomar um uísque.
Ela serve dois copos e passa um para ele.
— *Sláinte*.
— *Sláinte* — diz Eden. — Então?
— Então?
— O que está acontecendo? — pergunta. — Você é o homem mais educado, mais planejado. Não aparece do nada. Não à noite, não sem telefonar antes.
— Fiz uma coisa horrível.
— E está vindo confessar? — pergunta Eden.
Uma vez um menino irlandês católico, sempre um menino irlandês católico, ela pensa. Embora Dan tenha feito piada com isso: "Venho de uma cidade onde um cara vai se confessar e apela para a Quinta Emenda. Perdoai-me, Pai, por ter pecado. E creio que conheça meu advogado, sr. O'Neill?".

— Meio isso, acho — diz Danny.

O telefone dela toca. Ela olha para o visor e diz:

— Espere um pouco.

Ela vai para o quarto. Danny liga a televisão e encontra um jogo do Red Sox.

Eden volta alguns minutos depois e parece abalada.

— O que foi? — pergunta Danny.

— Uma paciente minha — responde. — Uma trabalhadora do sexo. Tinha um cliente "especial" hoje à noite. O cara saiu do controle e a espancou. Ela está na emergência.

— Jesus.

— Ela estava no Shores, Dan.

— Em um dos *meus* hotéis?

— Quarto 234B — diz. — Dan, desculpe, sei que queria conversar, mas eu preciso...

— Não, isso pode esperar — diz Danny. — Vá ajudá-la.

Eden sai.

Danny está no Shores em dez minutos, ao lado do diretor de segurança da noite, olhando para a gravação de vídeo.

— O cara já saiu — disse o diretor de segurança. — Um Bob Harris. Voltei para quando ele fez o check-in... aqui está...

— É ele? — pergunta Danny, olhando para um cara na casa dos sessenta. Peso médio, altura média, óculos de sol. — Cheque o cartão dele, descubra quem é. Está proibido pela vida toda de entrar em qualquer uma de nossas propriedades. Não se hospeda, não joga.

Então Danny vai ao hospital.

Os médicos internaram a paciente de Eden, uma jovem chamada Su Lin. A aparência dela está péssima — o rosto cheio de hematomas, um olho fechado pelo inchaço. Eden diz a Danny que a garota tem duas costelas quebradas e lacerações múltiplas, marcas nas costas e nas nádegas.

Foi açoitada com um cinto.

E, no entanto, jura que caiu da escada.

— Não posso prender esse cara se ela não der queixa — diz Fahey, que foi para o hospital quando Danny o chamou.

— Ela está com medo — diz Eden.

— Quem a mandou para o encontro? — pergunta Fahey.

Eden hesita.

— Isso é privilégio de cliente.

— Quer dizer isso à próxima garota? — pergunta Danny. — Porque vai existir uma próxima.

Eden olha para Fahey.

— Você disse que não poderia fazer nada.

— Eu disse que não poderia prender o cara.

— O que isso significa? — pergunta Eden. — O que está pensando em fazer, Danny?

— Quem a mandou?

— Ela falou de uma mulher chamada Monica.

— Monica Sayer — diz Fahey.

Danny e Fahey vão à cobertura de Sayer. *Uma olhada pelo local e você sabe que o negócio de acompanhantes de luxo em Las Vegas é lucrativo e que Monica Sayer fez um bom dinheiro às custas de outras mulheres*, pensa Danny.

— A que devo essa surpresa agradável? — pergunta Monica.

— Você enviou uma de suas meninas para um "especial" hoje — diz Danny.

Sayer inclina a cabeça, como se dissesse "E?".

— Ele a espancou — continua Danny. — Mandou a moça para o hospital.

— Su Lin é uma submissa profissional — diz Sayer. — Ela sabia dos riscos. Devemos chamar isso de risco ocupacional?

— Tenho um risco ocupacional para você — diz Danny. — Se mandar outra garota, se mandar *qualquer* outra garota para ser espancada, vou te transformar em *persona non grata* em todos os hotéis da Strip. Você vai ligar para reservar uma mesa, e o restaurante vai estar cheio; vai querer ingresso para um show, acabaram; vai a qualquer evento social na cidade, todos viram as costas.

— Por que você é o todo-poderoso Dan Ryan? — pergunta Sayer. — Eu também tenho minhas conexões, sr. Ryan.

Danny olha para Fahey.

— Sou tenente na Seção de Inteligência Criminal — diz Fahey. — Sabe o que isso significa?

— Por que não me conta?

— Significa que tenho meus meios — responde Fahey. — Você dirige a 41 em uma zona de quarenta quilômetros por hora, vamos te parar. Cospe na calçada, vamos te prender.

— Isso é assédio — diz Monica.

— Não, isso é só um incômodo — diz Fahey. — *Isto* é assédio. Vou descobrir quem são suas meninas. Cada uma delas. E então vou dar batidas e batidas até que falem seu nome. E então vou prender *você* — cafetinagem, tráfico sexual. Vou trazer os federais para checar evasão de imposto de renda. Quando sair da prisão, vai estar usando andador.

— Estamos entendidos? — Danny pergunta a ela.

Estão.

— O que você fez? — pergunta Eden.

Eles estão na sala de estar do apartamento dela.

— Do que está falando?

— A respeito dessa Monica.

— Falamos com ela.

— Só falaram?

Danny olha feio para ela.

— Não deixe sua imaginação correr solta. Jesus, Eden, o que você acha? Que ela está num buraco em algum lugar do deserto? Nós *falamos* com ela.

— Vocês a ameaçaram.

— Com consequências legais — retruca Danny.

— Ok.

— Ok? — diz Danny. — Pra você, isso é muito.

— Desculpe — pede ela. — Talvez eu tenha medo de estar sendo arrastada para o seu mundo.

— Não é mais meu do que seu — responde Danny. — Ela é *sua* paciente.

— Ela foi machucada no *seu* hotel.

— E foi por isso que fiz alguma coisa — diz Danny. — Queria que eu não fizesse nada?

— Não sei — responde Eden. — Acho que estava com medo do que você faria.

— Porque sou Danny Ryan, o gângster — responde ele.

— Isso é injusto.

— *Isso* é injusto? — pergunta Danny. — Diga que não está um pouco aliviada, um pouco grata, talvez até um pouco empolgada, por eu ter cuidado disso.

— Você tem razão — diz Eden. — Estou em conflito.

— Guarde o papo de terapia para seus pacientes.

— Agora você está bravo.

— Claro que estou bravo — diz Danny. — Você me pediu ajuda…

— Na verdade eu não…

— … e eu ajudei, e agora está me acusando sabe Deus do quê.

— Não estou te acusando de nada — responde Eden. — Estou apenas dizendo que comecei a me perguntar se nossas… vidas tão diferentes… podem se misturar.

Danny se levanta.

— Eu cuidei das despesas médicas da garota. Pode me culpar disso, também.

— Dan…

— Me avise quando decidir sobre nossas vidas tão diferentes — diz Danny.

Ele sai e fecha a porta sem fazer barulho.

QUARENTA E OITO

Danny encontra Fahey em um Subway perto da Strip.
— O que descobriu? — pergunta Danny.
— Combinamos a gravação de segurança com o horário em que Harris fez o check-in — responde Fahey — e conseguimos uma imagem facial. Comparei com os agressores sexuais conhecidos.
— E?
— Nada — diz Fahey. — Mas aí tive um palpite e comparei com os arquivos dos mafiosos. Não é boa notícia.
— Manda.
— É um velho mafioso de Detroit. Allie Licata. Era dono de parte do primeiro hotel de Winegard e é sócio oculto na empresa que fornece roupa de cama para ele, mas não achamos nenhum contato direto entre os dois.
— Certo.
— Licata foi visto na cidade. Assim como alguns caras da equipe dele, incluindo o filho, Charles, vulgo Chucky. Acho que filho de peixe, peixinho é.
— O que eles estão fazendo aqui?
— Não sei, mas duvido que seja uma despedida de solteiro. Tenha cuidado, Dan. Em um mundo de filhos da puta doentes, até os filhos da puta doentes acham que Licata é um filho da puta doente.
— Me mantenha informado, ok?

Licata tinha ligação com Winegard, pensa Danny.
Eu luto contra a aquisição de Winegard.
Então Licata aparece.
Até onde Vern vai levar isso?

★ ★ ★

Ned Egan está fritando bacon quando Danny bate na porta dele.

Toda manhã, sete dias por semana, pensa Danny, *Ned Egan faz bacon com ovos. Jesus, o lugar tem cheiro de ataque cardíaco.* Danny declina a oferta de café da manhã, mas senta-se à mesinha da cozinha.

— Já ouviu falar de um cara de Detroit chamado Allie Licata?

— Encontrei ele uma vez com seu pai — diz Ned.

— E?

— Seu pai não gostou do sujeito — diz Ned. — Não quis nada com ele.

Isso bastaria para Ned, pensa Danny. *Se Marty Ryan não gostasse de alguém, Ned também não gostava.*

— Ele está na cidade. Com uma equipe.

— Vou cuidar disso — diz Ned.

— Não — fala Danny. — Só quero que fique de olho com mais atenção em Madeleine e Ian.

Danny sai, dirige até uma cabine telefônica e liga para Pasco. *Uma cabine telefônica*, pensa Danny. *Caramba, é como nos velhos dias.*

— Licata é fogo — diz Pasco. — Ele é encrenca. O filho, Chucky? Tem toda a maldade do pai, mas nada do cérebro.

— Você acha que é só Licata ou será que Detroit está dando apoio? — pergunta Danny.

— Licata nem caga sem a aprovação de Detroit — diz Pasco. — Você tem Detroit, talvez tenha Chicago também. Esse Winegard está vindo atrás de você com artilharia pesada.

— Não, ele não é esse cara — diz Danny.

— Quer isso gravado na sua lápide? — pergunta Pasco. — Fique esperto, rapaz. Tome precauções.

É, pensa Danny.

Vou tomar.

Sean South baixa o telefone, olha para Kevin Coombs e pergunta:

— Sabe quem era?

— Um príncipe nigeriano? Dono de uma mina de ouro?

— Danny.

— Tá brincando.

— Sem brincadeira.

Sem brincadeira, sem brincadeira. Eles estão exilados em Reno desde o *faux pas* bêbado de Kevin na festa de Ian. Sean vem dirigindo seus negócios dali a maior parte do tempo, e Kevin...

Kevin passou um tempo no centro de reabilitação e agora vai a encontros do AA, às vezes dois ou três em um dia.

Supreendentemente, está sóbrio.

Ele se transformou em uma fonte que cospe chavões: "Um dia de cada vez", "Deixe nas mãos de Deus", "Não é a última bebida que te deixa bêbado, é a primeira". Se Kevin disser "Não beba, vá aos encontros" mais uma vez, Sean é capaz de dar um tiro na cara dele.

Kevin tem um pequeno tropeço com o Passo 5: "Admitimos perante Deus, perante nós mesmos e perante outro ser humano a natureza exata de nossas falhas".

"A natureza *exata* de nossas falhas?", perguntou Sean. "Isso pode ser problemático."

Já que a natureza exata daquelas falhas incluía múltiplos homicídios e assaltos à mão armada, o tipo de coisa que não é inteligente admitir mesmo em uma natureza menos que exata.

"Você pode falar para Deus", disse Sean, "pode falar para si mesmo, mas para outro ser humano? Tipo, quem, um promotor?".

"Eu poderia falar para *você*", disse Kevin.

"Mas eu já sei."

"Tem razão."

Então Kevin decidiu pular aquele passo. Fez a mesma coisa com os que envolviam listar todas as pessoas que tinha prejudicado e depois reparar danos.

"Você não vai fazer lista nenhuma, Kev", disse Sean. "Isso se chama prova."

Quanto a reparar danos, Sean destacou que, em um bom número de casos, reparar danos era impossível, já que o dano feito por Kevin tinha sido mortal, e, quanto aos prejudicados que ainda estavam vivos, provavelmente responderiam a essa proposta graciosa acabando com a vida *dele*.

Kevin, porém, encontrou uma brecha. Você deveria reparar os danos "a não ser que fazer isso cause prejuízo a eles ou a outros".

"Acho que eu poderia ser considerado um outro", disse Kevin.

"Totalmente."

"Mas eu deveria pedir desculpas ao Danny", ponderou Kevin, "por ter estragado a festa do Ian".

"Eu deixaria isso quieto, se fosse você…"

— O que Danny quer? — pergunta Kevin.

— Quer que a gente volte — diz Sean.

— Eles têm Alcoólicos Anônimos em Vegas, certo? — pergunta Kevin.

Eles têm tudo *anônimo em Vegas*, pensa Sean.

Jimmy Mac atende o telefone.

Sentado no escritório de sua concessionária em Mira Mesa, ele ouve Danny perguntar:

— Quer abrir uma concessionária no nosso novo hotel?

— Talvez — responde Jimmy.

— Preciso de você aqui — diz Danny.

QUARENTA E NOVE

Connelly informa a Vern.
— Nosso cara na polícia metropolitana disse que o Ryan trouxe a velha equipe de volta. Jimmy MacNeese, Sean South, Kevin Coombs...

Vern se lembra daquele bêbado que falou demais na festa de Ryan. O nome dele era Kevin.

— Eu disse que ele era um bandido — diz Connelly. — Era só uma questão de tempo.

Ryan não trouxe a equipe para uma reunião de turma, Connelly diz a ele. Ele a trouxe por um motivo — intimidar ou até assassinar testemunhas em potencial do conselho, talvez ir atrás de Jay Cooper.

— Até *você* pode ser o alvo, chefe — diz Connelly.
— Você assiste a filmes demais — diz Vern.
— Não é um filme — retruca Connelly. — Eles realmente estão aqui.
— Vou aumentar a segurança.
— Isso é bom — diz Connelly. — Mas segurança não vai adiantar. Pense em ser proativo aqui.

Ele espera um segundo e fala:
— A polícia também disse que Allie Licata está na cidade.
— E?

Aquilo deixa Vern enjoado. *Está tudo saindo do controle*, pensa. *Ameaçamos Ryan com a ligação dele com Ferri, e o que acontece se ele me conectar a Licata?*

Destruição mútua assegurada.

Nós nos derrubamos, um com a mão na garganta do outro, enquanto caminhamos para a beira de um precipício.

Connelly também tem consciência dessa dinâmica. Ele não dá a mínima — Reggie Moneta quer Ryan no chão. Se aquilo significa que Vern vai descer pelo ralo, é uma pena, mas é como é.

— Fala sério, você e Licata têm um relacionamento antigo. Ele te procurou? Não seria a pior ideia ir atrás dele.

— Não vamos fazer isso — diz Vern. — Você mesmo disse que estamos tentando manter a máfia longe, não fazer um convite para que ela retorne.

— Fogo contra fogo. Só estou falando.

— Não — diz Vern.

Ele não comenta com Connelly que já disse não a Licata — absolutamente nenhuma violência contra Danny Ryan ou qualquer um. Exceto que agora Ryan trouxe uma equipe.

Para quê?

Eu disse não à máfia — Ryan disse sim?

Isso precisa acabar, é o que pensa Vern.

Danny olha para seu pessoal.

— Nós *não* damos o primeiro passo — começa ele. — Com sorte, a presença de Licata é só uma coincidência.

— Você não acredita mesmo nisso — retruca Sean. — Se Licata é tão ruim quanto todo mundo diz, deveríamos atacá-lo primeiro.

— Um ataque preventivo — diz Kevin.

— Não — responde Danny.

— O quê? — pergunta Kevin. — Vamos esperar ele te matar e então partir para a vingança? Foda-se isso.

— Baixa a bola — diz Jimmy Mac.

O telefone de Danny toca.

Ele olha para o visor. É Winegard. Danny levanta a mão para pedir silêncio e então coloca o telefone no viva-voz.

— Vern.

— Precisamos conversar.

— Concordo.

— Sem advogados, sem conselhos — diz Vern. — Só você e eu.

— Sou totalmente a favor.

— Amanhã de manhã? — pergunta Vern. — Algum lugar sossegado, longe de olhos e ouvidos, não quero ler sobre isso na *Casino Executive*.

— O que tem em mente?

— O estacionamento do clube Desert Pines? Sei que você acorda cedo. Seis e meia?

— Vejo você lá, então.

Ele desliga.

— É um ataque — diz Kevin. — Uma armação.

— Preciso concordar — diz Jimmy.

— Licata pode colocar um atirador em qualquer lugar — diz Sean. — No segundo em que você sair do carro, talvez até antes.

— Não, eu acho que ele realmente quer conversar — fala Danny. — Isso pode significar paz.

— Serenidade — diz Kevin.

Sean quer dar um tiro nele.

— Você não pode ir a esse encontro — afirma Jimmy.

Se Vern quer conversar cara a cara, pensa Danny, *talvez a gente possa terminar essa coisa, entrar em algum tipo de acordo.*

Vale o risco.

— Eu vou — declara.

Jimmy Mac se vira para os outros.

— Certo, vamos lá agora dar uma olhada. Ângulos de disparo, posições de atirador. Pela manhã, estaremos lá prontos.

— Ele disse sozinho — diz Danny.

— Você acha que *ele* vai estar sozinho? — pergunta Jimmy. — Não seja louco, Danny. Estaremos invisíveis, ninguém vai nos ver.

— Tá bom — diz Danny. — Mas ninguém fica ansioso, ninguém atira primeiro.

— Danny...

— Escutaram o que acabei de dizer?

— Escutamos — diz Jimmy.

Ele não gosta, porém.

Nem Jim Connelly.

— Você não pode ir sozinho. E se ele levar a equipe?

— Isso foi ideia minha — diz Vern.

— E ele pode ver como uma oportunidade — diz Connelly.

— Essa merda já foi longe demais — retruca Vern. — Vou me encontrar com Ryan, e vou sozinho, como disse que iria.

Connelly sabe que não adianta discutir. Quando Vern toma uma decisão, acabou.

Mas não pode deixar que ele entre no que pode muito bem se tornar uma armadilha.

— Por que em um campo de golfe, antes de o sol nascer? — pergunta Madeleine. — Vocês poderiam falar pelo telefone com a mesma facilidade.

— Não é a mesma coisa.

— Você está entrando numa emboscada.

— Acho que não — diz Danny. — Diga o que quiser de Winegard, mas ele não é um assassino.

— Você não sabe do que ele é capaz.

— Posso mandar um exército para lá hoje à noite — fala Josh. — Ex-membros do Mossad...

— Não.

— Por que não?

— Porque não quero uma maldita guerra — responde Danny.

— Esses caras são os melhores — diz Josh. — Vão fazer uma avaliação de risco exata e agir de acordo.

— Tenho meu pessoal.

— Sem ofensa — fala Josh. — Mas eles não são tão bons.

— São pessoas que conheço e em quem confio.

— Vou com você — afirma Josh.

— Vai coisa nenhuma — diz Danny. — Prometi ao seu avô que cuidaria de você, não que o colocaria em risco.

— Então você *acha* que existe risco — diz Josh.

— Sempre há risco — diz Danny. — Há risco em dirigir até o escritório de manhã.

— Ah, por favor — exclama Madeleine.

— Essa é uma chance de conseguir paz com Winegard — fala Danny. — Não vou jogar a oportunidade fora. Agora, alguém se importa se eu passar um pouco de tempo com meu filho?

Ele encontra Ian no quarto, jogando videogame.
— Quer sair e tentar algumas cestas?
— Claro — diz Ian. — Mas você é meio ruim.
— Vai ser fácil ganhar de mim, então.
Eles saem em direção à quadra que Madeleine construiu e jogam um contra o outro.
— A gente devia fazer outra viagem de bicicleta logo — diz Danny.
— Devia.
Danny tenta um gancho.
— Kareem Abdul-Jabbar!
— Quem?
— Ah, meu deus.
— Você jogou no ensino médio, não jogou? — pergunta Ian.
— Joguei.
— E você era bom?
— Um pouco menos horrível do que sou agora.
— Então, bem ruim. — Ian ri. Ele dá um drible cruzado, contorna Danny e faz uma bandeja. — É assim que se faz.
— Eu te dou mesada? — pergunta Danny. — E por quê?
Eles jogam um pouco e então Danny diz que está na hora de ir para o chuveiro e depois para a cama.
— Amanhã tem aula. Não vou te ver de manhã. Tenho uma reunião cedinho.
— Tá bom.
— Mas tem o jantar.
— Podemos pedir comida? — pergunta Ian. — Tipo Popeyes?
— Tudo bem por mim — diz Danny. — Mas pergunte para sua avó.
Eles entram na casa e Danny dá um abraço de boa-noite em Ian.
— Amo você, menino.
— Amo *você*.
Talvez exista um Deus, pensa Danny.
Ele toma banho e vai para a cama.
A manhã vai chegar rápido.

CINQUENTA

Os gritos da mulher dele são diferentes de tudo o que Vern já ouviu.
Parecem rasgar a garganta dela.
Ele desce as escadas correndo, quase caindo, e a encontra na cozinha ainda gritando, o telefone no chão.
Os olhos dela estão arregalados, uma veia pulsa na testa.
Os gritos perfuram os ouvidos dele. Ele a pega pelos ombros.
— O que foi? Dawn, o que foi?
— É o Bryce, é o Bryce.
Ela desmaia.
Escorrega das mãos dele como areia.

CINQUENTA E UM

Danny entra no estacionamento assim que o sol começa a nascer.
Ele quase ri — não era a essa hora do dia que faziam duelos? Talvez Vern tenha um talento para o drama, afinal.
Mas não há ninguém ali. O carro de Danny é o único.
Como prometeram, Jimmy e a equipe — *Se estiverem aqui*, pensa Danny — estão invisíveis.
Danny estaciona, desliga o motor e espera.
Seis e vinte e cinco.
Seis e meia.
Nada.
Isso não é do feitio de Vern, famoso por ser pontual, isso quando não chega antes, em todos os encontros.
Seis e trinta e cinco.
Algo está errado.
Danny começa a se sentir paranoico, começa a imaginar os alvos na parte de trás de seu crânio, na testa. Sente o medo subindo — ou é instinto, bom senso? — por todo o corpo. Ele desliza no assento, abre o porta-luvas e tira a Sig Sauer 380.
Talvez Jimmy estivesse certo.
Talvez todos eles estivessem certos.
Era uma armação.
A melhor coisa que posso fazer, pensa, *é pisar no acelerador e sair correndo daqui.*
Mas é difícil se endireitar para pegar o volante. Difícil fazer aquele movimento que poderia significar levar em cheio uma bala. Se houver

um atirador, talvez Kevin ou Jimmy ou Sean tenham a mira nele, vão atirar antes que ele possa apertar o gatilho.

Mas talvez não.

Aceite, Danny diz a si mesmo. *Faça o que precisa fazer.*

O telefone toca.

Danny o pega.

— Sim?

— Desculpe por te acordar — diz Fahey —, mas achei que você deveria saber imediatamente.

É Bryce Winegard.

Filho de Vern.

Está na UTI do Sunrise, respirando por aparelhos.

CINQUENTA E DOIS

Danny odeia hospitais.

Passou tempo demais dentro deles. Semanas quando estava se recuperando do tiro, mais semanas na reabilitação.

Meses quando a mulher estava morrendo.

Mas ele vai ao Sunrise, porque parece a coisa certa a fazer. Madeleine vai com ele, porque "Dawn vai precisar de outra mulher lá, outra mãe".

É um show de horrores.

Quando chegam no andar da UTI, Dawn está soluçando e batendo no peito de Vern.

— Não! Não! *NÃÃÃOO!*

Madeleine se aproxima, pega Dawn e a aperta contra o peito.

— Jesus, Vern — diz Danny. — O que aconteceu?

— Ele foi para a garagem — diz Vern. — Pegou o Maserati para dar uma volta. Perdeu o controle numa curva e capotou em uma vala.

— Meu Deus.

— Teve morte cerebral — continua Vern. — Estão mantendo ele vivo só com as máquinas. Preciso decidir...

O rosto dele está retorcido de dor.

Angústia.

— ... se desligam... — Ele afunda o rosto nas mãos. — Dizem que ele vai ser um vegetal. Não tem atividade cerebral. Para todos os efeitos, ele já se foi.

Dawn se solta e se joga em Vern.

— Você não vai matar meu filho! Você não vai matar meu *bebê*!

Ele a pega pelos pulsos para manter as unhas compridas longe do rosto dele.

— Dawn. Dawn. Dawn.

— *Não mate ele! Por favor!*

Vern, com esforço, a faz sentar em uma cadeira. Uma enfermeira vem com uma seringa. Madeleine senta-se ao lado, toca o braço dela, mas não diz nada.

Não há palavras.

— Se houver alguma coisa que eu possa fazer... — diz Danny.

— Só vai embora. Cai fora.

— Vern...

— O *seu* menino está vivo.

Madeleine se levanta, pega Danny pelo braço e o conduz para fora.

— Foi um erro vir aqui — diz Danny.

— Não, era a coisa certa a fazer — diz Madeleine. — Vamos para casa. Preciso abraçar Ian.

Danny também.

Mas ele se sente mal.

Por estar grato.

Por ter sido o filho de outra pessoa, e não o dele.

CINQUENTA E TRÊS

— Eles estavam lá! — diz Kevin. — Na porra do campo de golfe!

Jimmy Mac assente, concordando.

— Não vi ninguém — responde Danny.

— Reparamos neles em dois carros na rua — diz Sean.

— Como sabem que eram os caras do Licata? — pergunta Danny.

Sean espalha fotos na mesa. São granuladas pelas lentes de telescópio, mas Danny pode distinguir rostos, e com certeza parecem mafiosos. Ele vai passar as fotos para Fahey depois, para ver se elas batem com alguma foto do sistema de informações.

— Quem mais você acha que estaria lá antes de amanhecer, estacionado na rua? — pergunta Jimmy. — Você precisa encarar os fatos: Winegard armou para você ser morto.

— Então por que eles não atiraram? — pergunta Danny. — Por que eles não entraram?

— Talvez não tivessem um bom ângulo — diz Jimmy. — Talvez não tivessem o tiro. Talvez estivessem esperando uma ordem que não veio. Que porra de diferença isso faz? Vai esperar a próxima vez, quando eles *tiverem* o tiro?

— Precisamos agir agora — diz Kevin. — Rastrear e tirar esses caras do jogo.

— Essa é sempre a sua resposta. — rebate Danny.

— Porque essa sempre *é* a resposta — responde Kevin.

— Danny — fala Jimmy —, sei como você quer ficar na legalidade. Sei que quer toda essa merda de máfia no passado. Mas não está, está bem aqui, agora, e você precisa lidar com isso.

Ele está certo, pensa Danny.

Se deixarmos Licata passar por cima de nós, perdemos tudo. Mas se estivermos envolvidos em uma guerra de gangues em Las Vegas, mesmo se ganharmos, perdemos tudo.

— Vamos dobrar nossa segurança — diz Danny. — Encontrem os caras, fiquem de olho neles. Mas não façam o primeiro movimento. Sob nenhuma circunstância damos o primeiro tiro.

— É um erro — diz Kevin.

— Se não pode aguentar isso, vá embora — diz Danny. — Se ficar, vai fazer o que estou mandando.

— Vou ficar.

CINQUENTA E QUATRO

Vern escutou isso muitas vezes.
Nenhum homem deveria enterrar o próprio filho.
Mas até aquele momento, de pé ao lado do túmulo, observando enquanto se preparavam para jogar pás de terra sobre o filho, ele não tinha ideia do que aquilo realmente significava.
Não tinha ideia do que era dor.
Agora ele sabe.
Ao seu lado, Dawn está catatônica de tanto remédio. Ele duvida que ela vá sair dessa.
Eu também não vou, pensa.
Vern recusou a medicação porque, de algum modo, parecia desleal a Bryce não sentir a dor. Agora ele *respira* dor, inspira, mas não expira. Ela gira dentro e fora dele, como uma corrente invisível que dificulta o movimento dos braços e das pernas, dificulta o pensamento. É como andar debaixo d'água, como se ele estivesse no fundo de uma piscina, olhando para o resto do mundo lá em cima.
Ele tem consciência de que o funeral estava cheio e que a maior parte dos presentes também veio para o cemitério Eden Vale. Sabe que "qualquer um que seja alguém" está ali — alguns por empatia genuína, outros por respeito, outros por medo de não ir ao funeral do filho do poderoso Vern Winegard.
Vern não dá a mínima.
Não dá a mínima para nada.
Não para quem está ou não está lá, nem mesmo quando avistou Dan Ryan de pé no fundo, atrás das pessoas reunidas.

Dan Ryan.

Connelly falou dele naquela manhã mesmo, enquanto se preparavam para ir à igreja.

"A equipe dele estava lá", disse Connelly. "Era uma emboscada."

"Você me traz isso na manhã do funeral do meu filho?"

"Isso não pode esperar, Vern." Como se ele estivesse na beira da piscina, falando com ele através da água. A voz dele está embotada, abafada, distorcida. "Não pode esperar."

"Pode esperar."

"Precisamos agir."

"Faça o que quiser", disse Vern. "Faça o que achar que precisa fazer."

Vern não deu a mínima.

Estão jogando terra sobre o filho.

Sua mulher uiva.

Nenhum homem deveria enterrar o próprio filho.

Carros pretos se enfileiram como corvos sobre um fio telefônico.

Dan observa Vern ir para a limusine que está à espera, se perguntando se ele foi medicado. *Eu teria sido*, pensa Danny.

Se ainda não tivesse enfiado um cano na boca.

A mãe não queria que ele fosse ao funeral.

"Ele tentou te matar."

"Não sabemos disso."

"Talvez *você* não saiba", disse Madeleine. "De qualquer modo, ele vai interpretar mal a sua presença. Vai pensar que você está se regozijando com a desgraça alheia."

"Isso é ridículo."

"É?", perguntou Madeleine. "*Eu* estou feliz por Bryce ter morrido."

"Isso é uma coisa horrível de se dizer."

"Estou feliz", disse Madeleine, "porque se o acidente não tivesse acontecido, Winegard teria ido ao encontro e você teria sido assassinado assim que saísse do carro. E seu filho ficaria sem pai".

"De novo…"

"Eu sei", disse Madeleine. "Eu conheço este mundo de jeitos que você não conhece."

Talvez, pensou Danny.

Ele tinha levado as fotos para Fahey e obtido a confirmação de que eram da equipe de Detroit de Licata. O filho dele, Chucky, e três outros, todos atiradores.

Agora ele observa Vern ajudar Dawn a entrar na limusine.

Ele ia mandar me matar?, pensa Danny.

Ainda vai?

Ou a morte de um filho muda seu pensamento, faz você perceber o que é importante neste mundo? Mas talvez seja o outro lado. Talvez isso deixe um homem raivoso, com ódio, disposto a fazer qualquer coisa.

Danny puxa Jimmy Mac para o lado e diz para ele ir embora.

— Você tem uma família em San Diego — diz Danny. — Tem um negócio, uma vida. Não foi justo te envolver em tudo isso.

— Somos amigos desde o quê, o jardim da infância? — responde Jimmy. — Meu negócio, todas as coisas materiais que tenho neste mundo, devo à nossa amizade. Não vou a lugar nenhum, Danny.

É velha guarda, Danny sabe.

É irlandês, é Nova Inglaterra.

É Providence.

PARTE TRÊS

O QUE É SER JUSTO
PROVIDENCE, RI
1998

"[...] conheces as regras da justiça, conhece-as bem. Agora aprende compaixão também."

ÉSQUILO, *EUMÊNIDES*

CINQUENTA E CINCO

Heather Moretti é desafiadora na tribuna.

Marie a conduz por toda a parte fundamental, que ela encontrou o irmão, Peter Jr., no cemitério no dia dos assassinatos, visitando o túmulo do pai; que o encontrou, junto de Timothy Shea, no bar para umas bebidas; que Shea saiu e que, em seguida, ela teve uma conversa com o irmão.

— Vocês falaram sobre o assassinato do pai de vocês? — pergunta Marie.

— Falamos.

— Você deu a seu irmão uma opinião sobre quem poderia ter matado seu pai?

— Disse que achava que tinha sido Vinnie Calfo.

— E no que você baseou essa opinião?

Heather quase desdenha.

— Conhecimento geral.

— O que *isso* significa? — pergunta Marie.

— Fala sério — diz Heather —, podemos falar a real aqui? Você sabe do que estou falando.

— Me esclareça

— O jeito como fomos criados — diz Heather. — As pessoas com quem crescemos. Todo mundo em Rhode Island sabe do que estou falando. E todas aquelas pessoas falam. Blá, blá, blá, não conseguem evitar. Então, sim, ouvi sussurrarem, não sei quantas vezes, que Vinnie tinha matado meu pai. Aquela moça também. Cassandra Murphy.

— E você compartilhou sua opinião com seu irmão.

— Como eu disse.

— Isso é um sim? — pergunta Marie.

— Sim, é um sim.

— Você também expressou seus pensamentos sobre o envolvimento de sua mãe no assassinato de seu pai?

— Acho que eu disse que ela tinha praticamente empurrado o Vinnie pela porta.

— E no que você baseia isso?

— Ela meio que me contou — responde Heather. — Bêbada, uma noite.

— Que noite teria sido essa?

— Não sei — diz Heather. — Houve muitas para escolher.

— O que ela disse exatamente?

— Que ela culpava meu pai pelo suicídio da minha irmã.

Marie faz uma pergunta que advogados raramente fazem a testemunhas hostis.

— Por quê?

— Ela disse que implorou para ele mandar minha irmã para uma instituição psiquiátrica e ele se recusou — responde Heather.

— Isso por que ele não queria gastar o dinheiro?

— Foi o que ela disse.

— O que mais sua mãe disse?

— Que ela não sabia se Vinnie tinha matado meu pai — afirma Heather —, mas que tinha dado permissão para isso.

— E você também expressou isso a seu irmão.

— Sim.

— Você disse mais alguma coisa a ele?

— Eu não tinha certeza de que ele acreditava em mim, então disse para ele falar com Pasco Ferri — diz Heather.

— Por quê?

— Porque Pasco sabe tudo.

— Você encorajou seu irmão a assassinar Vincent Calfo e Celia Moretti? — pergunta Marie.

— Não.

— Você teve contato com seu irmão em uma data posterior?

— Tive.

— O que ele lhe disse?

— Que não sabia o que tinha acontecido — diz Heather. — Que não sabia o que fazer. Ele queria que eu fosse buscá-lo.

— E você foi?

— Não.

— Sem mais perguntas.

Bruce Bascombe se levanta.

— Você acredita que Vincent Calfo e Celia Moretti foram responsáveis pelo assassinato de seu pai, certo?

— Certo.

— Mas nunca levou essa informação à polícia, levou?

Heather dá um sorrisinho malicioso.

— Não.

— O que é engraçado? — pergunta Bruce.

— Sou uma Moretti.

— Você testemunhou que não incentivou seu irmão a assassinar Vincent nem Celia, correto?

— Sim.

— Ele lhe disse que ia matá-los?

— Não.

— Ele lhe disse que *queria* matá-los?

— Não.

— Então Peter Jr. não lhe disse que queria matar Vinnie Calfo ou Celia Moretti.

— Não, não disse.

— Houve alguma discussão sobre matar *alguma* pessoa?

— Não.

— Você testemunhou que falou com Peter depois dos assassinatos, está correto? — pergunta Bruce.

— Pelo telefone, sim — diz Heather. — Ele me ligou.

— E ele disse que "não sabia o que tinha acontecido" e que "não sabia o que fazer" — fala Bruce. — Ele falou mais alguma coisa?

— Falou.

— O que foi?

— "Ela veio pra cima de mim" — diz Heather.
— Desculpe, não ouvi bem.
— "Ela veio pra cima de mim".
Bruce olha para o júri.
— Sem mais perguntas.
Essa vagabunda armou para mim, pensa Marie.

CINQUENTA E SEIS

O júri quase murmura de expectativa quando Marie chama Pasco Ferri para a tribuna.

O velho chefe da máfia talvez seja o cara mais famoso da Nova Inglaterra depois de um jogador do Red Sox ou do Patriots.

Marie fica enojada com aquilo, a deferência que Ferri recebe dos policiais, dos guardas, até do juiz, como se ele fosse algum político idoso distinto ou pai da comunidade em vez do assassino cruel que é.

Aquilo lhe dá náuseas. Mas ela se comporta.

— Qual é seu relacionamento com o réu?

— Sou padrinho dele.

Aquilo desperta um risinho da corte. Até Pasco abre um leve sorriso.

— Então, quando ele se refere ao senhor como tio Pasco, o senhor não é tio dele de verdade.

— É uma coisa italiana.

— Ele foi ver o senhor no dia dos assassinatos? — pergunta Marie.

— Duas vezes.

— Vamos nos concentrar na primeira vez — diz Marie. — Sobre o que ele falou?

— Ele perguntou se eu sabia alguma coisa sobre o assassinato do pai dele — responde Pasco.

— O senhor sabia?

— Só os rumores que todo mundo ouviu — diz Pasco.

— Que eram quais?

— Que tinha sido Vinnie Calfo.

— E você acreditava nisso?

Pasco dá de ombros.

— Achei que estava dentro do campo das possibilidades.

— Peter disse onde tinha escutado esses rumores?

— Da irmã dele — responde Pasco.

— Heather Moretti.

— Foi o que ele disse.

— Sobre o que mais vocês conversaram? — pergunta Marie.

— Ele perguntou se eu achava que a mãe dele estava envolvida no assassinato do pai.

— O que o senhor respondeu?

— Que os pais dele tinham um relacionamento complicado — diz Pasco. — Um casamento problemático.

— Que seja de seu conhecimento — continua Marie —, Celia Moretti culpava o marido pelo suicídio da filha?

— Não sei nada sobre isso.

— Por que mais ela iria querer ele morto?

— Isso eu não sei — diz Pasco. — Só sei que Peter Jr. suspeitava que ela queria.

— Sobre o que mais Peter falou?

— Ele me perguntou o que eu achava que deveria fazer — diz Pasco.

— O que o senhor disse a ele?

— Disse para ele deixar para lá — diz Pasco. — Para ele não fazer nada estúpido.

— O senhor o incentivou a se vingar?

— Não.

Marie deixa aquilo suspenso por uns segundos, então pergunta:

— Peter voltou para vê-lo mais uma vez?

— Voltou — diz Pasco. — Lá pela uma da manhã.

— O que ele lhe disse?

— Ele pediu minha ajuda.

— Para fazer o quê?

— Não sei — diz Pasco —, porque me recusei a ajudar.

— O senhor sabia o que tinha acontecido? — pergunta Marie.

— Sabia.

— Como?

— Um policial me ligou e me contou — diz Pasco.

— Por que um policial ligaria para o senhor?

— Se um mafioso é morto em qualquer lugar da Nova Inglaterra — responde Pasco —, posso não ser a primeira pessoa para quem a polícia liga, mas vou estar no topo da lista.

Marie deixa isso passar.

— Então o senhor sabia que o sr. Moretti tinha matado o padrasto e a mãe — diz Marie.

— Objeção.

— Mantida.

— Quando Peter chegou à sua casa — reformula Marie —, já tinham contado ao senhor que Peter supostamente havia matado o padrasto e a mãe. Certo?

— Certo.

— Como o senhor descreveria o estado emocional dele?

— Ele estava transtornado — diz Pasco. — Chorando. Me perguntou o que deveria fazer.

— O que o senhor disse a ele?

— Para se entregar.

— O que aconteceu em seguida? — pergunta Marie.

— Eu o expulsei da casa — diz Pasco.

— Ele foi embora sem resistência?

— Foi.

Outro risinho. Todo mundo sabe que, se Pasco Ferri pede para você ir embora, você vai embora.

— Sem mais perguntas.

Bruce se levanta.

— Sr. Ferri, em algum momento antes do assassinato, Peter disse ao senhor que tinha a intenção de matar Vincent Calfo ou Celia Moretti?

— Não.

— Em algum momento *depois* do assassinato — continua Bruce —, Peter disse ao senhor que *tinha* matado Vincent Calfo ou Celia Moretti?

— Não.

— Então tudo o que o senhor sabe é que alguém na força policial disse ao senhor que ele tinha matado.

— Certo.

— E o senhor baseou nisso o tratamento que dispensou a ele — diz Bruce. — Correto?

— Correto.

— Então o senhor não sabe até hoje para *que* ele pediu ajuda ao senhor, sabe?

— Não sei.

— Obrigado.

— Reinquirição? — pergunta Faella a Marie.

— Pode apostar.

Marie fica de pé.

— Não é verdade que Peter Moretti Jr. foi até o senhor, não como tio dele, não como padrinho dele, mas como *o* padrinho, para pedir sua permissão para matar Vincent Calfo?

— Objeção!

— Indeferida.

— Não, não é verdade — diz Pasco.

— Mas é assim que funciona, não é? — pergunta Marie.

— Objeção!

— Indeferida.

— Não sei nada sobre isso.

Marie pergunta:

— E não é verdade que o senhor deu permissão?

Os olhos de Pasco começam a mostrar irritação.

— Não.

— E não é verdade — questiona Marie — que, depois que Peter Moretti Jr. matou Vinnie Calfo, ele foi procurar o senhor para ajudá--lo a fugir?

Pasco a fuzila com o olhar.

— Não é verdade.

— E que o senhor o expulsou porque ele se empolgou e matou a própria mãe? — pergunta Marie.

— Fiquei enojado quando soube disso.

— Porque o senhor achou que fosse verdade? — pergunta Marie.

— Porque sabia que ele estava indo lá com intenção de matar?

— Porque o policial me disse que foi o que ele fez.

— O senhor não telefonou para Calfo para avisá-lo, telefonou? — pergunta Marie.

— Não.
— Também não telefonou para Celia, telefonou?
— Não.
— Para a polícia? — pergunta Marie. — Telefonou para a polícia para informar a possível ameaça?
— Não.
— O senhor não fez nada, fez? — continua Marie. — Não levantou um dedo para impedir. Sente-se, Bruce, retiro a pergunta. Isso é tudo, o sr. Ferri pode ser tirado da corte com a devida deferência.

O cargo de governadora já era, pensa.

Mas teve efeito, ela viu no rosto dos jurados.

Talvez Pasco Ferri não saiba como isso funciona, mas as pessoas em Rhode Island sabem *exatamente* como funciona.

CINQUENTA E SETE

R hode Island está enevoada.
A névoa cinzenta, densa, é comum na costa, mas é algo que Chris Palumbo não experiencia há anos, e é tão grossa que ele não consegue ver além do pequeno pátio fora do seu quarto de hotel.

O quarto é bom, mas básico. Uma cama, um banheiro com chuveiro, um sofá, uma mesa, uma cafeteira com saquinhos de celofane com açúcar, uma espécie de creme em pó e um palito para mexer. Uma televisão com TV a cabo básica.

A localização do Pig and Whistle (o conceito do dono era uma taberna da Nova Inglaterra, embora o hotel seja uma série de chalés da metade do século interligados), na saída de uma estrada, em uma cidadezinha da costa sul, funciona para Chris. Fora do caminho, discreto a não ser pelo nome.

Chris não está exatamente pronto para anunciar o retorno dele a Rhode Island.

Vai ser complicado.

Peter e Vinnie estão mortos, Paulie está na Flórida, mas ainda há caras que se recordam do que Chris fez e ficariam felizes em matá-lo por isso. *Mas só depois de espremerem cada centavo de mim primeiro*, pensa ao abrir a gaveta da mesinha de cabeceira e colocar sua Glock .9 mm lá dentro.

É a ganância deles que pode me manter vivo.
Tempo suficiente.

Ele pensa em ligar para Cathy, mas se acovarda. A esposa vai ficar com raiva, e a raiva de Cathy é algo com que não se brinca. E ele não sabe o que ela andou fazendo nos últimos anos — ela pode ter alguém, pode até ter se casado de novo.

Melhor descobrir antes.

Subitamente cansado depois da longa viagem, ele cai na cama e dorme o sono dos justos.

Faz sol quando ele acorda, e agora ele enxerga a vista da lagoa salgada que leva ao mar. Há dois grandes salgueiros no longo e bem cuidado gramado que desce até a água. Um pequeno barco a motor oscila em uma doca de madeira, um adolescente de boné está no bote, limpando-o com um pano.

Chris faz uma xícara de um café horrível e vai até a doca.

Agora vê que não é um rapaz limpando o bote, e sim uma menina. Dezoito? Dezenove? Um rosto tão puro e inocente que é difícil acreditar que um mau pensamento tenha um dia passado pela cabeça dela.

— Bom dia — diz.

— Linda manhã.

— É hóspede do hotel?

— Sou — diz Chris. — Sou de Nova York.

— O que veio fazer aqui?

— Ouvi falar de Rhode Island — diz Chris. — Achei que deveria dar uma olhada.

— Está gostando? — pergunta a garota.

— Até agora.

Ela para de limpar o bote e olha para ele.

— Posso fazer uma pergunta?

— Manda.

— Você encontrou Jesus?

Chris está a ponto de dar alguma resposta engraçadinha como "Ele sumiu?", mas a garota parece tão sincera que ele não tem coragem.

— Tive uma educação católica.

— Quero dizer o Jesus de verdade — diz. — Na Bíblia. Sou testemunha de Jeová.

De novo, Chris quase responde com alguma piada sobre o Programa de Proteção às Testemunhas de Jeová, mas desiste.

— E como isso está indo?

— Sei onde vou passar a eternidade.

É, no Departamento de Trânsito, pensa Chris, *como todo mundo*. Mas ele diz:

— Jesus e eu... nós passamos bem longe um do outro.

— Ele te ama.

— Não que eu tenha notado.

— Jura? — pergunta ela. — Você mesmo disse que está uma manhã linda. E nós estamos aqui.

Até que ela tem razão, pensa Chris.

— É.

— Ele está sempre cuidando de você — responde. — Mas não é sempre que você vê.

Eu tive muita sorte, pensa Chris. *Muitos caras nessa vida já partiram, e eu ainda estou aqui. Por quanto tempo é outra questão, mas hoje ainda estou aqui.*

— Pense na eternidade — continua. — A vida é um piscar de olhos.

— Tenha um ótimo dia — diz Chris.

— Vou ter — diz. — Você também.

Ele anda até a recepção. Descobre que atrás do balcão está o proprietário, um cara chamado Browning.

— Belo lugar — diz Chris.

— Que bom que gostou — responde Browning.

— Mas Pig and Whistle?

— Antes havia uma taberna neste lugar.

Não me lembro de uma taberna aqui, pensa Chris.

— Quando foi isso?

— Nos anos 1790 — diz Browning. — Pegou fogo em 1811.

Como se fosse ontem, pensa Chris.

Porra de Nova Inglaterra.

— Vi você conversando com a Gina ali embaixo — comenta Browning. — Ela estava te enlouquecendo com aquele papo de Deus?

— É uma boa menina.

— Com ela é a Bíblia o tempo todo — diz Browning. — Mas ela trabalha bem. Vai tomar café da manhã? Pode ser em qualquer mesa, não estamos cheios.

Chris vai para o salão de refeições e escolhe uma mesa ao lado da janela. Está surpreso por eles terem guardanapos de linho no serviço de café da manhã e diz isso a Browning quando ele vem servir o café.

— Odeio guardanapos de papel e utensílios de plástico — diz Browning. — Um desperdício.

— Qual lavanderia vocês usam?

Browning olha para ele por um longo momento e então diz:

— Acho que te conheço de algum lugar.

— Eu? Não. Nunca estive por aqui antes.

— É engraçado — diz Browning. — Você se parece muito com o cara que costumava fazer o serviço de lavanderia para nós. Agora é um rapaz, às vezes a mãe, que faz a entrega.

Merda de Rhode Island, pensa Chris. *Todo mundo conhece todo mundo ou conhece alguém que conhece alguém.*

— Está pensando em outra pessoa.

— Erro meu — diz Browning.

Mas, pela expressão no rosto dele, Chris percebe que ele não acha que cometeu nenhum erro e sabe a história toda, pelo menos a parte do desaparecimento de Chris Palumbo.

— Açúcar e creme ali na mesa — diz Browning. — A menina logo vem pegar seu pedido. E sr.… Patterson, não é… aqui no Pig and Whistle respeitamos a privacidade de nossos hóspedes.

Browning olha diretamente nos olhos dele.

— Bom saber — afirma Chris.

— A pessoa com quem te confundi — diz Browning — sempre foi muito boa conosco. Bom serviço, pontual, preço justo. Somos fregueses leais.

— Lealdade é tudo — concorda Chris.

Depois de um belo café da manhã de ovos (estrelados), bacon e panquecas, Chris para na recepção.

— Satisfeito com tudo? — pergunta Browning.

— Estava ótimo — diz Chris. — Ei, quando seu serviço de lavanderia faz as retiradas? O rapaz que você mencionou…

— Jake — diz Browning. — Quinta de manhã.

É terça.

Chris tira uma nota de cem dólares do bolso e a desliza pelo balcão.

— Acha que talvez poderia ligar e pedir que venham antes? Que está com muita gente ou algo assim, precisa de suprimento...

— Acho que posso fazer isso. Lealdade *é* tudo.

Ele devolve a nota.

Quando Jake sai do furgão, vê um homem parado na entrada, olhando para ele.

O homem se aproxima.

— Jake.

Jake não sabe o que fazer.

Talvez dar um soco na boca dele. Essa é a sua fantasia, o que ele imagina — dar um passo para trás e acertar o velho na fuça. Vê-lo cambalear, cair. Então dizer "Vai se foder" e ir embora.

Jake o segura e o abraça.

Chris o beija na testa.

— Jesus, você está tão grande. Deixei um menino, e agora volto para um rapaz.

Ambos choram.

Chris está sentado na cama do quarto do hotel.

— Me desculpe — pede. — Não tinha ideia de que estava assim tão ruim.

Jake acabou de contar o que anda acontecendo. Os caras atormentando, abusando de Cathy, sugando o negócio.

John Giglione ficando cada vez mais agressivo.

— Eu te procurei — diz Jake. — Não consegui te encontrar.

— Desculpe.

Agora ele olha para o filho do outro lado do quarto — seu filho adulto — e sabe que precisa fazer alguma coisa. Pasco disse isso; agora Jake está dizendo isso; Cathy vai dizer também, se falar com ele.

— Mamãe sentiu sua falta — diz Jake.

— Achei que ela fosse encontrar outra pessoa.

— Ela diz que está ocupada demais. E acho que ela ainda te ama. Não sei por quê.

— Também não sei. Jake, você sabe por que precisei ir embora.

— Você podia ter telefonado. Podia ter escrito. Teríamos ido para onde você estava.

— Não era seguro. Não é seguro agora.

— O que você vai fazer?

— Botar um fim nessa besteira — responde Chris. — Mas, Jake, vai levar um pouco de tempo. Vou precisar sair com o chapéu na mão, engolir muita merda. Você também. Consegue aguentar isso?

— Consigo aguentar o que for preciso — diz Jake. E então: — A gente precisa falar para a mamãe que você voltou.

— Ainda não. Se ela souber, não vai conseguir esconder, e preciso ficar na moita mais um tempinho.

— Tá bom.

— Você é um bom menino — diz Chris. — Tenho orgulho de você.

CINQUENTA E OITO

Marie coloca Tim Shea na tribuna.

Ela vê vários membros do júri literalmente se inclinarem para a frente. Eles ouviram falar do testemunho de Shea na declaração de abertura dela, então sabem que ele é chave no caso. Já estão com raiva, perturbados. Viram as fotos sangrentas — o corpo quase decapitado de Calfo, o tronco eviscerado de Celia, o rosto irreconhecível dela. Marie fez questão de introduzi-las no começo do julgamento, para fazer com que o júri quisesse responsabilizar alguém.

Eles ouviram o testemunho do segurança do portão, que colocou Peter Jr. e Timothy Shea na cena na hora do assassinato. Ouviram o testemunho dele sobre o carro ter disparado de lá dez minutos depois.

Agora vão ouvir do próprio Shea, uma testemunha ocular do assassinato de Calfo.

É um momento decisivo.

Peter Jr. também sabe disso.

O amigo, colega fuzileiro naval que lutou ao lado dele no Kuwait, o cara que o levou e buscou da cena do assassinato, agora pode colocá--lo na prisão para o resto da vida.

Quando entrou na tribuna, Tim não conseguia olhar para Peter.

Ainda não consegue — ele mantém os olhos fixos em Marie Bouchard enquanto ela faz as perguntas.

Tudo corre exatamente como ensaiaram.

Marie tinha trabalhado com Shea, repassando o testemunho dele repetidamente, certificando-se de que as respostas fossem consistentes, e também de acordo com as provas forenses.

Então agora a coisa caminha sem sobressaltos. Ela começa estabelecendo que ele estava na residência dos Moretti na noite e no horário dos assassinatos, então pergunta:

— Por que o senhor estava lá?

— Eu levei Peter Moretti de carro até lá — responde Tim.

— Peter Moretti Jr., correto?

— Sim.

— Pode identificar Peter Moretti Jr.? — pergunta Marie. — Pode apontar para ele nesta sala?

Tim aponta para Peter Jr. Os olhos deles se encontram por apenas um segundo.

— É ele.

— Que conste no registro que a testemunha identificou o réu — diz Marie. — Por que levou o sr. Moretti para a casa?

— Para matar Vinnie Calfo e Celia Moretti.

Peter Jr. espera que Bascombe peça objeção, mas ele apenas fica ali sentado.

— Como sabe disso? — pergunta Marie.

— Peter me disse.

— Na verdade, o senhor forneceu a arma para Peter, não é mesmo?

— Eu dei minha espingarda para ele.

Marie olha para o júri.

— Uma calibre .12.

— Isso.

— Diga ao júri o que aconteceu quando vocês chegaram à casa — diz Marie.

Como foi treinado, Tim olha diretamente para o júri enquanto reconta os acontecimentos. Eles saíram do carro e abriram o porta-malas. Peter Jr. pegou a espingarda, escondeu atrás das costas, foi até a porta e tocou a campainha.

Calfo abriu a porta usando roupão.

— O senhor ouviu se ele falou alguma coisa? — pergunta Marie.

— Ele disse: "Peter Jr., não sabíamos que estava aqui".

— Então o que aconteceu?

Peter Jr. levantou a arma, Tim diz ao júri. Calfo se virou para correr. Peter atirou nele.

— O senhor viu isso? — pergunta Marie.

— Vi.
— Então o que aconteceu?
— Peter Jr. correu para dentro — diz Tim.
Fechou a porta com um chute. Um minuto depois, Tim ouviu o barulho de mais um tiro, então outro. Alguns segundos depois, Peter saiu correndo pela porta.
— Ele falou alguma coisa para o senhor? — pergunta Marie.
— Não naquele momento.
— O senhor disse alguma coisa? — pergunta Marie.
— Disse que a gente precisava cair fora dali.
— E vocês caíram?
— Sim.
— Para onde foram? — questiona Marie.
— Fomos de carro até Goshen — responde Tim.
— O sr. Moretti disse alguma coisa no caminho até lá?
— Disse. Ele disse: "O que foi que eu fiz? O que foi que eu fiz?".
— O que vocês fizeram quando chegaram a Goshen?
— Desmontamos a espingarda e jogamos as peças na enseada — diz Tim.
— O que aconteceu depois?
— Levei Peter até a casa do sr. Ferri — responde Tim.
— Por quê?
— Peter queria falar com ele.
— Ele falou? — pergunta Marie.
— Acho que sim. Ele tocou a campainha, o sr. Ferri abriu a porta, e eu fui embora.
— Por quê? — pergunta Marie.
— Eu estava com medo — responde Tim. — Estava apavorado.
— Qual foi a próxima vez que o senhor viu o sr. Moretti?
— Só agora.
— Aqui na corte — diz Marie. — Hoje.
— Isso.
— O senhor falou ou se comunicou com ele de qualquer modo? — questiona Marie.
— Não.
— Obrigada, isso é tudo.
Ela sabe que foi fatal.

O prego no caixão de Moretti.

Bruce Bascombe se levanta, anda a passos lentos até a tribuna das testemunhas.

— Sr. Shea, em troca de seu testemunho, o estado lhe ofereceu um acordo, não é verdade? Saída antecipada da prisão.

— Isso.

— E disseram que o senhor poderia sair um homem livre, sem passar mais um dia na cadeia, se testemunhasse contra seu amigo.

— Isso.

— E o senhor aceitou o acordo, correto?

— Correto.

— Claro, quem não aceitaria? — pergunta Bruce. — Peter Moretti era seu amigo, correto?

— Correto.

— Vocês serviram juntos como fuzileiros navais.

— Servimos.

— No Kuwait?

— Isso.

Marie sabe o que Bruce está fazendo — juntando uma série de perguntas curtas, cujas respostas são sempre afirmativas. Isso faz duas coisas — habitua a testemunha a responder afirmativamente e dá ao júri a impressão de que o advogado está sempre certo.

— Em combate juntos? — pergunta Bruce.

Preciso interromper isso, pensa Marie.

— Objeção. Relevância.

— Estou estabelecendo o relacionamento deles — diz Bascombe.

Ele sabe que Marie levantou a objeção apenas para quebrar o ritmo.

— Indeferida.

— Em combate juntos? — repete Bruce.

— Sim.

— Isso forma um laço, não forma?

— Forma.

— Que o senhor agora quebrou.

Tim parece afetado. Novamente, Marie sabe o que Bruce está fazendo — está fazendo a testemunha parecer ruim. Suspeita.

— Objeção.

— Deferida.

Bruce sorri. Tarde demais. O dano está feito. Ele segue em frente.

— O senhor testemunhou que dirigiu com Peter até a casa dele para o propósito expresso de matar o padrasto e a mãe dele. Está correto?

— Está.

— Mas isso não é verdade, é? — pergunta Bruce. — Peter nunca lhe disse isso, disse?

— Não com essas palavras exatas — responde Tim.

Quê?, pensa Marie. *Que merda é essa?*

— Na verdade — diz Bruce —, o que Peter lhe disse foi "Preciso fazer alguma coisa. Preciso fazer alguma coisa". Não está correto?

— Está.

— Mas ele nunca disse o que era essa alguma coisa, disse? — questiona Bruce.

— Estava bem claro. — Tim olha para Marie. — Quer dizer, ele disse que tinha descoberto que o padrasto e a mãe tinham matado o pai e que ele precisava fazer alguma coisa.

— Ele disse que ia matá-los?

— Ele perguntou se eu tinha uma arma que ele pudesse usar.

— Para fazer o quê? — pergunta Bruce. — Talvez se defender enquanto confrontava Vincent Calfo, um conhecido atirador da máfia?

— Objeção!

— Deferida.

— Excelência — continua Bruce —, posso trazer uma testemunha que vai depor sobre a reputação de Calfo. Na verdade, eu poderia chamar a própria sra. Bouchard para esse propósito e fazer com que ela testemunhasse a respeito das acusações e sentenças de prisão de Calfo. Ela foi a promotora de uma delas.

— Excelência, podemos discutir esse assunto em sua sala? — pergunta Marie.

Bruce quer fazer aquilo na frente dos jurados — fazê-los ouvir como Calfo era um cara perigoso, como Peter Jr. pode ter se sentido ameaçado.

Na sala, Marie diz:

— Vinnie Calfo nunca foi preso, acusado, muito menos condenado por assassinato.

— Mas ele tinha essa *reputação* — diz Bruce —, e é a reputação que importa, no caso do estado mental do meu cliente. Se ele acreditava que Calfo era um matador, se ele acreditava que Calfo tinha assassinado o pai dele, acharia que precisava de uma arma. E ele não estaria sozinho nisso. Excelência, muita gente acredita nisso. A Marie aqui acredita nisso. Pergunte a ela. Quanto à ficha criminal e ao potencial de violência dele, posso mencionar o próprio memorando de sentença nas condenações anteriores dele por associação criminosa.

Marie precisa se safar nessa questão. Por um lado, não pode deixar que Calfo seja visto como uma ameaça imediata a Peter; por outro, precisa estabelecer o motivo de Peter — o suposto assassinato do pai por Calfo.

— Vou permitir questionamentos quanto ao estado mental de Moretti — diz Faella. — Mas estou avisando, Bruce, você não vai colocar a vítima em julgamento aqui. Nesse ponto, vou interrompê-lo.

Eles entram de volta.

A pergunta é feita outra vez para Tim: "Talvez se defender enquanto confrontava Vincent Calfo, um conhecido atirador da máfia?".

— Peter nunca falou nada sobre isso — diz Tim.

Mas o dano foi feito, pensa Marie. *Bruce introduziu uma ambiguidade em relação à espingarda.*

Bruce continua.

— O senhor testemunhou que viu Peter levantar a espingarda, está certo?

— Certo.

— Mas o senhor não o viu apertar o gatilho, viu?

— Sim, eu vi.

— Mas o senhor testemunhou que Peter estava com as costas viradas para o senhor, está correto?

— Correto.

— Então o senhor não poderia ter visto a mão dele no gatilho, poderia?

Tim hesita.

— Não, imagino que não.

— Bem, não queremos que o senhor imagine — diz Bruce. — O fato é que o senhor não poderia ter visto Peter apertar o gatilho, certo?

Tim teima.

— Eu vi o disparo.

— Certo — diz Bruce. — O senhor testemunhou que Calfo se virou e correu primeiro, correto?

— Correto.

— O senhor conseguia ver as mãos dele?

— Não.

— Então não conseguiria ver se ele estava segurando uma arma, conseguiria? — pergunta Bruce. — Não está correto?

— Imagino que sim.

— Isto não é uma prova de múltipla escolha — diz Bruce. — O fato é que o senhor não conseguia ver as mãos de Calfo, então, até onde sabe, ele poderia estar segurando uma arma, uma faca, qualquer coisa.

— Objeção — diz Marie. — Falta de fundamento. Nenhuma arma foi encontrada nas mãos da vítima ou em nenhum lugar perto dela.

Bruce dá de ombros, como quem diz "e daí?". Ele segue em frente.

— O senhor diz que Calfo correu. Mas não sabe na direção do que ele corria, certo?

— Certo.

— Até onde o senhor sabe — diz Bruce —, ele poderia estar tentando alcançar uma arma, certo?

— Objeção!

— Estou examinando o estado de conhecimento da testemunha — afirma Bruce. — Se a advogada quiser introduzir provas de que não existiam armas de fogo na casa, está livre para fazer isso, embora as provas vão mostrar que o lugar era praticamente um arsenal. Quer que eu repasse o inventário?

— Juiz, isso é apenas especulação…

— Vou permitir.

Bruce se vira de volta para Tim.

— Então, até onde o senhor sabe, Calfo poderia estar tentando pegar uma arma.

— Imagino que sim.

— De novo, não quero que imagine — diz Bruce. — Até onde o senhor sabe, Calfo poderia estar tentando pegar uma arma.

— Até onde sei, poderia.

— O senhor testemunhou que não entrou na casa, certo?

— Certo.

— Mas isso não é verdade, é? — pergunta Bruce. — O senhor entrou, não entrou? Entrou e fechou a porta atrás de si.

— Não, isso não é verdade.

Bruce sorri como se soubesse de algo. Mas ele deixa aquilo ser considerado pelo júri.

— O senhor testemunhou que ouviu o som de dois tiros.
— Isso.
— Do lado de fora da casa? — pergunta Bruce. — Mesmo?
— Sim.
— Agora, o senhor também testemunhou que não foi ao andar de cima, não testemunhou?
— Isso.
— Então o senhor não viu nada, viu?
— Não, não vi.
— O senhor não viu o que aconteceu no quarto do andar de cima, viu?
— Não.
— Tudo o que o senhor viu foi Peter descer correndo as escadas, não está certo? — pergunta Bruce. — Ou, desculpe, "correr para fora da casa".
— Isso.
— E foi o senhor quem disse: "A gente precisa cair fora daqui", não está correto? — questiona Bruce.
— Está.
— Peter jamais sugeriu isso, sugeriu?
— Não.
Bruce acelera.
— O senhor testemunhou que Peter disse, ou melhor, perguntou: "O que foi que eu fiz? O que foi que eu fiz?". Está correto?
— Correto.
— Mas ele não disse ao senhor o que ele fez, disse?
— Não.
— Ele não disse ao senhor que assassinou Calfo, disse? — pergunta Bruce.
— Não.
— Ele não disse que assassinou a mãe dele, disse?
— Não.
— O senhor testemunhou que vocês desmontaram a espingarda e a jogaram na enseada, certo? — questiona Bruce.
— Sim.
— Isso não foi ideia de Peter, foi? — pergunta Bruce.
Tim hesita.

Que diabos?, pensa Marie. *Ele nos disse que tinha sido ideia de Peter.*
Então Tim responde:
— Não.
— Foi ideia do senhor, não foi? — pergunta Bruce.
— Foi.
Jesus Cristo, pensa Marie. Ela sabe o que vem a seguir.
— Mas em um testemunho sob juramento aos procuradores — diz Bruce —, o senhor testemunhou que foi ideia de Peter. Poderia ler a página 124, por favor? Segunda linha a partir de cima?
Ele passa a Tim a declaração juramentada.
Tim lê:
— "Peter disse que queria se livrar da espingarda. Quebrá-la e jogar os pedaços na enseada. Então levei ele de carro até lá."
— Esta é sua declaração juramentada, certo? — questiona Bruce.
— Certo.
— Então o senhor mentiu.
— Menti.
Bruce faz o movimento matador.
— O senhor é um mentiroso.
— Eu menti quando disse *isso*, sim.
Ótimo, pensa Marie. *Nossa testemunha-chave agora é um mentiroso assumido. E todos os jurados vão se perguntar: se ele mentiu sobre isso, sobre o que mais está mentindo? Está mentindo sobre não ter entrado na casa? Mentindo sobre não ter ido ao andar de cima?*
Ela seria capaz de matar Shea.
Bruce entra direto por essa porta aberta.
— E aquela foi a única vez naquela noite em que o senhor manuseou a espingarda?
— Foi!
— Tem certeza?
— Objeção!
— Deferida.
— Sem mais perguntas — diz Bruce.
Ele se vira, sorri para Marie e caminha de volta para sua mesa.
Merda, pensa Marie. Bruce acabou de introduzir a possibilidade de que Timothy Shea tenha atirado em Celia Moretti.

CINQUENTA E NOVE

A defesa de Bruce é bem o que Marie esperava.
Ele baseou a maior parte de seu argumento na inquirição direta das testemunhas da acusação, então é rápido e direto ao ponto. Ele faz aquela coisa da defesa de chamar os detetives e destruir a investigação deles, fazendo com que admitam coisinhas que não fizeram.

É pró-forma e trivial, ela sabe.

Na verdade, existe só mais uma questão na mente do júri, e é uma questão grande.

Peter Jr. vai subir à tribuna?

Ele é a única outra pessoa que o júri quer ouvir.

Ela se permite um raro segundo copo de uísque escocês (dois dedos), coloca um dos "Noturnos" de Chopin no aparelho de som e senta-se para contemplar a questão.

Bruce seria louco de colocar Peter na tribuna.

O que ele poderia dizer? "Não fui eu?" Ele já declarou não ser culpado. Não pode negar ter estado lá — na verdade, não negou —, então só pode usar um argumento fraco de autodefesa em relação a Calfo. Isso não o ajuda no caso de Celia. Ele foi proativamente até o andar de cima, ao quarto dela, e atirou na mulher.

Não que Bruce não possa tentar uma estratégia de autodefesa.

Uma gaveta da penteadeira estava aberta no quarto e havia uma arma nela. Bruce já fez um detetive depor sobre isso. Mas Celia não estava com a arma na mão. Ela foi alvejada de frente, então deve ter se virado sem a arma.

É nisso que o júri vai acreditar.

Então Bruce pode ficar tentado a colocar Peter para dizer que estava com medo de que ela fosse atirar nele.

Marie duvida que isso vá funcionar.

Uma vez, talvez, mas não duas. O júri não vai engolir uma história de que Peter atirou em Calfo porque ele foi pegar uma arma, então atirou na mãe pelo mesmo motivo.

O que mais Peter poderia dizer?, pergunta-se Marie.

Pode dizer que Shea atirou em Celia.

De certa forma, é uma distinção sem diferença. De um ponto de vista estritamente legal, não importa qual deles apertou o gatilho. Ambos são culpados de homicídio.

Mas os júris nem sempre decidem levando em conta o puro legalismo, apesar das instruções do juiz. Eles decidem levando em conta a emoção, e se gostarem de Peter, se o acharem empático — e ele parece digno de empatia agora, o fuzileiro naval veterano bem-apessoado —, podem considerá-lo culpado de um dos crimes menos graves.

Podem, pensa com um estremecimento, *até absolvê-lo.*

E Bruce sabe tão bem quanto qualquer um que os júris querem que o próprio réu testemunhe, querem que ele declare a inocência, e acham suspeito que ele não o faça, apesar de o juiz ter dito que não podem levar isso em consideração.

Então há uma desvantagem para Bruce em mantê-lo longe.

Mas o risco é extremo.

Para começar, é provável que Peter seja um péssimo mentiroso. Ele simplesmente não tem aquela astúcia feral que os criminosos de carreira têm para mentir de modo convincente na tribuna. Em segundo lugar, a história que ele teria para contar é difícil de engolir.

E em terceiro lugar, e mais importante, pensa, *tem eu.*

Bruce não vai querer expor o cliente à minha arguição.

E com razão.

Para falar sem papas na língua, eu iria abrir mais um buraco no rapaz. Iria expor ao júri o que ele é — um mentiroso, assassino duplo e matricida.

Então, por favor, Bruce, por favor.

Coloque-o na tribuna.

Peter Jr. quer depor.

Bruce lhe diz que ele está maluco.

— Em quantos cus você está sentado agora? — pergunta ele. — Acho que um, mas, não importa quantos, vai ter mais um quando Marie Bouchard tiver acabado com você.

— Eu quero depor.

— Para falar o quê? — pergunta Bruce. — Está disposto a dizer que Tim Shea apertou o gatilho contra sua mãe?

— Não vou fazer isso.

Não, pensa Bruce, *porque você me deixou fazer isso por você.*

— Então você não tem nada a dizer que possa te ajudar.

— Posso dizer que agi em autodefesa.

Bruce nunca deixa de se espantar com a habilidade dos réus culpados de começarem a acreditar nos raciocínios que ele apresenta. A essa altura, o rapaz de fato acredita que atirou em duas pessoas por temer pela própria vida.

— Você poderia — diz Bruce. — Mas eu já fiz um trabalho melhor do que você poderia fazer. Sabe por quê? Por que Marie não pode me interrogar.

— Eu posso enfrentá-la.

— Não, não pode — diz Bruce. — Quer ensaiar agora mesmo? Eu sou Marie? Você é você? "Sr. Moretti, o senhor depôs que atirou em Vincent Calfo por temer por sua vida, correto?"

— Correto.

— Mas ele estava fugindo do senhor quando atirou nele — diz Bruce. — O senhor atirou nas costas dele, não atirou?

— Sim, mas...

— E o senhor também depôs que atirou em sua mãe por causa do mesmo temor, estou certa?

— Está.

— Mas o senhor subiu as escadas, não subiu?

— Sim, mas...

— Para matá-la, certo?

— Não, para falar com ela.

— Com uma espingarda na mão — diz Bruce.

— Sim, mas...

— Ela viu o senhor matar Vincent Calfo, não viu? — Isso é uma suposição da parte de Bruce, mas ao ver a expressão no rosto de Peter Jr., ele percebe que supôs corretamente.

— Sim.
— Ela era uma testemunha.
— Talvez. Eu...
— E o senhor não queria deixar uma testemunha, queria? — pergunta Bruce. — Então o senhor a matou.
— Não, não foi por isso...
— Ou foi por que o senhor acreditava que ela havia conspirado para o assassinato do seu pai? — pergunta Bruce.
— Não.
— O senhor acreditava nisso, não acreditava?
— Eu não sabia...
— Sua irmã lhe disse isso, não disse? — pergunta Bruce. — Você ouviu o testemunho dela.
— Sim.
— Então o senhor foi para o segundo andar, para o quarto — diz Bruce. — Ela estava apavorada, foi pegar uma arma para se defender, mas o senhor a puxou, a virou e atirou nela.
— Não, eu...
— O senhor atirou nela duas vezes — diz Bruce — por autodefesa? Depois que atirou no estômago dela com uma espingarda calibre .12, atirou na cabeça dela porque temia pela sua vida também?
— Não.
— Ela não estava indefesa naquele momento? — pergunta Bruce. — Morrendo, na verdade? O senhor estava com medo dela nesse ponto?
— Não.
— Porque o *senhor* apertou o gatilho, não apertou? O *senhor*, e não Tim Shea, não está certo?
— Sim, fui eu.
— O senhor assassinou sua mãe, não foi? — pergunta Bruce. — Desconsidere, sem mais perguntas. E é assim que vai ser, Peter, se insistir em ir para a tribuna. Pior, na verdade, porque você tem uma mulher fazendo perguntas sobre matar uma mulher na frente de cinco juradas.
— Mas o júri não vai achar ruim para mim... — pergunta Peter Jr. — ... se eu não depor?
— É um risco — diz Bruce. — Mas será um risco maior botar você na tribuna.

SESSENTA

Chris observa a dançarina girar no mastro, o cabelo ruivo batendo nos ombros.

É engraçado, ele pensa, *esse tipo de coisa costumava me deixar com tesão; agora não me causa nada.* Mas causa para os outros caras. São 16h30 de uma quinta-feira e o lugar está cheio.

E minha família está passando por dificuldades, pensa Chris.

Aqueles filhos de uma égua estão nos roubando.

Ele faz um sinal para a garçonete com os seios de fora, que o esnoba. Vestido como está, jeans esburacado e uma camisa velha, ela já o identificou como alguém que não vai lhe servir muito. Quando a moça finalmente reconhece a existência dele, Chris pergunta:

— O John está por aqui?

— Que John?

Como se ela não soubesse, pensa Chris.

— John Giglione. Ele sempre vem aqui.

— Quem quer saber?

— Diga que Chris Palumbo gostaria de dar uma palavrinha com ele.

Leva dez segundos para Giglione sair da sala dos fundos. Ele abre bem os braços.

— Que porra de surpresa. O filho pródigo.

— Precisamos conversar, John.

— Imagino que sim — diz Giglione. — Vamos para os fundos. Tem mais privacidade.

— Vou para os fundos e saio pela viela onde fica a lixeira.

— Não, vamos lá.

Chris segue John para dentro do escritório, um cômodo apertado, sem janelas, que já viu mais mulheres ajoelhadas que o Vaticano.

Giglione faz um gesto para Chris sentar em um velho sofá e então senta atrás da mesa. *Bacana*, pensa Chris, *ele me recebe no meu próprio escritório*.

— Em que porra de buraco você se meteu por todo esse tempo? — pergunta Giglione.

— Aqui e ali.

— Mais ali — diz Giglione —, porque ninguém viu você aqui. Preciso te apalpar para ver se tem escuta, Chris?

— Fique à vontade.

Giglione o apalpa, não encontra nada.

— Então, quando voltou?

— Ontem.

— Por quê? — pergunta Giglione. — *Por que* você voltou?

— Senti falta do Dunkin'.

— O mesmo velho Chris — diz Giglione. — Sempre um piadista. Você deixou muita gente segurando a bucha, meu amigo.

— Eu não peguei aquela heroína — diz Chris. — Seu problema é com Danny Ryan. Em todos esses anos, notei que ninguém discutiu isso com ele.

— Não se preocupe com Ryan — fala Giglione. — Mandei cuidarem dele. Você queria falar comigo?

— Escuta, John — diz Chris —, eu não voltei para causar problemas. Você quer ser chefe, um *salud*, seja chefe. Não tenho ambições.

— Porra nenhuma. Você é tiro à vista.

— Não posso pagar vocês se estiver morto — diz Chris.

— Para alguns dos caras, isso seria pagamento suficiente.

— E para você?

Giglione não responde por um segundo. Então diz:

— Eu... eu gosto de dinheiro. Como vai me dar o meu?

— Me deixa ganhar — diz Chris. — Você andou castigando meus negócios. Vai levá-los à falência. Alivie um pouco. Me deixe voltar à forma, colocar um dinheiro na rua, fazer um ou dois trabalhos, então consigo te pagar.

— Não sei, Chris. Não posso te dar um passe sozinho. Vou precisar falar com umas pessoas. Se te chamarmos para uma reunião, você vem?

— Se garantir que vou sair dela.

— Sem garantias — diz Giglione. — Quem pede não está em condições de exigir nada.

— Imagino que seja isso que sou agora, né? — pergunta Chris. *Preciso comer merda por enquanto.* — Certo.

— Volte em um ou dois dias — diz Giglione. — Vou te avisar.

— Obrigado, John. — *Coma merda, coma merda, coma merda.*

Giglione assente.

Como se ele fosse Marlon Brando, pensa Chris.

Como se ele tivesse a porra de um gatinho no colo.

SESSENTA E UM

Danny encontra Fahey no lugar de costume deles.
— Licata está pulando de hotel em hotel — diz Fahey. — Mas ele tem uma equipe, com Chucky, em um chalé no deserto a sudoeste da cidade.
— Onde, exatamente?
Fahey passa a localização a Danny, então diz:
— Dan...
— Não se preocupe — diz Danny —, vamos só ficar de olho neles. Não vamos tomar nenhuma ação.
Fahey fica aliviado ao ouvir aquilo. Não está a ponto de se tornar cúmplice em um assassinato. Mas, desde que Ryan fique estritamente na defensiva, está tudo bem. E Fahey acredita nele — ele é uma boa pessoa.
— Dan, se quiser que a gente tire esses caras da cidade...
— Não — diz Danny. — Eles simplesmente mandariam outras pessoas. Ao menos sabemos com quem estamos lidando, e estamos de olho neles. Obrigado, hein, Ron.
— Você que manda.
Fahey sai do encontro e vai comprar um Snapple.
É só isso, só um Snapple, porque é a rotina dele, um costume nas tardes quentes.
Às vezes é só o que é preciso, a decisão mundana de fazer uma coisa simples.
Ele entra na pequena galeria e, em seguida, na loja de conveniência; então vai para a parte de trás, onde estão as geladeiras com cervejas,

refrigerantes e chás gelados. Escolhe um com sabor de pêssego em vez do simples, vai para o caixa pagar, e em seguida a vê.

A pequena agência bancária do outro lado do estacionamento.

Aquele sentido esquisito de policial, aquele que nunca se perde, diz a ele que alguma coisa está errada.

Então ele olha com mais atenção.

E avista o sujeito com a arma através da grande janela de vidro. Máscara de esqui preta clássica sobre o rosto.

Merda, pensa Fahey.

O que ele poderia fazer, o que ele deveria fazer, seria voltar para o carro, chamar reforço e esperar. Isso não tem nada a ver com ele — é um trabalho para os uniformes, para a SWAT.

Mas tudo que ele vê é esse cara, saindo de costas do banco agora, um daqueles assaltos tipo Cavaleiro Solitário que se tornaram comuns em agências bancárias. E Fahey não é aquele cara — o cara "isso não é meu trabalho". Ele é um policial, aquilo é um assalto, então ele vai ser um policial.

Fahey tira a arma, a segura na altura da cintura e sai andando para o estacionamento.

O assaltante o vê.

Agarra uma mulher que acabou de sair do carro, passa o antebraço em torno do pescoço dela e a usa de escudo enquanto aponta a pistola para a lateral da cabeça dela.

— Para trás! Vou matar ela!

Fahey continua andando na direção dele, de modo lento, mas contínuo. Levanta a arma em posição de atirar e diz:

— Vá em frente, ela não é nada minha! E, no segundo em que você atirar, vou te explodir!

Dá ao assaltante algo em que pensar. Ele hesita, então grita:

— Não vou voltar para a prisão.

Verdade, pensa Fahey.

Ele dá um toque duplo.

Dois tiros através da máscara de esqui.

A mulher desmaia, amontoa-se no chão enquanto o assaltante cai.

Fahey baixa a arma. Não escuta, não vê o motorista de fuga se aproximar dele por trás.

Não escuta o tiro.

SESSENTA E DOIS

— *Preparar... apontar...*
— *Fogo!*
Os rifles estalam.

A guarda de honra baixa os rifles até a cintura, carrega nova munição e levanta-os de novo.

— *Preparar... apontar...*
— *Fogo!*

Danny está de cabeça descoberta na chuva.

Um raro dia chuvoso no deserto.

Eden está ao lado dele. Ela insistiu em ir ao funeral de Fahey, apesar da esperada presença massiva da imprensa. E os repórteres estão ali, câmeras clicando, tirando fotos dela e de Danny.

Ele a avisou. "Não vão parar com as fotos. Vão descobrir quem você é. Vão te conectar a mim."

"Ron era uma boa pessoa", disse Eden. "Ele tentou ajudar. Quero demonstrar respeito a ele."

É verdade, mas ela sabe que é mais que isso.

A presença dela ali também é uma resposta a Dan.

Sobre a vida deles.

É um passo que nenhum deles tinha pensado que iria tomar, um passo além do arranjo fácil, conveniente, confortável. Ela sabe que levar o relacionamento para fora das portas de seu apartamento o coloca em um caminho totalmente novo.

Se você fosse sua paciente, pensa Eden, *diria a si mesma que se esconde atrás do trabalho e de seus livros, que evita a vida porque tem medo dela. Você também diria a si mesma que talvez ame esse homem, que explorar esse amor é assustador, e que você deveria fazer isso mesmo assim.*

A resposta dela a Danny não é sim, nossas vidas se mesclam, mas sim, vamos ver se elas mesclam. Vamos entrar nesse caminho e ver para onde ele nos leva.

Então agora ela está de pé ao lado de Danny, digna, ignorando as câmeras e a chuva.

Para Danny, a presença dela não é nenhum tipo de vitória, é mais como a possibilidade de uma redenção. Ele não queria perdê-la, mesmo se fosse apenas o mesmo arranjo que tinham. Precisa admitir que ela não estava totalmente errada em seu argumento — eles vivem em mundos distintos, e o dele é, para dizer o mínimo, moralmente comprometido.

Então ele está feliz por ela estar lá, feliz por ela querer se arriscar por eles, levar as coisas adiante.

Feliz e morto de medo.

O primeiro grande amor dele morreu de câncer; o segundo, pelas próprias mãos. Às vezes ele sente que é amaldiçoado, que as mulheres que se envolvem com ele estão amaldiçoadas, que ele é a maldição.

É supersticioso, é estúpido, mas é um sentimento que ele não consegue tirar da cabeça.

E nós vamos dar certo juntos?, pergunta-se. *Ela consegue lidar com a fama, a exposição?*

O funeral de um policial é impressionante e triste, solene com o conhecimento de que já aconteceu antes e vai acontecer de novo, impressionante com os rituais que tal conhecimento engendra.

Um grupo de motocicletas liderou o cortejo, seguido por carros de polícia com as luzes ligadas, mas as sirenes em silêncio. Então veio o carro funerário, seguido dos carros dos enlutados.

Agora Danny está de pé e olha para a viúva de Fahey com dois filhos adolescentes, um menino e uma menina.

É de partir o coração.

A viúva vai receber os benefícios devidos pela morte e a pensão completa de Fahey, mas Danny vai arranjar para que um envelope de dinheiro apareça na porta dela uma vez por mês e para que as contas futuras de faculdade sejam entregues diretamente a ele.

Ele tem consciência de que não é uma troca justa pela perda de um marido e um pai.

Nada pode compensar aquilo.

Tantos funerais, pensa Danny.

"*Quanto mais você vive*", o pai dele disse, "*a mais funerais você vai. Se viver tempo suficiente, vai ao seu próprio.*"

O senso de humor de Marty.

— *Preparar... apontar...*

— *Fogo!*

Os tiros dos rifles ecoam.

Uma gaita de foles soa.

A chuva cai mais forte.

SESSENTA E TRÊS

— Ele está cego agora — diz Connelly.
— Quem está? — pergunta Licata.
— Ryan — responde Connelly. — Fahey era os olhos e os ouvidos dele na Polícia Metropolitana. Você tem alguma coisa a ver com isso? A morte de Fahey?

Como se eu fosse te contar se tivesse, pensa Licata.

— Foi um assalto a banco que terminou mal, certo? Já encontraram o atirador?
— Ainda não — diz Connelly. — Mas vão.
— Espero que encontrem — diz Licata. — Coisa estúpida, ruim de se fazer, matar um policial. Se você é burro o suficiente para ser pego roubando um banco, o que você faz é baixar a arma, cumprir sua pena como homem.
— De qualquer jeito, Ryan está cego agora.
— O que está dizendo?

Connelly dá de ombros.

Como se dissesse: "Não é óbvio?".

Licata faz uma ligação.
Para Providence.
John Giglione.

SESSENTA E QUATRO

— Só estou dizendo que é uma coincidência e tanto — diz Josh.

— Você está sendo paranoico — responde Danny.

Eles estão no carro indo da Strip para o escritório onde projetam Il Sogno.

— É? — diz Josh. — Fahey consegue os lances contra os Cooper, Licata vem para a cidade com uma equipe e aí Fahey é morto em um assalto a banco aleatório?

— "Aleatório" é a palavra-chave — diz Danny.

Cammy Cooper é muitas coisas, pensa, *mas assassina?*

Não.

Ou Vern, um matador de policial?

Não.

— E ouça só você — diz Danny. — Equipe.

— Eu estive numa equipe em Wharton — responde Josh.

— Você remava barcos.

— Ainda assim. Então, o que vamos fazer agora, Dan?

Estamos mal, pensa Danny.

Ele duvida de que Licata tenha matado Ron, mas e se matou? Matar um policial é um negócio sério, e Licata não teria ousado fazer isso sem apoio dos chefes dele em Detroit. Eles, por sua vez, não dariam a aprovação sem o consentimento de Chicago e Nova York.

Pasco diz que Licata tem o apoio deles, mesmo assim.

Então, tenha ele matado Ron ou não, Licata está vindo com as grandes famílias na retaguarda.

E parece que Winegard saiu de lado, vai permitir que ele faça o que quiser.

Não posso enfrentar isso, pensa Danny.

Então, o que vamos fazer?

— Fazemos as pazes — diz Danny.

— Como?

Danny expira longamente. Então responde:

— Oferecemos a Vern uma fatia da propriedade do Lavinia. Igual à nossa. Ele se torna um sócio no Il Sogno.

— Está falando sério?

— Sério como um telefonema à meia-noite — diz Danny. — Você concorda?

— Não acho ótimo — responde Josh. — Mas, sim, se é o que precisa ser feito.

É o único jeito, pensa Danny. *Eu deveria ter pensado nisso antes. Bem antes.*

— Mas ele vai aceitar isso? — pergunta Josh.

Vern me odeia, pensa Danny.

— Não sei nem se ele aceitaria um telefonema meu.

— Deixa que eu faço a abordagem — diz Josh.

— Não, precisa vir de mim.

— Dan, estamos falando de um cara que muito provavelmente tentou te assassinar.

— Você não faz as pazes com quem é seu amigo — responde Danny.

Quando Danny vai aos escritórios de Winegard, Jim Connelly desce até o saguão para encontrá-lo.

— Que porra você está fazendo aqui?

— Quero ver Vern.

— Ele não quer te ver.

— Isso já foi longe demais.

— Você levou a isso — diz Connelly.

Danny mantém a paciência.

— Não vim de mãos vazias.

— Você não tem nada nas mãos além do pau — responde Connelly.

Danny o empurra e passa.

— Você não pode subir! — grita Connelly.

— Atire em mim, então.

Danny entra no elevador e vai até o último andar. Connelly deve ter ligado antes, porque Vern já está fora do escritório a caminho dos elevadores quando as portas se abrem.

— Precisamos conversar — diz Danny.

— Não temos nada para conversar.

— Vamos só começar a matar uns aos outros? — pergunta Danny.

— Pelo menos me escute antes.

Vern o encara, mas não diz nada.

— Eu estava errado ao pegar o Lavinia do jeito que fiz — diz Danny. — Mas estou te convidando a participar agora. Vamos criar uma nova empresa, vamos dividi-lo.

— Você pega algo de mim e então me oferece metade de volta? — pergunta Vern. — Isso te transforma no quê, algum tipo de herói?

— É justo, Vern, e você sabe disso.

— Stern está de acordo com isso?

— Com muito entusiasmo — diz Danny. Ele sente que Vern está no limite. Precisa de um empurrãozinho. — Vern, nós dois temos passado. Mas não precisamos ficar acorrentados a ele. Essa é uma chance de deixá-lo para trás. Vou mandar meus caras embora, você manda os seus.

Outro elevador se abre.

Connelly sai.

— Vern, desculpe, eu vou...

— Cale a boca. — Vern não tirou os olhos de Danny. — Você acha que existem recomeços. Não existem recomeços. Meu filho foi embora e não vai voltar.

— Eu sei. Eu sinto muito. Não posso imaginar...

— Não, não pode.

Danny mantém a boca fechada. Qualquer coisa que diga agora só vai ferir, não ajudar. Vern precisa pensar nisso por si mesmo.

— Você e eu, sócios...

— O mundo ficaria chocado — diz Danny.

Connelly diz:

— Vern, me deixe...

— Você não me escutou te mandando calar a boca? — Ele olha Connelly de cima a baixo e então se vira para Danny. — Preciso pensar a respeito disso.

— Claro — diz Danny. — Não há prazo para a oferta.

— Não, vou te dar uma resposta no primeiro horário amanhã — afirma Vern. — Só quero pensar nisso à noite.

— Espero sua ligação.

Danny sabe que é hora de ir embora.

Lá fora, ele liga para Josh.

— Como foi? — pergunta Josh.

— Não tenho certeza, mas acho que temos um acordo.

Acho que temos paz.

Finalmente, finalmente, deixamos nosso passado para trás.

SESSENTA E CINCO

Licata dirige até o chalé.
Ele mantém os caras dele ali parados e quer ter certeza de que vão ficar calmos.

Esperando a ação.

O que deve chegar rápido, porque Connelly só faltou dar a luz verde para ele a respeito de Ryan.

Assim como aquele policial federal. Se Danny Ryan sumisse, o FBI deixaria o caso para lá. Algo a ver com Ryan ter matado um agente no passado.

Então Licata vai e diz a eles.

Chucky se levanta da mesa de carteado e vai até a geladeira pegar outra cerveja. Ele é um cara grande para caralho, puxou a mãe. Ossudo. O filho dele não é a pessoa mais inteligente, mas Licata o ama de qualquer modo. Ele é durão, corajoso, tem um bom coração e faz o que mandam.

— Quando, exatamente? — pergunta Chucky.

— Quanto mais rápido, melhor, até onde sei.

— Até onde todos nós sabemos — diz Chucky. — Estou cansado de ficar aqui no Rancho Areia e Pedregulho. Vamos passar esse *leprechaun* e voltar à civilização.

— Eu gosto daqui — diz DeStefano. — Sossegado.

— Sossegado — diz Chucky. — Porras de coiotes à noite. *Coiotes*.

DeStefano olha sobre os ombros para Licata.

— Quer entrar nessa, chefe?

— Não, tenho uma boceta agendada — diz Licata.

E uma boa. Chinesa. Aquelas asiáticas sabem apanhar um pouco. Ele precisou trocar de serviço, porque o antigo o bloqueou. *É isso que chamam de lealdade?*

— Por que não manda umas garotas para cá? — pergunta Chucky.

— Por que eu não boto um anúncio dizendo onde vocês estão? — diz Licata. — Mais uns dois dias e vocês vão poder foder todas as putas de Detroit.

— Isso vai levar um tempo — diz DeStefano.

— O que eu tenho além de tempo? — pergunta Chucky.

— Aproveitem a festa — diz Licata. — Não fiquem bêbados demais, precisamos trabalhar amanhã.

E não é trabalho fácil, porque isso não pode parecer o que é, um assassinato da máfia. Precisa parecer algum tipo de acidente trágico.

No mínimo, um atropelamento e fuga.

Vai funcionar — ele tem boas pessoas vindo.

Especialistas.

Licata sai e entra no carro. Está ansioso para encontrar sua garota chinesa.

Ele ama o jeitinho como elas choramingam.

SESSENTA E SEIS

— Estou de saco cheio de ficar ajoelhado no mijo do Danny — diz Kevin.
— Ajoelhado no *milho*.
— Hein?
— A expressão é ajoelhar no *milho* — diz Sean. — Não ajoelhar no *mijo*.
— Milho — diz Kevin. — Mijo. Mijo de milho. Estou de saco cheio disso. Me dá vontade de beber.

Estão sentados no apartamento que Danny alugou para eles em Winchester. A TV está ligada, algum programa idiota sobre policiais em Miami ou algum outro lugar.

— Vá a uma reunião — diz Sean.
— Vá *você* a uma reunião — diz Kevin. — Eu quero voltar às boas graças dele.
— E como vai fazer isso? — pergunta Sean. Na TV, os policiais, que são todos bonitos, estão fazendo coisas que policiais nunca fazem.
— Podar a equipe de Licata pode ser um começo — diz Kevin.
— Está louco? — pergunta Sean. — Danny disse especificamente que é o que ele *não* quer.
— Danny não sabe mais o que é melhor para ele — diz Kevin. — Viveu muito tempo entre os ternos, não sabe o que é o quê.
— E você sabe.
— Eu sei que tem uma equipe de matadores de Detroit tentando pegá-lo — diz Kevin. — E provavelmente nós também. Sei que o cara

que dá o primeiro soco normalmente ganha a briga. Sei que é melhor pedir perdão do que permissão.

— O que você está querendo dizer?

— Não estou querendo dizer nada — diz Kevin. — Estou *dizendo*. Você e eu deveríamos sair numa pequena brincadeira de caça. Como nos velhos tempos.

Sean não tem tanta certeza. Ele não sente falta dos velhos tempos. Gosta de ser empresário, ganhar dinheiro de modo legítimo, sem precisar estar sempre alerta. Ainda assim, é difícil argumentar com o que Kev está dizendo. A equipe de Licata está provavelmente no rastro deles naquele momento, e é sempre melhor ser o caçador do que a caça.

E não seria preciso caçar muito. Eles já sabem onde a equipe de Licata está escondida.

Jimmy Mac está de vigia lá agora.

— Acredite em mim, isso é o que Danny realmente quer — diz Kevin. — Ele só não quer dar a ordem. Vai ficar feliz quando chegarmos com o fato inconsumado.

Sean não se dá ao trabalho de corrigi-lo, ainda que isso signifique exatamente o oposto do que ele queria dizer.

SESSENTA E SETE

—Você acabou de perder o Licata pai — diz Jimmy. — Veio, ficou uns minutos, foi embora.

É ruim, pensa Kevin, *mas não tão ruim*. Eles sabem que Licata vai passar a noite no Circus Circus. Todos os maiores operadores de jogos têm espiões nos hotéis uns dos outros — ninguém vai a lugar algum sem ser visto e reportado.

Aparentemente Allie Boy não se importa. Ele quer esconder a equipe para que não fique óbvio, mas sabe que está seguro na Strip. Ali sempre foi uma zona segura.

Mas talvez seja diferente esta noite, pensa Kevin.

Talvez, depois de terminar aqui, a gente possa fazer uma visitinha a ele.

Ele não deixa nada transparecer no rosto, porém, porque se Jimmy farejar o que estão aprontando, vai ter um ataque de raiva e delatá-los a Danny. Então ele diz:

— Vim te dar uma folga. A gente fica de vigia agora.

Estão estacionados ao lado da estrada de terra numa pequena colina sobre a velha casa do rancho, a única estrada para ir ou vir.

Jimmy passa a Kevin os binóculos infravermelhos.

— Não tem nada acontecendo. Seis deles estão ali dentro, bebendo e jogando cartas. Não vão a nenhum lugar esta noite.

Isso é uma porra de uma certeza, pensa Kevin.

— Só para garantir, vamos ficar por aqui.

— Volto às seis — diz Jimmy.

— Traz rosquinhas ou alguma coisa assim? — pergunta Sean. — Café?

— Falou.

Jimmy vai embora.

— Está na hora da brincadeira de caça — diz Kevin.

Eles vão até o pico da colina e olham para a casa, veem as luzes através da janela, caras sentados a uma mesa. Uma varanda bamba, um quintal de terra, dois carros estacionados na frente.

— Vou dar a volta pelo fundo — diz Sean. — Você pega a frente. Quem conseguir um alvo começa a partida.

Kevin sorri. Esse é o Sean South de que se lembra dos dias em que eram os Coroinhas.

Que comece a missa.

DeStefano sai para vomitar.

Parece a coisa educada a fazer.

Ele cambaleia pelos dois degraus da varanda até o quintal de terra e então segue um caminho entremeado até a vegetação rasteira, curva-se e aí vê um par de olhos fixados nele.

A princípio ele pensa que é um coiote.

A bala o atinge bem no meio da testa.

Essa foi fácil, pensa Kevin.

Sean ouve o tiro.

Assim como os caras lá dentro. Um está bebendo diretamente da garrafa de vinho, fica de pé e olha pela janela dos fundos.

Sean tem a mira e atira.

Sangue e vinho espirram da boca do cara antes que ele caia sobre a mesa, espalhando cartas, fichas de pôquer, garrafas e latas.

Os outros se jogam no chão.

Dois deles se arrastam até a janela da frente e começam a atirar.

Kevin mira nos clarões saindo dos canos e dispara.

Ele não consegue saber se atingiu alguém ou não, mas se arrasta sobre a barriga na direção da casa para ficar mais perto. Escuta Sean atirando por trás, pergunta-se quanto tempo vai levar até aqueles idiotas perceberem que estão sendo atingidos pelos dois lados.

Dois no chão — só faltam quatro.

Os Coroinhas, servindo a Última Comunhão.

Sean muda de posição, move-se para a esquerda, na direção do canto da casa, assim pode chegar até a parede e usá-la como cobertura para ir na direção da porta traseira. Um dos caras lá dentro se moveu até a janela dos fundos e está atirando no escuro, para onde Sean estava.

Ótimo, pensa Sean.

Atire em mim onde eu estava, não onde estou.

Ele chega até o canto e se aperta contra a parede.

Kevin está a apenas uns vinte metros da casa quando a noite é iluminada por um clarão.

Que porra é essa?!

Faróis atingem a varanda e a frente da casa, e Kevin fica exposto como um condenado em uma fuga da prisão que deu errado. Ele olha sobre o ombro e vê o carro chegar, alguma merda de SUV vindo diretamente na direção dele. Ele rola para o lado e continua rolando, tentando voltar para o mato antes que o vejam.

Ele consegue.

Respirando pesado — *Caramba, está alto, eles conseguem me ouvir?* —, ele vê quatro pessoas saírem do carro, armas em punho, esquadrinhando o local.

A porta da frente se abre.

Um cara grande sai e grita:

— Dois atiradores! Um na frente e um atrás!

Kevin se agacha e corre.

Sean ouve as vozes, os passos. Tinha escutado o motor do carro, sabe que a porra da cavalaria chegou.

Timing ruim, sorte pior.

Então ele ouve tiros.

Será que pegaram Kev?

Ele se afasta, ainda pressionado contra a parede. Sua melhor chance é chegar até o canto, se esgueirar pela parede lateral da casa e correr para o mato. Se conseguir fazer isso, talvez chegue até o carro.

A não ser que Kev esteja deitado ali ferido; aí vai ser ainda mais difícil.

Ou se os recém-chegados já tiverem avistado o carro.

Então estamos totalmente fodidos.

Por que eu fiz isso?, pensa. *Por que deixei Kev me convencer a entrar nessa? Eu tinha uma vida perfeitamente boa e tediosa. Boa casa, bom carro, dinheiro no banco, e preciso jogar isso fora para bancar o caubói.*

Ele começa a fazer promessas a Deus.

Deus, me deixe sair dessa e jamais faço isso de novo. Vou viver direito, dar dinheiro à igreja, vou à missa todo domingo e nos Dias Santos de Obrigação, só me deixe sair dessa.

Sean chega à parede lateral, aperta-se bem contra ela e vai até o canto.

Ele consegue ver a frente agora — atiradores espalhados em um arco adiante e à direita dele, sem dúvida procurando Kevin.

Ele está ferido?, pergunta-se Sean. *Deitado no mato como algum animal eviscerado?*

Kevin corre.

Ele sempre foi rápido para caralho, mas agora é ainda mais rápido ao correr para o topo da colina. Balas passam zunindo ao lado de sua cabeça, mas ele não dá a mínima, não vai parar até chegar ao carro, e *por favor, Jesus, Maria e José, que eles estejam de costas para mim*, pensa Sean.

Deixe que sigam mais uns metros para longe e vai ser o tempo de correr, entrar no mato e chegar ao carro.

Há o quê, menos de trinta metros entre você e o mato? Você consegue. Mesmo se te escutarem, quando te acharem e chegarem perto para atirar, você vai estar coberto.

Ele respira fundo e vai.

Agacha-se para a frente e sai em disparada.

Direto da casa, a bala o acerta nas costas, e ele cai, de braços abertos e de cara na terra.

Kevin vê o carro na frente dele.

Obrigadão, Deus.

Ele vira as costas e vê...

Dois caras arrastando Sean para a casa.

Ah, Deus, não.

Não, não, não, não...

Não há nada que você possa fazer por ele, pensa Kevin. *Há muitos deles. Tudo o que você poderia fazer é morrer com ele.*

Ele entra no carro, liga o motor e dá ré.

Preciso ir embora antes que me escutem, pensa. *Que mandem carros atrás de mim.* Ele faz um retorno de três pontos e sai.

Desculpe, Sean.

Não há nada que eu possa fazer por você.

Desculpe, amigo.

★ ★ ★

Sean se contorce no chão.

Chucky pisa nas costas dele como se ele fosse algum tipo de peixe se batendo na doca.

— Você vai morrer, meu amigo.

Ele chuta Sean nas costas.

— Mas ainda não.

Kevin aperta o freio.

Não consegue.

Não consegue deixar o amigo para trás.

Ele se vira, afunda o pé no acelerador e dispara de volta para a casa, o carro derrapando na estrada de terra.

Kevin não para na colina, mas desce correndo a estrada para o quintal. Colocando a MAC-10 na janela, ele descarrega na casa e grita:

— Filhos da puta! Filhos da puta! *Filhos da puta!*

Ele enfia o carro na varanda, escancara a porta, sai e continua atirando.

Uma saraivada de balas vem em resposta e o joga de volta pela porta aberta.

SESSENTA E OITO

Allie Licata entra em uma bela cena.

A casa esburacada de tiros, mesa estourada, vidro quebrado e sangue secando por todo o lugar, três de seus caras mortos.

Graças a Deus, graças à Abençoada Virgem Maria, seu filho não é um deles.

Os dois atiradores ainda estão vivos.

Por pouco tempo.

Amarrados e deitados no chão.

Por que Chucky se deu ao trabalho de amarrá-los?, pergunta-se Licata. *Eles não iriam a lugar nenhum.*

— Esse aqui — diz Chucky — já estava longe e voltou. Atirando. Um tiro de sorte pegou Tony.

— Não foi sorte para o Tony — diz Licata, e, olhando para Kevin, pergunta: — Por que você voltou? Ele é seu namorado ou alguma coisa?

Kevin está em agonia.

— Mãe...

— Todos eles chamam a mamãe — diz Licata.

— Vamos começar a cavar o buraco — diz Chucky.

— Não — diz Licata. — Tenho uma ideia melhor.

Jimmy Mac não vê o carro.

Aqueles filhos da puta preguiçosos ficaram cansados e foram para casa? Eu vou passar um esculacho neles...

Ele segue adiante e olha para a casa.

Nenhum carro.

Merda, Sean e Kevin abandonaram o posto, e os caras escaparam? Agora o que vamos...

Então ele vê.

Não acredita no que está vendo.

Kevin e Sean olham para ele.

A cabeça deles presas em galhos enfiados no chão.

Olhos e bocas abertas, moscas dançando sobre as línguas.

SESSENTA E NOVE

Os corpos chamuscados, decapitados dos Coroinhas, acorrentados juntos, estão na terra.

— Vamos cavar as covas — diz Danny a Jimmy. — Enterrá-los.

Danny viu muita violência na vida. Muitos assassinatos, muita morte, muitos corpos.

Mas nunca viu nada tão ruim como aquilo.

Isso, pensa, *é o que vem com ficar limpo?*

Eles encontram pás e enterram os corpos.

Andando de volta, Jimmy olha para as marcas de pneus.

— O que foi? — pergunta Danny.

— Havia dois carros estacionados aqui quando fui embora — diz Jimmy. — Agora estou vendo quatro: os dois que estavam aqui, o de Kevin e um quarto…

Aquilo conta uma história.

Existem duas equipes de Licata, não uma.

Uma para mim, pensa Danny, *outra para…*

Jesus, não, por favor, pensa.

Eles correm para o apartamento de Josh.

No caminho, ligam repetidamente.

Vai direto para a caixa postal.

"*Você ligou para Josh Stern. É outro dia lindo. Você sabe o que fazer.*"

SETENTA

Ryan me enganou, pensa Vern.
De novo.
Enquanto eu estava considerando a oferta dele, ele atacou.
Matou três caras do Licata.

— Sei que você está tomado de empatia — diz Licata. — Mas não se preocupe. Pegamos os caras que fizeram isso, demos um belo jeito neles.

— Então acabou — diz Vern.

— Porra nenhuma! — grita Licata. — Não acabou até que Danny Boy Ryan esteja acabado! E não me venha com aquela merda kumbaya de paz e amor. Ryan é um homem morto. Se quiser se juntar a ele, é só entrar no meu caminho, vou derrubar os dois.

Foda-se, Dan Ryan.
Foda-se tudo.

— Faça o que precisa fazer — diz Vern.

— Eu fiz — afirma Licata.

A porta está destrancada.

Encontram Josh caído sobre a mesa, uma garrafa de vodca e um frasco vazio de pílulas ao lado da mão esquerda.

Danny procura o pulso no pescoço dele.

Não há nada.

SETENTA E UM

Cathy não sabe mais o que fazer.

Está sem escolhas.

Vai perder o negócio, a casa, qualquer dinheiro que tenha restado. Então agora ela está sentada na frente de um espelho e se maquia com cuidado, de um jeito que não faz há anos.

Sexy.

Admita, pensa, *sedutora. John Giglione não vai lhe dar algo em troca de nada. Ele vai ter expectativas que você precisa atender.*

Você usa os recursos que tem.

Seu corpo ainda é um recurso.

Mas até quando?

O vestido que ela escolheu evidencia as pernas — que sempre foram, ela acha, seu melhor atributo. Com pouco peito, ela não pode fazer aquela coisa do decote, de que aqueles carcamanos parecem gostar, então o vestido mostra muita coxa para compensar. E ela coloca bastante rímel, olhos esfumados, porque esses caras parecem nunca enjoar disso.

O batom dela é de um vermelho quase violento.

Espalhafatoso, pensa. *De piranha.*

Quase tão de piranha quanto encontrar um homem em um clube de strip-tease.

Mas é onde é provável que eu o encontre, no meu *maldito clube.* Ela mal tinha ido lá quando Chris ainda estava por perto — por que iria? — e, agora, quando precisa ir, normalmente vai durante o dia, quando o lugar está um pouco mais sossegado, com menos perdedores atraídos tanto pelo bufê barato de almoço quanto pelas garotas.

Mas agora está indo à noite, porque é quando John normalmente está lá, e para enviar uma mensagem.

Estou aqui.

Amoleci.

Posso estar disponível.

Os motivos dela não são apenas financeiros, embora a situação monetária seja ruim; ela também quer tirar Jake do problema em que ele se enfiou, fazendo perguntas sobre o pai por aí.

Giglione e o restante não gostam daquilo, ficam imaginando o que ele anda aprontando.

Ela está apavorada que eles possam fazer alguma coisa.

Jake está em casa agora, de volta da Flórida, de volta ao trabalho, e ela espera que ele tenha desistido daquela bobagem de tentar encontrar Chris.

Chris – se é que está vivo – não quer ser encontrado. E ela sabe por experiência que se o marido não quer ser encontrado, não vai ser encontrado.

Então agora ela vai encontrar John Giglione e flertar.

Talvez mais que flertar, talvez tenha que pagar um boquete para o cara, dormir com ele, quem sabe o que vai ser preciso?

Você faz o que precisa fazer.

Joga com as cartas que recebeu.

Todos os malditos clichês.

Ela verifica a maquiagem mais uma vez e sai da casa.

Quando uma mulher atraente, bem-vestida, que não é stripper, entra sozinha em um clube, é uma sensação.

Cathy sente os olhos sobre ela quando entra.

Fregueses do bar, caras nas mesas, até as dançarinas no palco dão uma olhada enquanto ela passa examinando o ambiente, obviamente procurando alguém. Imaginam que ela seja uma esposa furiosa em busca do marido. Até os poucos que a reconhecem — o atendente do bar, o segurança, John Giglione — estão surpresos em vê-la ali à noite, e com aquele visual.

O cabelo, a maquiagem, o vestido.

Os sapatos "me coma".

Howie Morisi, ajudante e motorista de Giglione, a vê primeiro.

— Estou aqui para ver John — diz Cathy a ele.

— Ele está te esperando?

— Acho que ele vai ficar feliz em me ver — diz. — Não acha?

Morisi a leva para uma banqueta perto de uma parede nos fundos, e ela senta ao lado de Giglione.

— A que devo esse prazer? — pergunta Giglione.

— Uma garota não pode sair à noite? — rebate.

Garota, ele pensa. *Jesus*.

— Claro, mas em um clube de strip-tease?

— É meu clube — diz Cathy.

— É, mas...

— Talvez eu quisesse te ver.

— Para quê?

— Você precisa me dar uma folga — diz. — Estou a ponto de falir, precisa me deixar ganhar um pouco de dinheiro. Você e os outros. Sei que consegue convencê-los.

— O que te faz pensar isso?

— Porque você vai ser o chefe — diz Cathy. — Todo mundo sabe.

Aquilo o atinge. Ela vê nos olhos dele, no jeito que a postura dele se endireita.

— Eu te dou isso — diz Giglione —, e você me dá o quê?

— Você sabe.

— Sei?

— Sei que você quer. E é bom lá dentro, John. Melhor do que você pensa. — Ela deixa isso entrar na mente dele por um segundo, então diz: — Eu também quero. Faz muito tempo desde que tive um homem. Uma garota se sente solitária, você sabe. Nós também sentimos tesão.

Então ela o vê.

Entrar pela porta.

Chris.

— Ah, não te falei? — diz Giglione. — Seu maridinho voltou para casa.

Ele levanta a mão, fazendo um gesto para Chris se aproximar.

Chris vem parecendo um cão, nota Cathy. Não senta, mas espera que Giglione faça um gesto para ele tomar uma cadeira.

Chris sendo Chris, faz uma piada com aquilo.

— John, o que está fazendo com a minha mulher?

— Não sou sua mulher — diz Cathy. — Eu me divorciei de você há três anos.

— Ninguém me contou — diz Chris.

— Ninguém sabia onde você estava — responde Cathy.

A mente dela gira. Ela mal o reconhece. O cabelo está comprido, o rosto, mais cheio. E ele não é o homem arrogante com quem ela se casou, está se comportando como a cadelinha de Giglione.

— Há quanto tempo está de volta? — pergunta.

— Uns dias.

— Jake sabe?

— Sabe, eu o procurei — diz Chris.

— Mas não se deu ao trabalho de me avisar.

— Não sabia que tipo de recepção eu teria — diz Chris. — E aí está, eu te encontro com outro cara. Sem ofensa, John.

John levanta a mão, como se dizendo "não me ofendi". Ele parece estar se deleitando com aquela cena.

Cathy diz:

— Você achou o quê, que eu ia esperar para sempre?

— Não — diz Chris. E então se vira para Giglione: — John, sobre aquilo que conversamos ontem...

— Eu te disse, vou ter uma decisão quando tiver uma decisão — diz Giglione.

— É claro. — Chris tira um envelope do casaco. — Mas percebi que eu tinha vindo de mãos vazias. Não sei no que estava pensando, fiz um pouco de dinheiro enquanto estava... longe... Essa é a sua parte. A primeira, espero, de muitas.

Cathy observa Giglione pegar o envelope.

Chris Palumbo pagando para John Giglione?! Uma porra de um gigante pagando tributo a um pigmeu?!

Ela não consegue acreditar.

Giglione está estufado feito um pombo. Coloca o dinheiro no bolso e se levanta. Com aquele olhar lascivo esquisito no rosto.

— Vocês, pombinhos, provavelmente precisam discutir umas coisas. Chris, não suma. Cathy, sobre sua oferta... Tenho certeza de que podemos arranjar alguma coisa. Eu telefono.

Ele praticamente atravessa o salão desfilando.

SETENTA E DOIS

Eles vão para o carro dela.
— Você está trepando com ele? — pergunta Chris.
— Como se fosse da sua conta.
— Você ainda é minha esposa.
— Porra nenhuma — diz Cathy. — Você vai embora sem nem um telefonema? Fica longe o quê, dez anos, sem uma palavra? Em que porra de lugar você estava?
— Sobrevivendo.
— Bem, bom pra você — responde, olhando pela janela. Até que então pergunta: — Você estava no programa?
— Você me conhece melhor que isso.
— Então…
— Cathy — diz —, você sabe que eu precisei fugir e sabe por quê.
— Ah, eu sei por quê — responde Cathy. — Eles andaram tirando da minha carne.
— Desculpe.
— Fodam-se as suas desculpas.
— Eu mereço isso — diz Chris.
— Jura, gênio?
— Então, você *está*?
— Estou o quê?
— Trepando com ele — diz Chris. — O que foi essa "oferta"?
— O que foi aquela encenação ali dentro? — pergunta Cathy. — Você lambendo as bolas de John Giglione. Quem *é* você agora?
— Me pergunte qualquer coisa menos isso — diz Chris.

— Não, é isso que eu estou perguntando — diz. — Eu não te conheço mais.

— *Eu* não me conheço mais! — diz Chris, dando um murro no teto. — Tá legal?! Eu não sei se já soube quem eu era!

Cathy começa a chorar.

O choro vinha se acumulando por anos, então dura um tempo. Quando ela finalmente para, Chris diz:

— Eu preciso lamber as bolas do Giglione. De todos eles. Talvez nem assim eles me deixem viver, mas, se deixarem, vou pagar a dívida, juro. De qual oferta ele estava falando?

— Ele me dar uma folga se eu dormir com ele.

— Faça isso. — Ele vê a dor nos olhos dela.

— Você *quer* que eu trepe com ele.

— *Preciso* que trepe com ele — diz Chris. — Isso pode me manter vivo. Não vai ser divertido para ele botar chifres num homem morto.

— Jesus, Chris — diz —, bem quando você não poderia descer mais baixo, você ainda me surpreende. Você deveria entrar em um daqueles concursos de dança da cordinha, ia ganhar.

— Você vai?

A dor se transforma em raiva.

— Sai do meu carro.

— Vai?

— Sai.

— Vai...

— Vou! — ela grita. — Vou trepar com ele até sobrar só o bagaço! Agora sai do meu carro e fique fora da minha vida! Eu te odeio!

Chris sai do carro.

Ele escuta o choro dela lá dentro.

SETENTA E TRÊS

Chris consegue sua reunião.

Mas não o deixam sentar.

Eles o fazem ficar de pé na ponta da mesa no salão dos fundos do restaurante.

Seis caras estão sentados olhando para ele.

John Giglione, é claro.

Então Angelo Vacca, Gerry La Favre, Jacky Marco, Tony Iofrate e Bobo Marraganza.

Deles, Giglione é o mais inteligente. O falador, o que faz acordos.

Marco é o mais durão — o musculoso, o matador, o mais provável de tirar Giglione e tomar o trono para si. *Também é Marco que vai dar conta de mim*, pensa Chris, *se for essa a decisão.*

E não vai ser rápido ou fácil.

— Você queria uma audiência — diz Marraganza. — Estamos escutando.

Chris faz sua estratégia de abertura. Começa tirando envelopes dos bolsos e jogando-os na frente dos caras — dinheiro que sobrou do trabalho da heroína.

— Trouxe presentes. Um pouco de dinheiro que fiz quando estava fora. Um gesto de boa vontade.

— Vai ser preciso mais do que isso — diz Marco. Mesmo assim, ele pega o dinheiro.

Todos pegam.

— É claro — diz Chris. — Isso é só o começo. Sei que deixei vocês na mão, sei que custei dinheiro a vocês. Eu perdi para Danny Ryan.

Mas vocês todos me conhecem, eu sempre ganhei bem. E de uma coisa tenho certeza, posso ganhar mais dinheiro para vocês vivo do que morto.

Ninguém ri.

Chris começa a suar.

— Sei que são tempos diferentes. Peter Moretti se foi, *buonanima*, Paulie está jogando *shuffleboard*. Não estou querendo meu velho lugar de volta, não quero poder. Só quero ganhar dinheiro, tomar conta da minha família.

— Como sabemos que podemos confiar em você? — pergunta Marraganza.

— Estou aqui — diz Chris. — Vamos ser sinceros, você pode apertar o gatilho contra mim a qualquer momento. Agora ou depois. Então, por que não esperar e ver?

Ninguém fala merda nenhuma.

Por fim, Giglione diz:

— Vá esperar lá fora. Os homens precisam conversar. Vamos te chamar quando estivermos prontos.

Chris assente e sai.

— Mata esse merdinha — diz Marco.

— Apoiado — diz Marraganza.

— Concordo — diz Giglione. — Mas ainda não. Por que a pressa? A mulher está quase falida. Deixe que *ele* ganhe dinheiro para nós.

— Ele deu vinte paus para cada um — diz La Favre —, então provavelmente tem mais de onde isso veio.

— Chris sempre conseguiu fazer dinheiro — diz Vacca.

— Acha que ele está falando sério sobre não querer poder? — pergunta Marraganza.

— É um homem derrotado — responde Giglione.

— Você acha? — pergunta Marco.

— Vou provar — fala Giglione. — Tragam ele de volta.

Chris entra.

Eles ainda não oferecem um assento a ele, o deixam de pé.

Isso significa algo, ele sabe.

— Chris — começa Giglione —, se nós te dermos outra chance, tem umas coisinhas que precisamos acertar antes. Você é *nosso* menino, nossa cadela. Mandamos pular, você pergunta a altura. Mandamos beijar nossa bunda, você faz bico. Estamos entendidos?

— Estamos. Totalmente.

Giglione olha para Marco. Viu?

— Mais uma coisa — diz Giglione. — Vou sair com sua ex-mulher. Isso não vai ser um problema, vai?

— Ela é minha *ex*-mulher — diz Chris.

— Ainda assim, você sendo um cara da máfia...

— Aprecio a cortesia, John — fala Chris. — Mas não é um problema.

Giglione extrapola. Olhando para os caras, ele pergunta:

— Tem alguma dica? Você sabe, na cama. O que faz ela gozar.

É humilhante. Todos eles sabem.

— Bem, faz um tempo — diz Chris.

— É, mas você deve se lembrar.

— Ela não é complicada — diz Chris. — Sem muita firula, sabe o que quero dizer.

— Certo, obrigado. Pode ir — fala Giglione. — Quando voltar, venha com dinheiro nas mãos.

— Obrigado — diz Chris. — *Obrigado*. Não vou decepcioná-los.

Ele vai para a porta.

— Puta merda — diz Marco.

— Como eu falei — diz Giglione.

Um homem derrotado.

SETENTA E QUATRO

Danny observa o caixão ser descarregado do avião. Sentado à janela, vê o carro funerário e vários carros parados ao lado da pista. Um motorista abre a porta de um dos carros e Danny vê Abe Stern sair — de modo lento, débil — e dois dos netos o acompanharem até o caixão.

Os policiais declararam suicídio, é claro.

Danny sabe que não foi.

Josh amava demais a vida, jamais faria isso.

O que aconteceu foi que a equipe de Licata veio, colocou uma arma na cabeça dele, o obrigou a beber a vodca e a engolir as pílulas. Fez parecer suicídio, assim não haveria manchetes sobre um "assassinato de gangues" em Las Vegas.

Ele também sabe por quê.

Josh podia trazer a porra de um exército, então Licata achou que, se ele se livrasse de Josh Stern, o exército iria embora.

E ele estava certo.

Malditos Kevin e Sean, pensa Danny. Desobedecendo ordens diretas dele e atacando o esconderijo de Licata. Sabe o que eles estavam pensando, que estavam lhe fazendo um favor.

Mas estávamos tão perto da paz, pensa Danny.

Tão perto de deixar aquilo tudo para trás.

E eles precisavam sair da linha e destruir tudo.

Mas não mereciam morrer daquele jeito. Amarrados juntos, queimados, decapitados, as cabeças enfiadas em paus como mensagem.

Aquilo era doente.

E Josh?

Ele também não merecia o que aconteceu com ele. E é minha culpa, pensa Danny. *Eu fiz Josh ser assassinado. Um jovem verdadeiramente bom, verdadeiramente decente, verdadeiramente limpo está morto porque se aliou a mim e eu não soube lidar com meu negócio.*

Todo mundo paga por meus pecados, menos eu.

Ele sai do avião.

Abe não o vê, mas continua se arrastando na direção do caixão de Josh. Ele fica lá por um segundo e então cai sobre o caixão, chorando e lamentando. Os netos tentam levantá-lo, mas ele abraça o caixão e não solta.

Danny se aproxima e o levanta gentilmente. O velho se tornou um ancião. O rosto está encovado, os olhos são meros riscos, está sem fazer a barba. Ele olha para Danny e diz:

— Eu culpo você por isso.

Deveria mesmo, pensa Danny.

— Você prometeu cuidar dele — diz Abe.

— Eu sei.

— Você não cuidou.

— Eu sei.

Abe se vira e, com a ajuda dos netos, caminha ao lado do caixão enquanto ele é carregado para o carro funerário e colocado nele.

"Yitgadal v'yitkadash sh'mei raba
B'alma di v'ra chir'utei
v'yamlich malchutei…"

Danny senta-se e ouve o Kaddish, a reza judaica do luto, ser recitada na casa dos Stern.

Ele não sabia se seria bem-vindo ali, mas veio de qualquer modo depois do enterro para demonstrar respeito. A mãe de Josh abriu a porta e o deixou entrar. Tudo o que ela disse foi "Por favor, tire os sapatos", já que o uso de sapatos de couro é proibido durante a shivá. Ela deu a ele um quipá para cobrir a cabeça e voltou para seu lugar.

Agora ele está sentado em um dos bancos baixos tradicionais da shivá e escuta as palavras ancestrais em hebraico sem entender o significado.

> *"Y'hei sh'mei raba m'varach*
> *l'alam u-l'almei almaya*
> *Yitbarach v'yishtabaḥ v'yitpa'ar v'yitromam*
> *v'yitnasei v'yit-hadar v'yit'aleh v'yit'halal..."*

Danny olha para Abe, do outro lado do cômodo, iluminado por uma vela. Ele parece pior do que antes. Ainda sem se barbear — como manda a tradição, não vai fazer a barba ou cortar o cabelo por trinta dias —, parece exausto enquanto se balança para a frente e para trás.

A reza termina, e Abe vê Danny. Ele se levanta, inclina a cabeça para que Danny o siga e entra em seu escritório.

Nenhum deles senta.

Ele fica em silêncio por um momento, então diz:

— Vernon Winegard.

— Não acho que ele tenha nada a ver com o assassinato de Josh.

— Ele convidou o monstro para entrar — diz Abe. — Ele tem responsabilidade. Quero vê-lo destruído. Não morto: destruído.

Depois dos trinta dias de luto, Abe diz a ele, Stern vai comprar as ações de Winegard. Vai tomar a empresa dele, expulsá-lo e levá-lo à falência aonde ele for.

Danny assente.

— Allie Licata — diz Abe. — Quero ele morto.

— Vou fazer isso pessoalmente.

— Mais uma coisa — diz Abe. — Você vai sair do Tara. Vai vender suas ações e cair fora. Vamos construir seu hotel, seu Sonho, mas você não vai ter nada a ver com ele. Jamais vou te encontrar ou falar com você novamente. Agora, por favor, nos deixe com nosso luto.

Danny vai embora.

Ele entende.

Um preço precisa ser pago.

SETENTA E CINCO

Marie fica na frente do júri e faz a argumentação final.
— Os senhores ouviram os testemunhos — diz. — Viram as evidências físicas, as fotografias, as manchas de sangue, os diagramas. São todos consistentes. Está claro, sem possibilidade de dúvida razoável, que Peter Moretti Jr. foi para aquela casa, naquela noite, com a intenção de assassinar Vincent Calfo e Celia Moretti, e foi exatamente o que ele fez.

"Senhoras e senhores, o teste clássico é se o réu tinha motivação, meios e oportunidade. A resposta para todos os três casos é afirmativa. Oportunidade? Tinha, ele estava no local do assassinato e não nega isso. Apenas duas pessoas tiveram a oportunidade de cometer esses assassinatos: Timothy Shea e o réu. Se o sr. Shea estava ou não mentindo sobre estar na casa, o testemunho é claro ao dizer que ele nunca foi ao andar de cima. Apenas o réu foi. Apenas o réu teve a oportunidade de matar Celia Moretti.

"Meios? Os senhores ouviram Timothy Shea depor que forneceu ao réu uma espingarda calibre .12 e ouviram peritos forenses testemunharem que as vítimas foram assassinadas com uma espingarda do mesmo calibre. A defesa também não contesta isso. Há uma contestação sobre quem sugeriu a destruição da arma do crime. Isso importa? De qualquer modo, o réu tinha os meios para cometer esses assassinatos.

"Agora vamos falar sobre motivo. O réu tinha uma razão para matar Vincent Calfo e Celia Moretti? Novamente, a resposta é um claro sim. Os senhores ouviram o sr. Shea depor que eles dirigiram até a casa com o propósito específico de se vingar do suposto papel das vítimas no assassinato de Peter Moretti, pai do réu. Ouviram que eles dirigiram para lá diretamente da casa de Pasquale Ferri depois que o réu e o sr. Ferri conversaram sobre o assassinato do pai do réu, e que o réu perguntou ao sr. Ferri o que ele deveria fazer a respeito. Creio que a resposta a essa questão agora está bem clara.

"É irrelevante se Vincent Calfo e Celia Moretti de fato tiveram algo a ver com aquele assassinato. A única questão é se o réu acreditava que eles tinham, e os senhores ouviram o testemunho de que ele ouviu isso da própria irmã, que disse saber disso diretamente dos lábios da mãe.

"O réu acreditava nisso."

Marie faz uma pausa, bebe um gole d'água.

Então diz:

— Peter Moretti Jr. cresceu com um certo código moral. Esse código moral o ensinou que ele não deveria buscar justiça dentro do sistema legal ou por meio da polícia, mas que ele tinha o direito — não, o *dever* — de se vingar pessoalmente, mesmo se isso significasse que ele tinha que assassinar a própria mãe.

"Esse código distorcido corrompeu este estado, esta nação inteira, por tempo demais, e os senhores têm a oportunidade, a responsabilidade, de declarar que nenhuma pessoa, nenhum grupo, nenhuma cultura, está acima da lei.

"Os senhores receberam evidências dos assassinatos brutais e pavorosos de dois seres humanos. As evidências são sobrepujantes. O réu cometeu o assassinato premeditado de Vincent Calfo e então cometeu o assassinato de Celia Moretti, sua própria mãe. Sua própria mãe.

"Peço que considerem o réu culpado de todas as acusações.

"Obrigada."

Ela senta.

Bruce anda na frente do júri.

— Meu cliente, Peter Moretti Jr., estava presente na cena. A sra. Bouchard está correta sobre esse ponto, não negamos isso. Uma espingarda calibre .12, de propriedade de Timothy Shea, foi a arma usada nos assassinatos. Ela está certa sobre isso também.

"Além disso... nada do que ela disse aos senhores é além da dúvida razoável. E essa é a norma aqui, senhoras e senhores. Para mandarem um jovem para a prisão pelo resto da vida, os senhores devem acreditar que *não há dúvida razoável* sobre a história que a acusação costurou para vocês.

"E eu coloco aos senhores que não há apenas uma dúvida razoável, mas há várias.

"Oportunidade? Peter Moretti Jr. teve a oportunidade de cometer o assassinato de Celia Moretti, sua mãe. Mas ele não foi o único. Para acreditarem nisso, os senhores precisam acreditar na palavra de um criminoso condenado, Timothy Shea, que aceitou um acordo, um passe para sair da cadeia, da acusação. Faço uma pergunta: os senhores não têm dúvida razoável de que não foi Shea quem puxou o gatilho contra Celia? Os senhores têm apenas a palavra dele. Ele literalmente conduziu meu cliente de carro até a cena. Como sabemos que ele não conduziu o resto da ação? Não sabemos. Isso é dúvida razoável.

"Meios. Meu cliente tinha os meios, concordamos que ele estava na presença de uma espingarda — espingarda do sr. Shea —, mas ele não era o único. Novamente, tudo o que temos é a história do sr. Shea. Timothy Shea, um mentiroso confesso que cometeu falso testemunho. E isso também é dúvida razoável.

"Motivo. Nós nos sentamos aqui e ouvimos uma história de que meu cliente foi motivado a assassinar por um rumor a respeito da morte do pai dele. Mas não houve testemunho, apenas o do sr. Shea, de que Peter estava motivado a matar. A irmã dele não disse isso, o sr. Ferri não disse isso. As únicas pessoas que disseram isso foram o mentiroso Timothy Shea e a promotora, sra. Bouchard. E eu preciso lembrar aos senhores que a argumentação final da sra. Bouchard não é testemunho, não é evidência, é só a opinião dela. Baseada em quê? Não na evidência, não nos testemunhos, mas na crença dela de que há algum 'código moral' fantasioso sobre o qual os senhores não receberam evidência.

"Ninguém neste julgamento — com a exceção de Timothy Shea — afirmou diretamente que Peter Moretti foi para a casa naquela noite com intenção de matar. Ele poderia ter ido apenas conversar; poderia ter ido, sim, confrontar o padrasto e a mãe com o que tinha ouvido. Ele pode ter levado uma arma — na verdade, levou — porque tinha medo de Vincent Calfo, que era um membro perigoso do crime organizado, como meu cliente certamente sabia, tendo crescido nele.

"E isso é uma dúvida razoável.

"Sobre motivo, também há, claramente, dúvida razoável.

"Sim, Vincent Calfo foi alvejado nas costas. Mas apresentei aos senhores múltiplos casos de policiais que atiraram nas costas de pessoas e que foram julgados justificáveis com base na autodefesa. Acontece. Os senhores ouviram investigadores testemunharem que a casa continha múltiplas armas de fogo, que havia inclusive uma arma dentro de um armário que não estava a mais de 1,5 metro do sr. Calfo quando ele foi alvejado.

"Dúvida razoável? Acho que sim.

"Agora vamos falar sobre Celia.

"É horrível, concordo. Aquelas fotografias que foram mostradas aos senhores são profundamente perturbadoras.

"Mas foi assassinato? Assassinato premeditado?

"Celia estava pegando uma arma. A gaveta que continha a arma estava aberta. Houve algum tipo de luta. Mas quem atirou em Celia Moretti — e não estamos concedendo que foi o réu — bem poderia ter agido em autodefesa. Isso poderia ter ocorrido duas vezes na mesma casa durante o mesmo evento? Em uma casa cheia de armas de fogo, sim! Podem apostar! Os senhores podem dizer honestamente que não aconteceu? Podem dizer honestamente que não têm dúvida razoável?

"O simples fato da questão é que não sabemos o que aconteceu naquele quarto. Não sabemos quem fez o quê para quem. A acusação não provou sua versão sem possibilidade de dúvida razoável.

"Sabemos que foi Timothy Shea, não Peter, quem disse que precisavam cair fora de lá. Sabemos que foi Timothy Shea, não Peter, quem disse que eles precisavam destruir a arma do crime. Sabemos disso — ele admitiu quando foi pressionado a, por fim, dizer a verdade. Ou, ao menos, *parte* da verdade. Ele originalmente tinha mentido sobre esses fatos. Sobre o que mais ele mentiu?

"Nós não sabemos. E *isso* é dúvida razoável. Quando não sabemos uma coisa, há necessariamente dúvida razoável.

"Não sabemos se Peter foi para a casa com a intenção de assassinar. Não sabemos se ele sentiu medo quando estava lá. Não sabemos se foi ele quem disparou o tiro que matou Vincent Calfo. Não sabemos se foi ele quem disparou os tiros que mataram Celia Moretti. E se foi, não sabemos por quê.

"Não sabemos, não sabemos, não sabemos, não sabemos, não sabemos. Dúvida razoável, dúvida razoável, dúvida razoável, dúvida razoável.

"Mais duas questões e vou parar.

"A máfia não está sendo julgada aqui. Peter Moretti Jr. está. A sra. Bouchard tentou torná-lo responsável por toda uma história criminosa, o que é, claro, ridículo. Ele só é responsável pelas acusações que enfrenta. A sra. Bouchard indicou aos senhores que, ao condená-lo, vão colocar um fim ao crime organizado. Peter, seja qual for sua família, não é responsável por tudo isso. Ele nunca foi membro do crime organizado. Ele não tem ficha criminal. Ele é, na verdade, um fuzileiro naval condecorado, um veterano de guerra.

"Agora, o juiz, em sua instrução, vai advertir os senhores para que não assumam inferências negativas pelo fato de Peter não ter testemunhado em sua própria defesa. Ele vai dizer aos senhores que esse é um direito constitucional de Peter, e que os senhores não devem levar isso em consideração ao tomarem suas decisões.

"Eu conheço júris — este não é meu primeiro julgamento. Sei que isso está passando pela cabeça dos senhores, que se perguntam por que ele não testemunhou, que sentem que, se fossem os senhores, iriam querer subir naquela tribuna, fazer um juramento e proclamar sua inocência aos céus. Eu entendo, eu compreendo.

"Mas Peter Moretti Jr. não é capaz de fazer isso. Esse é meu julgamento, não o dele. É minha decisão. Peter sofre de estresse pós-traumático, tem uma história de vício em drogas, e o fardo psíquico adicional de ter uma irmã que cometeu suicídio e um pai que foi assassinado. Ele simplesmente não é capaz de aguentar o tipo de interrogatório cruel que os senhores viram a sra. Bouchard conduzir durante este julgamento.

"Os senhores precisam levar a sério a advertência do juiz. É a lei, é a obrigação dos senhores.

"Quando os senhores considerarem todas essas questões, quando considerarem as evidências e os testemunhos, sei que vão cumprir essa obrigação e julgar meu cliente inocente.

"Obrigado."

Bruce senta.

SETENTA E SEIS

Foi bom, pensa Marie.
Foi muito bom.
Bruce acertou alguns golpes.
Mas ela tem mais uma tentativa com o júri em sua réplica.
— Com todo o respeito ao sr. Bascombe — começa ela —, ele é um mestre do desvio. "Olhe aqui!", "Olhe ali!", olhe para qualquer lugar, menos para o que está bem diante do nariz, para o que os senhores todos podem ver.

"Então... os desvios dele...

"Nós fizemos um acordo pelo testemunho de Timothy Shea? Pode ter certeza de que fizemos. Shea foi sempre honesto? Aparentemente não, mas adivinhem o quê, senhoras e senhores, nesse tipo de caso raramente colocamos santos na tribuna.

"O sr. Bascombe levantou uma bola ali de que foi possivelmente Shea quem cometeu os assassinatos. Não há evidência disso. Nenhuma. E eu pergunto aos senhores, que possível motivo ele teria? Ele nem conhecia Peter Moretti pai. Ou, aliás, Cassandra Murphy. Nunca os conheceu. Mas a defesa quer que os senhores mordam essa isca.

"Autodefesa? Por favor.

"Vincent Calfo foi alvejado pelas costas. Fugindo.

"Celia Moretti? Ela estava pegando uma arma? Talvez. Mas aqui está o que destrói totalmente qualquer argumento de autodefesa: o réu não atirou nela uma vez, atirou *duas*.

"*BAM!* O primeiro tiro de espingarda a atinge no estômago, de perto. Ele a eviscera. Os senhores viram as fotos. Ela desliza contra a penteadeira; os senhores viram as manchas de sangue. Ela se senta, com os intestinos saindo, e então..."

Ela faz uma pausa para um efeito dramático máximo, deixa o júri sentir o que vem.

— *BAM!* Ele atira nela de novo. Desculpem, senhoras e senhores, mas ele explodiu a cara da mãe dele. Aquilo não foi autodefesa, foi *raiva*.

Há raivas que são barulhentas — gritos, berros cheios de saliva. Há raivas que são mais quietas — ameaças sussurradas, insultos sibilados. Há raivas que são silenciosas — nenhum som, a fúria engolida nas entranhas.

Essas são as raivas assassinas.

Não há nada a dizer, só assassinatos a cometer.

Essa é a raiva de Danny agora.

Ele vai matar Allie Licata. Não vai delegar a obrigação, deixar outra pessoa fazer isso por ele. Danny quer fazer isso ele mesmo, precisa fazer isso ele mesmo.

A raiva silenciosa, assassina.

Jimmy tenta convencê-lo a desistir.

— Você nem sabe onde Licata está agora. Ele provavelmente está de volta a Detroit a essa altura.

— Não — diz Danny. — Ele está aqui.

Tem negócios a terminar.

Me matar.

— Então ele está aqui com duas equipes — diz Jimmy. — Nós temos você, eu e Ned.

— Não preciso de uma equipe.

— Danny...

— Eles mataram aquele garoto — fala Danny. — Não precisavam fazer isso. Eu prometi que ia tomar conta dele. Não tomei.

— Então terminar morto vai compensar isso?

Talvez, pensa Danny.

Mas Jimmy está certo a respeito de uma coisa, não sabemos onde está Licata. E não se pode matar alguém que não se consegue encontrar.

SETENTA E SETE

Allie Licata tem o mesmo problema.
 Não consegue localizar Danny Ryan.
 Ele sabe que Ryan foi ao enterro do menino Stern em Reno, mas, depois disso, Danny Boy saiu do radar.
 No entanto, Allie sabe quem ele *consegue* encontrar.

SETENTA E OITO

Ele vem hoje à noite — diz Jake ao pai.
— Giglione? — pergunta Chris. — Para nossa casa?
— É.
Os colhões desse cara, pensa Chris. *Não vai só foder minha mulher, precisa fazer isso na minha casa.*
Mas tudo bem, tudo bem.
— Que horas? — pergunta Chris.
— Dez e meia.
— Isso é horário para uma rapidinha — exclama Chris.
— É da minha mãe que estamos falando — responde Jake.
— Desculpe — pede Chris. — Certo, aqui está o que preciso que você faça.
Ele explica para o menino. Bem, o tanto que o menino precisa saber. Então só espera que ele siga o plano.

SETENTA E NOVE

A espera foi o pior.
Esperar que o júri entrasse.
Para Bruce Bascombe, não foi tão ruim. Como diz o velho ditado, em uma omelete de queijo e presunto, a galinha está envolvida, o porco está comprometido. Bruce é a galinha naquela coisa; não quer uma derrota, importa-se com seu cliente, mas seja qual for o veredicto, ele sai da corte e vive a vida.

Deveria ser a mesma coisa para Marie Bouchard. Seja qual for a decisão, ela também sai, mas não tem tanta certeza de que consegue seguir com a vida se Peter Moretti Jr. simplesmente seguir com a dele.

Ela investiu muita coisa nisso — muito tempo, muito esforço, muita energia. Muito crédito na justiça. Marie realmente acredita que é a voz de Celia Moretti nesse mundo, sua última e única chance de ser ouvida. Então para ela a espera era terrível.

Para Peter Jr., foi torturante.

Ele é o presunto na omelete. Se o veredicto for culpado, ele não vai sair da corte. Vai ser algemado e conduzido a um cômodo dos fundos, e então colocado em um ônibus em direção à Instituição Correcional para Adultos, talvez para o resto de sua vida.

Certamente por décadas.

Então a espera foi apavorante.

Um dia se passou, depois outro.

Bruce disse a Peter que isso era um bom sinal, porque uma deliberação de júri rápida normalmente significa condenação.

Marie se preocupou com o mesmo.

A maioria dos veredictos dela foi rápida. Basicamente os jurados esperaram para pegar o almoço grátis, então voltaram com a condenação.

Não este.

Três dias, quatro.

Peter Jr. sentiu que ia desabar.

Simplesmente cair.

Mas agora, depois de cinco dias, o escrivão veio avisá-los de que o júri chegou a uma decisão.

Agora estão sentados na corte e esperam o registro do júri.

Marie olha para o chefe dos jurados buscando uma pista, mas ele não olha de volta e está impassível.

Ela mal consegue respirar.

O juiz Faella entra e eles se levantam.

Bruce coloca a mão no ombro de Peter Jr.

O rapaz parece estar a ponto de começar a chorar.

O escrivão lê o formulário do veredicto.

— Na acusação de homicídio premeditado de Vincent Calfo, os senhores chegaram a um veredicto?

— Chegamos — diz o chefe dos jurados.

— Qual é a decisão?

Marie engole em seco.

Peter Jr. aperta as beiras da mesa da defesa.

O chefe dos jurados diz:

— Consideramos o réu inocente.

Marie sente o coração afundar no peito.

Ouve enquanto passam por homicídio doloso não premeditado, homicídio privilegiado, homicídio culposo… inocente, inocente, inocente. Então ou eles compraram o argumento de autodefesa ou acharam que Peter estava justificado em matar Calfo, e para o inferno com as instruções do juiz.

Agora Peter Jr. está chorando.

Ombros balançando, chorando de alívio.

É, bem, espere, Jr., pensa Marie. *O júri pode não estar bem com você matando sua mãe.*

— Na acusação de homicídio premeditado de Celia Moretti, os senhores chegaram a um veredicto?

Aí vem, pensa Marie.

O chefe dos jurados diz:

— Não chegamos.

Quê?

— Excelência — diz o chefe dos jurados —, não conseguimos chegar a um veredicto.

Marie está pasma.

Fica mais pasma quando Peter Jr. perde o controle.

Desaba.

Chorando.

Então levanta a cabeça, olha para os jurados.

— Fui eu — confessa. — Eu matei ela.

Bruce o agarra.

— Peter, você não...

Peter Jr. solta o braço.

— Fui eu! Eu matei ela! Eu tive a intenção! Eu lamento! Lamento muito!

A corte lotada vai à loucura.

Repórteres abrem caminho para telefonar aos editores.

Faella martela pedindo ordem.

Bruce olha para Marie e dá de ombros.

Como quem diz "E agora?".

Marie dá de ombros de volta. E agora, de fato?

OITENTA

Faella tira a toga, a dobra sobre a cadeira e se senta.
— Jesus, Bruce, um pouco de controle do cliente?
— Desculpe, Excelência.
— Este é um território desconhecido — diz Faella. — Nunca estive aqui antes.
— Nenhum de nós esteve — diz Bruce.
É uma bagunça, pensa Marie. O veredicto de Calfo foi um caso de nulificação por júri, se é que algum dia ela viu um, e ela diz isso.
Faella diz:
— O veredicto foi preenchido. Acabou.
— Mas eles claramente desconsideraram as instruções, Excelência.
— E eu vou deixar passar — diz Faella. — Nosso problema é o veredicto de Celia Moretti. Temos um júri indeciso.
— O réu confessou em plena corte — diz Marie.
— Ele não tinha feito o juramento — diz Bruce. — Tecnicamente, é prova testemunhal indireta. De certo, não é testemunho. Eu pediria exclusão, mas não há nada para excluir.
— Ele tem razão, Marie — diz Faella.
Ela sabe disso. Mas também sabe que Faella está em uma posição difícil. Até a noite, os noticiários da TV, certamente até os jornais matutinos, todo mundo em Rhode Island vai saber que Peter Moretti Jr. confessou ter matado a mãe. Então, o que ele deveria fazer, soltar o rapaz? Mas se ele enviar o júri de volta para mais deliberações, eles voltam em dez minutos com um veredicto de culpado causado por "provas" que jamais deveriam ter ouvido.

Como de costume, Bruce está pensando adiante.

— O senhor não pode mandar o júri de volta. Eles ouviram o que ouviram e não dá para desfazer isso.

— "Isso" foi uma admissão aberta — argumenta Marie, mesmo sabendo que está errada. — Não foi coagida, não foi manipulada, foi uma admissão voluntária.

— Feita por um réu claramente instável — diz Bruce. — Mais cinco minutos e o pirado teria confessado o assassinato de Lincoln. A única opção aqui é anulação de julgamento.

— Vai pedir anulação? — pergunta Faella.

— Peço anulação, Excelência.

— Pelo amor de Deus — diz Marie.

— Marie...

— Realmente queremos fazer tudo isso de novo?

— Isso vai depender de você, Marie — responde Bruce. — Pode optar por não refazer o julgamento.

— O quê? Devemos dizer que tudo bem ele ter estripado e decapitado a própria mãe porque é problema demais para nós passar por outro julgamento? É quem somos agora?

— De novo — fala Bruce, olhando para Marie.

— Certo, aqui está o que vou fazer — diz Marie. — Peter Jr. repete a confissão por escrito, eu volto com uma oferta de acordo para homicídio doloso não premeditado. Isso funciona para você, Bruce?

— Não vou permitir que ele repita aquela explosão.

— Ah, *agora* você tem controle do cliente — diz Marie.

— É uma solução razoável, Bruce — diz Faella.

— A não ser que você seja Peter Moretti — diz Bruce. — Claro, funciona para nós, resolve um problema difícil. Mas não posso em boa consciência recomendar isso ao meu cliente, porque um novo júri seria a melhor opção para ele.

— Ah, Bruce... — Marie está enojada, porque sabe qual é a próxima jogada dele. — Aí você vai argumentar que ele não pode ter um julgamento justo porque todos os jurados em potencial já ouviram a confissão inadmissível dele.

Bruce dá de ombros, como se dissesse "É".

— Excelência — diz Marie —, se aceitarmos essa premissa, qualquer réu poderia se levantar no tribunal, soltar que sim, foi ele, e depois argumentar que não pode ter um julgamento justo com base na própria confissão! Estamos no País das Maravilhas aqui!

Faella suspira.

— Não tenho escolha a não ser declarar o julgamento anulado. Marie, se quiser processar novamente, a decisão é sua. Eu suspeito que um novo julgamento iria adiante porque você provavelmente consegue encontrar doze pessoas que não assistem à televisão ou leem jornais. Boa sorte com *elas*, aliás. Mas será com outro juiz, porque eu estarei em Delray Beach tentando esquecer esse caso ou que conheço qualquer um de vocês dois.

— Quero uma pesquisa com o júri, Excelência — diz Marie.

Seria bom saber quanto estava perto, poderia ajudá-la a decidir sobre um novo julgamento.

— Você é um saco, Marie — diz Faella.

— Não é júri indeciso, é julgamento anulado — diz Bruce. — Não há requerimento para pesquisa.

— Obrigado por me instruir sobre a lei — diz Faella. — Não haverá pesquisa. Agora vamos dizer aos felizes jurados que eles podem ir para casa.

Ele se levanta.

Bruce sorri para Marie.

— A jogada agora é sua.

Ela sabe o que ele quer dizer.

Vá jogar sozinha.

OITENTA E UM

— John Giglione está vindo — diz Cathy.
— Quando? — pergunta Jake.
— Em alguns minutos — responde. — E não me olhe desse jeito.

— Que jeito? — pergunta Jake. — Não estou olhando de jeito nenhum.

— Esse olhar enojado de "minha mãe é uma vagabunda" — diz Cathy. — O que você quer que eu faça, Jake, espere seu pai para sempre?

Os segredos se erguem entre eles como uma parede. Ele não ter dito a ela que o pai voltou para casa, ela não ter dito a ele que sabe.

— Você esperou tudo isso — responde.
— E é tempo suficiente.

Ele está quase, quase a ponto de contar para ela. Ela conhece o menino, percebe que ele está lutando para se segurar.

— Então você quer que eu saia — diz Jake.
— O quê, você queria estar aqui para dizer oi?
— Nem pensar.
— Então é melhor ir.
— Vou sair pelos fundos — diz Jake. — Não quero topar com ele.

Ele passa pela cozinha e pela porta dos fundos.

E a deixa destrancada.

OITENTA E DOIS

Danny toca a campainha do apartamento de Eden.
Ninguém atende.
Ele toca de novo, espera, então usa sua chave para entrar.
— Eden?!
Nada. Sem resposta.
Então vê o bilhete sobre a mesa.

VOCÊ A QUER? ESTAMOS COM ELA.

Há um endereço.

OITENTA E TRÊS

John Giglione já está com uma ereção em que dá para pendurar um casaco.

Qual é a palavra?, pensa.

Anseio.

Ele esperou anos — *anos* — para comer aquela piranha, e hoje à noite ela vai finalmente dar pra ele. *Essa porra de mulher pensa que a sua buceta é de ouro, platina ou algo assim, a fechadura para o reino.*

Não fica com um homem há anos? Ela vai esguichar.

Anseio.

Ele estaciona na frente da casa de Cathy Moretti.

Morisi já está estacionado mais adiante no quarteirão. Ele desce a janela do carro.

— O menino acabou de sair. Faz uns minutos. Ela está sozinha.

— Tem certeza?

— Ninguém mais entrou nem saiu.

— Fique de olho — diz Giglione.

Ele sobe e toca a campainha.

OITENTA E QUATRO

Cathy tinha subido e trocado de roupa, "colocado uma coisa mais confortável", como diziam nos filmes, não um *negligée* ou algo descarado, mas um robe de seda verde que destaca seus olhos. Ela passou perfume no pescoço e na barriga, o que não deve deixar John com dúvidas sobre o que vai acontecer.

— Você está linda — diz quando ela abre a porta.
— Não estou? — diz. — Entre.
Ela anda até o barzinho na sala.
— Quer uma bebida? Uma taça de vinho?
— O que você vai beber?
— Uma taça de vinho.
— Vou beber uma taça de vinho, então.
— Tinto ou branco?
— Tinto.
— Tinto será.
Ela serve uma taça para si mesma, outra para ele e a entrega ao sentar-se ao lado dele no sofá.
— Isso demorou muito.
— Por que levou tanto tempo?
— Eu estava esperando — responde. — Eu queria ver…
— O quê?
— Qual de vocês iria tomar as rédeas, por fim — diz Cathy. — Parece que é você.
— Então é isso? — diz John. — Vai para a cama comigo porque vou ser o chefe?

— Me mostre uma mulher que não seja atraída pelo poder — diz Cathy. — É um afrodisíaco.

Ela imagina que seja uma das poucas palavras polissílabas que ele deve conhecer.

Ele conhece.

— Como cantaridina.

— É por aí.

— Ou ostras.

— Ainda melhor — diz Cathy. — Então, vamos terminar nosso vinho e levar isso para o quarto.

Acabar com isso.

É quando Chris entra.

OITENTA E CINCO

É um armazém na zona leste da cidade.

Danny estaciona e sai do carro. Ele sabe que não vão simplesmente atirar nele ao avistá-lo — Licata quer mais que isso. Não vão matá-lo ali, vão levá-lo para Licata, para algum lugar em que ele possa morrer ao gosto do mafioso. Então ele vai simplesmente sumir. "Danny Ryan desaparece de novo."

Tudo bem.

Mas isso não importa. Tudo o que importa é Eden.

Um cara sai de uma van.

Assente para Danny, então aponta o queixo para a van.

Tipo, "Ela está ali".

— Se a machucaram, vou matar todos vocês — diz Danny.

O cara sorri.

— Nah, você vai estar morto.

— Meu pessoal vai atrás de vocês — fala Danny. — Isso nunca vai acabar.

— Relaxa, chefe. Ela está bem, só assustada. É isso.

— Solte ela.

— É simples. Você entra, ela sai. Vou revistar você. Você sabe que não estou sozinho. Se tentar alguma coisa, vamos explodir a cara dela primeiro, depois a sua. Entendeu?

Danny levanta os braços.

O cara se aproxima, o revista, pega a Heckler & Koch P30 dele.

— Belo ferro.

Ele conduz Danny até a van e abre a porta.

Danny entra.

As mãos de Eden estão amarradas às costas. Ela está vendada, com uma mordaça na boca.

Um cara está sentado ao lado dela, outro na frente, ao volante.

— Vai ficar tudo bem — diz Danny a ela. — Você vai ficar bem.

Ela andou chorando, o rímel está escorrido pelo rosto. Mas não parece ferida, não parece que bateram nela.

— Tire a mordaça — diz Danny.

— Ela vai gritar.

— Não vai.

Ele se estica e tira a mordaça.

— Eles vão soltar você — diz Danny. — Aí eu vou com eles. O que preciso que faça é que se esqueça de que isso aconteceu. Não procure a polícia, não tente ajudar, apenas siga com a sua vida. Entendeu?

Eden assente. Ela está apavorada.

— Eu te amo — diz Danny.

Ele pega Eden pelo cotovelo, ajuda-a a sair da van e desamarra as mãos dela.

— Você vai contar até cem — diz o cara —, igual no esconde--esconde, e então pode tirar a venda. Se tirar antes, a última coisa que vai ouvir é *bum*. Certo?

Eden assente.

O cara fecha a porta, dá a volta e entra no lado do passageiro.

A van arranca.

Danny olha para Eden lá parada.

O cara aponta uma arma para a cabeça dele.

— Deite no chão.

Danny deita.

O cara pergunta:

— Você vai facilitar as coisas pra todo mundo, certo?

Vou, pensa Danny.

OITENTA E SEIS

Chris entrou pela cozinha, pela porta destrancada.
Apontando o .38 com silenciador para a cabeça de Giglione, ele diz:

— Baixe a taça, John. Mantenha as mãos onde eu possa vê-las.

— Você está cometendo um erro aqui — fala John. — Tenho um cara bem ali fora.

— Você tem um cara *morto* bem ali fora — diz Chris. — Enfiei duas balas na cabeça estúpida dele. Cathy, você precisa sair daqui.

— Estou de *robe*.

— Vá — diz Chris. — Pelos fundos. Dirija para algum lugar. Fique no carro.

Ela se levanta e sai.

Chris ouve a porta da cozinha se fechando atrás dela.

— Você acaba com os meus negócios e ia foder a minha mulher? — pergunta Chris.

— Chris…

— Chris nada.

— Não faça isso — diz Giglione. — Os outros caras vão vir atrás de você.

— Vacca? — pergunta Chris. — Morto. La Favre? Morto. Iofrate morto, Marraganza morto, Jacky Marco vai estar morto de manhã.

— Então Pasco…

— Pasco deu a ordem — diz Chris. — Você achou que ele e as famílias grandes iam deixar esse circo aberto para sempre? Você realmente achou que iam deixar um estúpido pé de chinelo como você ser chefe?

As grandes famílias mandaram equipes.

Matadores de verdade.

Já está acabado.

Mas Chris queria lidar com Giglione pessoalmente.

OITENTA E SETE

Danny está deitado no chão da parte traseira da van, uma arma apontada para a cabeça dele. Eles não se deram ao trabalho de vendá-lo, então Danny sabe que não vai voltar. Não estão preocupados com o testemunho dele.

— Eu ainda vou matar seu chefe — diz Danny.
— É, como vai fazer isso? — pergunta o cara. — Da cova?
— Se for preciso.
O cara ri.
— Ei, você vai receber uma promoção — diz Danny.
— Chucky é o próximo da fila.
— Ele também vai — diz Danny.

OITENTA E OITO

Chris aponta a arma.

— Lá pra cima — diz. — Era para onde você ia, não é? Com a minha mulher. Vamos, pegue o vinho.

Ele segura a arma apontada para Giglione e o faz ir até o quarto, e então entrar nele.

— Vá para o chuveiro.

— Quê?

— Entre no chuveiro — diz Chris. — Acha que vou espalhar você em cima do tapete limpo e bonito da Cathy? Ela tem mania de limpeza, cara.

Gig entra no chuveiro.

— Chris, por favor. Eu tenho dinheiro, é todo seu, tudo, apenas *por favor*...

— Beba, John. Vai te acalmar.

— Estou te implorando...

— Beba.

John levanta o copo. Ele precisa das duas mãos para levá-lo aos lábios, e mesmo assim baba. Consegue engolir uma vez antes que Chris atire contra o pescoço dele.

OITENTA E NOVE

A van para.

Danny ouve um portão ranger ao se abrir. O carro avança e então para de novo.

— Chegamos — diz o cara.

Danny senta um pouco e olha para fora.

É um ferro-velho em Rulon Earl.

Um quintal de concreto e cascalho cercado por um alambrado com arame farpado no topo. Uns dez carros velhos estão do lado de fora de uma construção de ferro corrugado, que é onde Danny imagina que Licata esteja esperando para torturá-lo.

Provavelmente olhando pela janela quebrada atrás da tela de metal.

Eles o tiram do carro e o arrastam para a porta, abrem e o jogam para dentro.

Parece um desmanche.

Uns dois carros em elevadores hidráulicos, outro em um macaco, tochas de acetileno, serras de metal e lixadeiras.

Muitas ferramentas para Licata, pensa Danny.

— Danny Ryan — diz Licata. — Eu faria isso rápido, mas alguns amigos nossos em Providence querem que você sofra. John Giglione manda cumprimentos. Ele me pediu para te machucar bastante.

Chucky solta um risinho. Não é uma risada, é a porra de um risinho, como o de uma menininha. Um som estranho para um cara grande.

Licata observa, esperando a reação de Danny.

Danny não lhe dá nenhuma.

NOVENTA

Chris vai até o galpão, pega um esfregão, um balde, um par de luvas de borracha e um arco de serra.

Ele volta para o andar de cima e retalha Giglione. Coloca os pedaços em vários sacos de lixo pretos, limpa o chuveiro com o esfregão e depois com Lysol. Então sai de carro e despeja Giglione por toda a baía de Narragansett.

Ele liga para Jake e pede que o encontre na casa.

Quando chega lá, o menino parece abalado.

— Giglione está…

— Ele nunca esteve aqui.

Jake fica branco.

— Eu…

— Você não fez nada errado — diz Chris. — Fez bem. Você é um bom filho, Jake. Você é melhor como filho do que eu sou como pai.

— Então agora o que…

— Agora eu sou o chefe — diz Chris. — Um dia vai ser você, se quiser. Mas espero que não queira. Vem com um preço.

— Entendo.

— Acho que entende — diz Chris.

NOVENTA E UM

Licata indica um poste de ferro com o queixo.

— Acorrentem ele. Vamos começar.

Os dois caras que trouxeram Danny disparam para a porta.

Os olhos de Licata se arregalam.

— Que…

Danny saca a arma, mira a cabeça de Licata.

— Sabe o que um dia alguém me disse sobre você? Que até os filhos da puta doentes acham que você é um filho da puta doente. O seu pessoal te quer morto.

Licata não pisca. Ele diz:

— Acha que sou estúpido? Descuidado? Eu tomei emprestada uma página do livro de regras de Danny Ryan. Tenho gente perto da sua casa. Se eu não sair daqui, se não der um telefonema, seu filho… Ian, certo? Ele vai para onde Bryce Winegard foi.

Danny baixa a arma.

NOVENTA E DOIS

Os Sox estão na frente para variar.
Estão com duas corridas a mais que os Angels.
Segunda metade da sétima entrada.
Mas não vai durar, pensa Ian. *Não quando os arremessadores moles vierem para substituição. A dianteira não é grande o suficiente.*
— Quer mais pipoca? — pergunta Ned. — Outro refrigerante?
— Eu beberia outra Coca — diz Ian. — Quer uma cerveja?
— O urso caga no mato?
Ian se levanta e vai até a geladeira. Pega uma Coca para si mesmo e uma Sammy para o tio Ned. A avó o mataria se soubesse o que ele jantou naquela noite — hambúrgueres com bacon, batata frita, depois sorvete. Agora pipoca, pretzels e várias Cocas.
Mas Madeleine está fora da cidade, não vai voltar até mais tarde, e o que ela não sabe...
Ele passa a cerveja para o tio Ned.
— Duas corridas são suficientes?
— Seis eliminações? Fora de casa? Vinte corridas não são suficientes.
E como era de esperar, depois de dois arremessos vem uma bola alta que vai para o outro lado, sobre o Green Monster.
— Merda — diz Ian.
— Olha a boca — diz Ned.
— Desculpe.
— Não consigo assistir a isso — diz Ned. — De novo. Vou sair para fumar um cigarro.
— Pode fumar aqui dentro.
— Prometi para sua avó.
Ned se levanta e sai.

NOVENTA E TRÊS

Licata levanta a arma.

Danny é mais jovem e mais rápido. É um reflexo — a mão dele sobe e ele aperta o gatilho.

Chucky se joga na frente do pai. O tiro o acerta no peito, derruba-o.

Licata se joga no chão, então se arrasta para trás sobre a barriga, enquanto atira.

Danny gira para trás do poste. Balas ricocheteiam dentro da construção de metal.

Chucky arqueja tentando respirar.

Licata grita:

— Chucky! Chucky!

Danny olha na direção da voz.

Licata atira de novo. As balas passam assoviando pelo nariz de Danny, e ele se encolhe atrás do poste.

Silêncio agora, a não ser pela respiração rouca de Chucky.

Danny vira para o outro lado do poste e olha.

Licata está atrás de um dos carros sobre o macaco.

Danny atira.

Licata se agacha.

Chucky se arrasta na direção do carro, deixando um rastro de sangue atrás de si.

— Pai… Pai… Papai, por favor. Me ajuda.

Licata não sai de trás do carro. Em vez disso, se arrasta para baixo dele, se estica para pegar a mão do filho.

— Chucky…

Danny corre.
Licata atira de novo, mas não tem ângulo.
Danny vai para o lado do carro e...
... solta o macaco.
O carro desce sobre as pernas de Licata.
Ele grita, ele gira, ele se debate.
Mas está preso.
Sai sangue da boca de Chucky.
Ele está morto.
Licata vê.
Ele aponta a arma para a lateral da própria cabeça.
Danny a chuta da mão dele.
Licata olha para Danny.
— Seu menino está *morto*.

NOVENTA E QUATRO

O atirador de Licata, um matador de Detroit chamado Dave Meegan, verifica o relógio.

Dez horas.

As ordens de Licata foram firmes — se ele não ligasse até as dez, Meegan deveria entrar. Mas, Jesus, matar *uma criança*? Isso nunca foi o jeito deles.

As famílias sempre passaram dos limites.

Meegan não gosta daquilo. Mas o que ele gosta é de respirar, e se não fizer o que Licata manda...

NOVENTA E CINCO

Licata berra.
— *Ah, Deus, isso dói! Isso dói! Tira isso de mim! Tira isso!!! Está doendo!!!*
Danny se agacha ao lado dele.
— *Por favor... por favor... Ah, Deus! Mãe!*
Licata uiva, então geme, depois grunhe.
A bexiga dele cede, depois os intestinos.
Ele suspira.
A boca se abre.
Danny encontra um trapo e o enfia no tanque de gasolina.
Acende e sai.
Ele precisa chegar até Ian.
Só então sente o sangue escorrendo pela perna e percebe que levou um tiro.
Ele não se importa.
Precisa salvar o filho.
Deus, pensa Danny, *por favor, permita que ele esteja vivo.*

NOVENTA E SEIS

O braço aperta o pescoço de Meegan como um torno.
Ele tenta virar a cabeça para aliviar a pressão, mas não consegue. Então tenta alcançar a arma no quadril, mas também não consegue.
Ned só segura — seus antebraços são fortes, muito mais fortes que o cara que gira, estrebucha e depois chuta espasmodicamente.
Então Ned sente o cheiro de merda.
Ele segura por mais um segundo e depois solta, e o aspirante a matador desliza para o chão. Ned o pega pelos pés e o arrasta para a parte de trás da casa, ao lado das latas de lixo.
É um baita trabalho.
Ele respira pesadamente ao entrar de novo na casa.
— Qual o placar?
— Estamos com uma corrida a menos.
— Sabia. Preciso dar um telefonema.
Ned vai para o quarto e liga para Jimmy Mac.
— Você viu o Danny?
— Não. Ele foi ver aquela mulher. Por quê?
— Vem pra cá — diz Ned. — Preciso que você tire o lixo pra mim.
Ned desliga.
Então desmaia.
Ian ouve o barulho.
Corre para o quarto e vê o tio Ned no chão.
— Tio Ned! Tio Ned!
Ele está assustado, mas pega o telefone e liga para a emergência.
Então se ajoelha ao lado do tio Ned e tenta lembrar o que aprendeu sobre procurar o pulso.

NOVENTA E SETE

Eles estão de pé no quarto deles.
— Estou olhando para esse quarto — diz Chris. — Acho que a cama deveria ficar na outra parede, assim, quando você acordar, vai estar olhando para o sol.
— Ah, é o que você acha? — pergunta Cathy.
— E foi por isso que eu disse.
— O que aconteceu com Giglione? — pergunta Cathy.
— John? — diz Chris. — Ele não vai mais te importunar.
— Tem outros.
Ele olha diretamente para ela.
— Não. Não tem.
Ela entende.
— Então, o que acha da cama?
— Acha que vai ser assim fácil? — pergunta Cathy. — Você aparece, praticamente vira meu cafetão, e agora devo me jogar na cama com você?
— Basicamente.
— Perdemos anos juntos, Chris — ela diz.
— Eu sei — responde. — Sinto muito.
— Alguns dos *melhores* anos.
— Então não vamos perder mais — diz Chris. — Vamos, me ajude com a cama.
Eles movem a cama.
Depois a usam.
Repetidamente.
Quando o sol bate nos olhos de Chris, aquece o rosto dele.

NOVENTA E OITO

Danny abraça Ian.
 Apertado.
— Obrigado, Deus, obrigado, Deus.
— Você está machucado.
— Estou bem.

Mas ele precisou dar tudo de si para entrar na van e dirigir até a casa. Ficou apavorado quando viu o giroflex, depois a ambulância.

O coração dele parou.

Mas então viu Ian ali de pé com Madeleine. Saltou da van e agarrou o filho.

— Obrigado, Deus, obrigado, Deus.
— É o Ned — diz Madeleine. — Ataque cardíaco.
— Eu estava com ele — diz Ian. — Não sabia o que fazer. Liguei para a emergência.
— Você fez bem.
— Você está sangrando — diz Madeleine. — Vamos cuidar disso.
— O que aconteceu? — pergunta Ian.
— Fiz uma coisa estúpida — diz Danny enquanto eles o ajudam a entrar na casa. — Dormi no volante, saí da estrada.
— De quem é aquela van?
— De uns amigos — diz Danny. — Amigão, me faz um favor? Pode fazer um pouco de café? Você sabe fazer?
— Claro.
— Bom garoto.

Madeleine o leva para um banheiro no andar de baixo. Ela baixa a calça dele e olha para a perna.

— Você levou um tiro!

— Acho que atravessou direto — diz Danny. — Você tem um absorvente interno?

— Esses dias acabaram.

— Gaze, então.

Ela abre o armário de remédios e pega duas gazes grandes.

— Mas você precisa ir ao hospital.

— Não — diz Danny. — Vou ver um dos nossos médicos depois, mas agora preciso encontrar Winegard.

— Danny, por quê?

— Para acertar as coisas. — Danny se levanta e puxa a calça para cima. — Ned?

— Ele morreu. O paramédico me disse.

— Vai dar a notícia para Ian?

— Claro, mas acho que ele já sabe — diz Madeleine. — O que você vai fazer com Winegard?

— Não sei.

Jimmy está na sala.

— Você está bem?

— Estou bem.

— Detroit?

— Aquilo acabou.

Jimmy assente.

— Ned deixou um pacote atrás da casa. Dei um jeito nele.

Jesus, pensa Danny. *Licata tinha um atirador aqui. Para matar Ian. Ned salvou a vida do meu filho.*

Ele protegeu três gerações dos Ryan.

Deus o abençoe.

— Vou encontrar Winegard — diz Danny.

— Eu te levo.

— Não — diz Danny. — O que você vai fazer é voltar para San Diego, cuidar dos seus negócios, ficar com a sua família. Tchau, Jimmy.

— Tchau, Danny.

Os dois se abraçam rapidamente.

Danny solta quando Ian entra com uma xícara de café.

— Ah, cara, obrigado — diz Danny. — Eu preciso disso.

— Pai, o Ned...
— Sim, Ian. Sinto muito.
O garoto tenta segurar as lágrimas, mas elas escorrem pelo rosto dele.
— Ele era um bom cara — diz Danny.
Ian assente.
Danny coloca as mãos nos ombros de Ian.
— Ian, preciso sair para fazer uma coisa...
— Mas você está machucado!
— Estou bem — fala Danny. — Vou voltar logo. Vamos começar a planejar outra viagem de bicicleta, tá bom?
— Tá bom.
— Eu te amo, garoto — diz Danny. — Você sabe disso, não sabe?
— Sei — diz Ian. — Também te amo.
— Sou um homem de sorte — diz Danny. — Vá para a cama agora, durma um pouco. Quando você acordar, vou estar em casa.

NOVENTA E NOVE

Eles se encontram no deserto.

Longe de olhos e ouvidos, na saída de uma estrada de terra a leste da cidade, ao lado de uma ribanceira íngreme. Agora estão sentados na beirada da ribanceira e olham para a lua cheia acima do deserto.

— Jesus, Vern — diz Danny. — Como deixamos chegar a isso?

— Não sei — diz Vern. — Licata...

— Está morto — diz Danny.

Vern mal reage. Então diz:

— Bom. Isso é bom.

— Você o mandou atrás de mim, Vern?

— Achei que os seus caras estavam vindo atrás de *mim*.

— Nós dois fizemos merda — diz Danny. — Quem sabe se tivéssemos conversado...

— Naquela manhã... Bryce...

— Eu sei — fala Danny. Ele olha para o deserto, um lençol prateado agora sob a lua cheia. — Você precisa saber, Stern vai te destruir.

— Não me importa — diz Vern. — Depois que você perde um filho, o resto...

— Também estou fora, se faz alguma diferença — diz Danny.

— Você ainda tem seu filho.

Vern tira lentamente a pistola da cintura.

Aponta para Danny.

— Vern...

— Ande — diz Vern. — Levante e ande.

— Você não quer...

— Levante e ande, Ryan — diz Vern —, ou juro por Deus que vou atirar na porra da sua cara.

Danny fica de pé. As pernas latejam, fracas debaixo dele, mas ele consegue caminhar.

Vern diz:

— Você tem seu filho.

Danny escuta o clique do cão da arma.

— Apegue-se a isso — diz Vern.

O tiro ecoa pelo cânion.

CEM

Eden abre a porta.
    Vê Danny.
    Ele está pálido.
Branco.
Ela o pega pelo braço.
— Entre.
— Não — diz Danny. — Só vim dizer que sinto muito. Me despedir. Sei que você não pode ficar comigo.
— Não posso, Danny. Eu te amo, mas não posso.
— Você não deveria.
— Aquelas pessoas...
— Não precisa mais se preocupar com elas — diz Danny. — Nunca mais vão te perturbar de novo. Ninguém vai.
— O que você fez? — pergunta. — Não, deixa pra lá, não quero saber.
Eden baixa os olhos, vê a perna dele.
— Você está sangrando — diz. — Melhor entrar, sentar.
— Não quero manchar seus móveis de sangue.
— Foda-se isso. — Ela o puxa para dentro, o leva até o sofá e o senta. — Dan, vou chamar...
Ele está inconsciente.

CENTO E UM

Ir a julgamento de novo ou não, pensa Marie.
   Eis a questão.
   É claro, Bruce não permitiu que Peter Jr. repetisse a confissão, muito menos escrevesse, e Peter seguiu o conselho de seu advogado. A consciência do jovem vem se alternando entre culpa, responsabilidade e um desejo natural de evitar passar a vida na prisão — Marie entende isso.
   Ele é um maluco. O que se diz na prisão é que ele oscila entre silêncio quase catatônico e explosões maníacas, de ataques de choro a solilóquios sem sentido proclamando culpa, proclamando inocência, amaldiçoando o mundo, amaldiçoando a si mesmo, amaldiçoando Deus.
   Ela já repassou todas as questões técnicas — custos para o estado, a possibilidade de encontrar jurados isentos, as chances de um veredicto de culpado.
   Todas dizem a ela para tentar um novo julgamento, que ela não pode simplesmente deixar um homem se safar de matar a mãe.
   As questões práticas são uma coisa, as questões morais são outra.
   Então agora Marie está empacada em uma questão básica, ainda mais difícil por sua simplicidade.
   Qual é a coisa certa a fazer?
   Por um lado, a coisa certa é fazer tudo o que puder para conseguir justiça para Celia Moretti. *Esse é meu dever de juramento,* pensa Marie, *assim como minha inclinação natural.*
   Celia Moretti merece justiça.
   Mas o que é justiça para ela?, Marie se pergunta.
   É colocar o filho dela na prisão pelo resto da vida?

Ela teria desejado isso?

Não importa o que ela poderia querer, Marie diz a si mesma.

É a lei.

Mas a lei pode mostrar misericórdia?

(*Que misericórdia Peter mostrou à mãe dele?*, Marie se pergunta).

Ela se lembra do começo de seu treinamento, de sua educação bíblica. Especificamente, lembra de Tiago 2:13: "Porque o juízo será sem misericórdia sobre aquele que não fez misericórdia; e a misericórdia triunfa sobre o julgamento".

Ela pega o telefone.

Digita o número de Bruce.

— Marie — diz —, está me ligando para me dizer que vamos nos enfrentar de novo? Mal posso esperar.

— Vou aceitar alegação de insanidade mental — diz Marie.

Um longo silêncio.

Então Bruce diz:

— Por que essa mudança de ideia, posso perguntar?

— Porque é a coisa certa a fazer — diz Marie. — Eu não tenho certeza de que seu cliente seja mentalmente capaz de entender as acusações feitas contra ele ou de participar de modo significativo para a própria defesa.

— Concordo.

— E talvez ele consiga a ajuda de que precisa.

— Marie, você tem coração. Que surpresa agradável.

— Mas precisa ser em uma instituição fechada — diz Marie. — E precisamos de um entendimento privado de que ele vai ficar lá por pelo menos dez anos.

— Por que não deixamos isso para os psiquiatras?

— Por que não fazemos o contrário? — diz Marie. — Essa é minha oferta, Bruce. Você sabe que é boa. Aceite ou vamos para a corte e você joga os dados para ver se Peter pega perpétua. Fale com seu cliente.

— Na verdade, vou falar com Heather.

— Heather? Por quê?

— Porque fiz o tribunal nomear a irmã dele como tutora legal — diz Bruce. — Como você sabe, ele não tem outros familiares.

— Heather vai aceitar o acordo?

— Vou me certificar de que ela aceite — diz Bruce. — Porque *é* a coisa certa a fazer. Obrigado, Marie.

Marie desliga.

Misericórdia triunfa sobre o juízo, pensa.

Misericórdia acima do juízo.

CENTO E DOIS

Danny Ryan observa o prédio cair.
O edifício parece estremecer como um animal alvejado, então fica perfeitamente imóvel só por um instante, como se não conseguisse perceber sua morte, e por fim cai sozinho. Tudo o que resta do lugar onde um dia estivera o velho cassino é uma torre de poeira subindo pelo ar, como um truque cafona de algum número de um mágico óbvio.

"Implosão" é como eles chamam, pensa Danny.
Colapso por dentro.
Não é sempre o caso?, pensa Danny.
A maioria deles, de qualquer forma.
O câncer que tinha matado sua mulher, a depressão que destruíra seu amor, a podridão moral que levara sua alma.
Todas implosões, todas por dentro.
Ele se apoia na bengala porque sua perna ainda está fraca, ainda está dura, ainda lateja como uma recordação do...
Colapso.
Ele observa a poeira subir, uma nuvem em forma de cogumelo, um cinza-amarronzado sujo contra o céu azul limpo do deserto.
Lentamente ela se dissipa e desaparece.
Agora, nada.
Como eu lutei, pensa, *o que eu dei para esse...*
Nada.
Esse pó.
Ele se vira e manca por sua cidade.
Sua cidade em ruínas.

EPÍLOGO

EM CASA
RHODE ISLAND
2023

"O quê, afinal, ainda resta?"

VIRGÍLIO, *ENEIDA*, LIVRO XII

Ian caminha pela praia.
A não ser por ele e pela pequena equipe de filmagem, está deserta nesta manhã de novembro. O vento sopra do noroeste, o oceano está da cor verde-garrafa do fim do outono.

— Aqui foi onde tudo começou — diz o entrevistador, Jeff Gold.

Ele está fazendo uma reportagem para a CBS sobre Ian Ryan, o mais novo magnata do jogo, que construiu um império, e essa locação é um plano de fundo importante para a matéria.

— Foi o que me disseram — conta Ian. — Eu não tinha nascido, mas, sim, meu entendimento é de que a guerra entre os irlandeses e os italianos começou depois de uma caldeirada bem ali.

Jeff aponta para uma casa alguns metros acima da linha da maré alta. O cinegrafista vira a câmera para seguir a indicação dele.

— Aquela era a casa de Pasco Ferri.

— Era — diz Ian.

— E agora você a comprou — diz Jeff.

A câmera volta para um close no rosto de Ian.

— Comprei — fala Ian. Ele aponta para as duas casas a leste dela. — E aquela e aquela.

As três casas de praia modestas custaram mais de oito milhões, mas valeu a pena.

A esposa dele, Amy, gosta dali mais do que da propriedade em Vegas, do que do chalé de esqui em Park City, até do que do bangalô em Aix-en-Provence. Ela gosta da simplicidade, da facilidade, do fato de que as crianças podem passar o verão na praia, pegando onda, nadando, construindo castelos de areia, cavando buracos.

Ian tem três filhos agora — Theresa está com dez anos; os gêmeos, James e Ned, estão com sete. Olha para eles agora, totalmente absortos na construção de um grande castelo de areia, uma verdadeira cidade de torres, muros, até pontes feitas de pedacinhos de madeira trazidos pelo mar. O castelo está perto demais da linha de maré alta, mas ele não diz nada. É uma lição que eles vão aprender — castelos de areia não duram.

Então Ian comprou as casas para eles, mas também para a família de Amy — pais, irmãos e primos. O que ele imagina é um complexo para a família estendida, onde as pessoas passem todo o verão, ou uma semana, ou uns dias, para escapar do calor brutal de Las Vegas.

E fiquem juntas.

O que é importante para Ian. O núcleo familiar dele era pequeno — o pai, a avó e ele, basicamente —, e agora ele ama ter muitos parentes em volta. Ele sabe que está se adiantando também, imaginando os filhos levando os próprios filhos para lá, para ficarem com o vovô e a vovó.

Os corretores tentaram desviá-lo para as áreas mais estilosas de Narragansett e Watch Hill, com mansões costeiras, mas Ian queria estar ali. Aquele era o lugar de seu pai, o lugar favorito dele no mundo, um lugar do qual ele foi exilado.

E agora o trago de volta, pensa Ian.

Ele se sente um pouco culpado ao combinar sua última obrigação para com o pai a uma peça de publicidade, mas o pai entenderia. O próximo grande hotel da empresa, o Neptune, abre na noite de Ano-Novo, e o perfil em um programa de TV popular de domingo será uma boa propaganda.

— Por quê? — pergunta Jeff. — Por que comprou três casas, e por que aqui?

Ele sabe as respostas, está dando a deixa para Ian. Levantando a bola.

— Meu pai amava este lugar — responde. — Significava algo para ele. Quero que meus filhos passem tempo em um lugar que tenha um significado.

— Há uma história — diz Jeff — de que seu pai... bem, fugiu... daqui com você, ainda bebê, no assento traseiro.

— É verdade.

— Então isso é um retorno para casa para você, também.

— Sim, verdade — diz Ian.

— Talvez até um pouco de vingança? — pergunta Jeff. — Quer dizer, você comprar um lugar do qual foram basicamente expulsos.

Ian sente a câmera focar nele. Faz questão de olhar Jeff diretamente nos olhos.

— Eu diria redenção mais que vingança.

— Isso teria deixado seu pai feliz.

— Gosto de pensar que sim — diz Ian. — Ele era um bom homem, meu pai. Tinha um passado do qual não se orgulhava, mas dava o melhor para viver decentemente em um mundo indecente. Ele foi um ótimo pai.

— E agora você é o menino-prodígio do setor de jogos — diz Jeff.

Ian ri.

— É isso que eu sou?

— Bem — diz Jeff —, você juntou o Grupo Tara e a Companhia Stern e construiu um império, o maior conglomerado de jogos no mundo. Cassinos e hotéis em cinco continentes. E você tem 36 anos. Como você se definiria?

— Sortudo — diz Ian.

— Fala sério, é mais que isso.

— É — diz Ian. — Meu pai me ensinou a tratar as pessoas de um modo decente, justo e honesto. Essa é uma grande parte do nosso sucesso.

— Você deve se sentir grato por seu pai ter vivido para ver isso — diz Jeff.

— Claro.

O pai havia deixado o negócio de um modo muito abrupto, depois de todo o problema com Winegard, o que Ian não entendeu na época e mal entende mesmo agora. Na época, ele teve a sensação de que o pai fora obrigado a sair, talvez com alguma vontade própria. Depois disso, ficava muito mais em casa, passava tempo com Ian — andando de bicicleta, indo a jogos de futebol, jogando tênis, assistindo a filmes…

Ian se lembra dele um pouco triste, um pouco solitário. Mas não deprimido, e certamente não deprimente. Ele era relativamente jovem, ainda tinha muita energia, e gastava a maior parte dela com o filho.

Ian se recorda da conversa sobre a riqueza deles.

Ele tinha dezesseis anos, um adolescente típico, e o pai o sentou ao lado da piscina e perguntou:

"O que você acha que quer fazer da vida?"

"Não sei", disse Ian. "Quer dizer, somos ricos."

"*Eu* sou rico", o pai disse. "Você é um pobretão."

Ian se lembra de ficar chocado.

"Vou te dar dinheiro suficiente para fazer alguma coisa", o pai disse, "mas não o suficiente para não fazer nada. Então, o que você acha que quer fazer?"

"Quero entrar no negócio da família."

"Você não precisa", disse Danny. "Pode fazer qualquer coisa que quiser, ser qualquer coisa que quiser."

"Eu quero isso."

"Certo", disse Danny. "Você sempre pode mudar de ideia, mas isso significa faculdade, escola de negócios... Enquanto isso, você começa como lavador de pratos em um dos nossos restaurantes."

Ian foi contar à avó o que o pai tinha dito.

"Ótimo", disse Madeleine. "Já temos muitos idiotinhas mimados correndo por aí."

Ian ainda sente saudades da avó.

Para todos os efeitos, ela foi a mãe dele. Cuidava dele quando o pai estava fora fazendo... fosse lá o que fosse que ele fazia. Ian é grato por ela ter conhecido Amy, por ter gostado dela, ter ido ao casamento. Quando Madeleine morreu, Ian chorou feito um bebê.

Ficou ressentido com o pai por não ter chorado no funeral.

"Sua avó e eu tínhamos um relacionamento muito complicado", disse Danny.

"Você a amava?", perguntou Ian.

"Em algum momento", respondeu Danny. "Sim, acabei amando."

De qualquer modo, foi Madeleine quem aconselhou Ian a fazer o que o pai dissera, aprender o negócio de baixo para cima.

Ian fez isso.

Trabalhou feito doido lavando pratos.

Odiava e amava. Amava a camaradagem, a sensação de realização, a satisfação de finalizar bem um turno difícil. Trabalhou até virar ajudante de garçom e, por fim, garçom.

Ele ficou na cidade para a graduação, trabalhando como camareiro, carregador e manobrista nos verões. Fez aulas de psicologia com uma mulher que o olhava com certa intensidade, e depois descobriu que ela já tinha se envolvido com o pai dele.

Ele e o pai estavam andando na Strip um dia quando encontraram a dra. Landau, e Ian ficou surpreso quando ela cumprimentou o pai dele primeiro.

"Dan", disse. "Que bom ver você."

Ian ficou ainda mais surpreso quando ela beijou o pai dele no rosto.

"Eden", disse Danny. Ele pegou as mãos dela, as duas. Eles se olharam por alguns longos momentos, e Ian teve a impressão de que estava se intrometendo em alguma coisa, alguma coisa íntima.

Danny sorriu.

"Você está bem?"

Ela assentiu.

"Estou. E você?"

"Este é o meu filho, Ian."

"Eu conheço o Ian", disse Eden. "Ele está em uma de minhas aulas."

"Ah."

"Bem..."

"É, está... calor aqui fora."

Ian viu o pai levantar as mãos dela até os lábios e beijá-las suavemente. Então ele a soltou.

"Que bom ver você."

"Maravilhoso ver você."

Foi isso. Eles foram cada um para seu lado. Ian quis perguntar sobre ela, mas havia uma tristeza nos olhos do pai que o impediu.

Quando estava pronto para a pós-graduação, Ian conhecia o negócio hoteleiro da cozinha à recepção e ao boiler, e foi para Wharton com um conhecimento prático que a maioria de seus colegas não tinha. Ele voltava para casa nas férias e trabalhava como atendente de bar, depois como crupiê de 21, e depois na segurança e na contabilidade.

Ele tinha terminado o MBA e estava trabalhando no escritório da empresa havia três anos quando o pai o chamou para conversar de novo.

"Você ainda quer estar no negócio da família?"

"Bastante."

"Certo", disse Danny. "Nos últimos anos eu vim transferindo ações do Tara para você em um fundo, mantido pela administração da Stern. Em dois anos, o fundo vai ser transferido para você."

Novamente, Ian ficou pasmo.

"Quantas ações?"

"Em dois anos", disse Danny, "você vai ser dono de 51 por cento do Tara. Faça algo com isso".

Ian fez.

Controlar a Strip era bom, mas Ian e a geração mais nova dos Stern — os primos de Joshua — concordavam que o mundo era maior que Las Vegas, que levar aquilo a um patamar superior significava ser internacional. Ao longo dos anos seguintes, compraram ou construíram hotéis no Rio, em Dubai, em Macau, na Cidade do México.

E foi Ian quem costurou o acordo com Barry Levine, uma fusão que criou o maior conglomerado de jogos que o mundo já vira.

Mas sempre, *sempre*, o foco dele era no serviço ao cliente, em criar e manter a lealdade dos clientes.

Ian sabia que o pai estava orgulhoso.

Orgulhoso e, também, feliz com o casamento de Ian com Amy. Quando ele foi ao hospital após o nascimento de Theresa e ouviu o nome dela, foi a primeira e única vez que Ian viu o pai quase chorar.

"Sua mãe iria..."

"Eu sei."

Quando os gêmeos chegaram, Danny ficou feliz da vida e se tornou *aquele* avô. Brincava de esconde-esconde e tomava chá de mentirinha com Theresa. Em uma Páscoa, pendurou correntes de pirulitos nas árvores, escondeu ovos e liderou uma busca só de crianças.

Ele amava estar com os netos.

Não teve tempo suficiente com eles.

Começou de maneira inofensiva em um almoço de família no Memorial Day, quando Danny passou a falar de maneira arrastada. Ian desconsiderou, achou que fosse cerveja demais, mas, alguns dias depois, Danny estava esquecendo as palavras completamente. Então ficou zonzo e caiu. A tomografia cerebral que Ian forçou Danny a fazer mostrou o tumor.

Maligno, hostil, agressivo.

Inoperável.

Os médicos, os melhores que um bilhão de dólares podia pagar, queriam que ele fizesse radiação, laser, quimioterapia para conseguir um pouco de tempo. Danny cooperou por algumas semanas, então basicamente mandou todo mundo se foder.

"Você foi todo Marty com eles", disse Ian, referindo-se ao avô.

"Marty não era *todo* mau", disse Danny. "Só quase todo mau."

A morte de Danny não foi fácil, rápida ou nobre. Ele ficava apagado pela morfina a maior parte do tempo.

Não teve últimas palavras coerentes.

Ian estava com ele no final, no setembro seguinte, segurando sua mão quando ele parou de respirar.

Quando acabou, simplesmente acabou.

Agora Jeff olha para ele com curiosidade.

— Para onde você acabou de ir?

— Para o passado, acho — diz Ian.

— Seu pai.

Ian assente.

— O lugar evoca memórias.

— É — diz Ian.

Ele vê Amy vindo da frente da casa.

Ian a observa, nunca se cansa. Aquele rosto forte, lindo, cabelo loiro comprido bagunçado ao vento, soprando através do suéter de lã preta. Sob o braço esquerdo, ela carrega uma urna.

Ela se aproxima e o beija no rosto.

— Quer fazer isso agora?

— Quero.

Amy passa a urna para ele.

O pai tinha sido enfático a respeito de seus desejos — sem funeral, sem enterro, sem velório, sem "celebração da vida". Tudo o que ele queria, *tudo* o que queria era que suas cinzas fossem jogadas ali, no oceano.

Amy o pega pelo cotovelo e eles andam até a beira d'água, onde as crianças ainda estão brincando.

Há espuma dançando no topo das ondas.

Ian está consciente das câmeras atrás, mas então se esquece delas ao perceber que o rosto está molhado de lágrimas.

A mão de Amy aperta o braço dele com mais força.

— Ele foi um bom cara.

— É engraçado — diz Ian. — Com a história dele, as histórias que ouvi sobre ele... não sei quanto são verdade... isso pode ser difícil de explicar às vezes, até para mim mesmo. Mas ele cuidou dos amigos, cuidou da família, e acho que isso faz dele, sim, um bom cara.

Ele abre a urna.

Vira-a de boca para baixo e derrama as cinzas no mar.

Uma onda forte quebra, rebenta em espuma branca, invade e atinge o castelo de areia, destruindo-o.

As crianças resmungam e então riem.

Vão construir outro amanhã.

Ou no dia seguinte.

A mesma onda volta e leva as cinzas com ela.

Danny Ryan está em casa.

AGRADECIMENTOS

Então, como? Como, depois de uma carreira longa e feliz, posso começar a agradecer a todas as pessoas que contribuíram para essa vida de escrita, sem as quais, na verdade, ela jamais poderia ter acontecido? É impossível, e, no entanto, preciso tentar.

Começa com meus pais, Don e Ottis Winslow, ambos bibliófilos, que sempre fizeram questão de que houvesse livros pela casa e permitiam que minha irmã, Kristine Rolofson — também romancista, com uma bela carreira —, e eu lêssemos o que quiséssemos em qualquer idade.

Então há os professores e bibliotecários, heróis e heroínas não celebrados, mal pagos e frequentemente maltratados que me ensinaram a ler e a escrever e deram um mundo de maravilhas e imaginação para uma criança em uma cidade pequena. Agradeço a todos eles, mas particularmente ao falecido Winthrop Richardson, a Josephine Gernsheimer e a meu amigo querido Bill McEneaney, que me ensinou, entre muitas outras coisas, a amar e apreciar o jazz.

Depois há os professores da Universidade de Nebraska. Novamente, agradeço a todos, mas particularmente a: James Neal, que em sua aula de "reportagem básica" me ensinou a escrever uma sentença declarativa básica; Leslie C. Duly, que me levou para a história africana; Martin Q. Peterson, por acreditar em mim; Roberto Esquenazi-Mayo, por todo o apoio; e, especialmente, o grande historiador militar Peter Maslowski, que me ensinou como trabalhar, ensinar, pesquisar e muito mais, e que vem sendo um amigo estimado há mais de quarenta anos.

Ainda há o professor James G. Basker, que despertou meu interesse em literatura picaresca (os progenitores da minha amada ficção *noir*) e me trouxe para Oxford, para aqueles anos dirigindo produções de Shakespeare que foram tão formativos na minha carreira. Novamente, ele permanece um amigo querido.

Então há meu grande mentor, o já falecido, lendário, Sonny Mehta. Um dos grandes momentos da minha vida foi me sentar com ele à mesa em sua cozinha enquanto repassávamos as notas dele, escritas cuidadosamente à mão, no meu manuscrito de *A lei do cão*. Era o tipo de coisa com que eu sonhava quando era aspirante a escritor, e houve muitos momentos assim com Sonny. Eu sinto sua falta e lamento sua morte.

Então, fui abençoado com editores, de Reagan Arthur (meu primeiro livro foi o primeiro dela também) até minha maravilhosa editora atual, Jennifer Brehl, cujo trabalho atento e cuidadoso tornou essa trilogia muito melhor do que seria.

E a meus pobres revisores, que sofrem há muito tempo, expresso minhas desculpas por todos os meus erros e meu agradecimento por tê-los corrigido.

Sempre tive a mesma sorte com publishers, e quero expressar minha profunda gratidão a Liate Stehlik, da William Morrow, por sua confiança e seu entusiasmo, e a Brian Murray por todo o apoio.

Há tantas pessoas na William Morrow a quem devo agradecimentos: Andy LeCount, Julianna Wojcik, Kaitlin Harri, Danielle Bartlett, Jennifer Hart, Christine Edwards, Andrea Molitor, Ben Steinberg, Chantal Restivo-Alessi, Frank Albanese, Nate Lanman e Juliette Shapland. Obrigado por todos os esforços em meu nome.

A toda a equipe de marketing e publicidade na HarperCollins/William Morrow, sei que vocês têm um trabalho duro e exigente, e agradeço por o fazerem tão bem.

E um grande obrigado ao meu advogado, Richard Heller.

Aos meus seguidores em redes sociais, @donwinslow no X, ao #DonWinslowBookClub e aos soldados do #WinslowDigitalArmy, não posso agradecer o suficiente por todo o apoio. A luta segue em frente; obrigado por marcharem comigo.

Como agradecer à The Story Factory? A Deb Randall e Ryan Coleman, muito obrigado por tudo o que fazem por mim e muitos outros autores. Tenho muita sorte por ter vocês.

Também fui abençoado com o apoio e a amizade de muitos autores ao longo dos anos, colegas e meus heróis que foram tão generosos comigo — Michael Connelly, Robert Parker, Elmore Leonard, Lawrence Block, James Ellroy, T. Jefferson Parker, Adrian McKinty, Steve Hamilton, Lee Child, Lou Berney, Anthony Bourdain, Ian Rankin, John Katzenbach, John Sandford, Joseph Wambaugh, Gregg Hurwitz, David Corbett, TJ Newman, Mark Rubenstein, Jon Land, Richard Ford, Pico Iyer, Meg Gardiner, Dervla McTiernan, Reed Farrel Coleman, Ken Bruen, Jake Tapper, John Grisham, David Baldacci e tantos outros. A comunidade de ficção policial é verdadeiramente uma família, e sou muito honrado por ser parte dela.

Meus agradecimentos especiais, é lógico, ao grande Stephen King. Como você foi bom, gracioso e generoso comigo.

Aos jornalistas, resenhistas e apresentadores de rádio, televisão e podcasts que fizeram tanto para espalhar meu trabalho, eu sou realmente grato por todo o trabalho duro e o apoio de vocês.

E aos livreiros em todo o mundo — sem vocês eu não teria tido essa carreira. Vocês foram tão solidários, tão afetuosos e hospitaleiros, e ficaram comigo em eventos que foram ótimos e não tão ótimos. Devo muito a vocês todos, mas quero fazer um agradecimento especial a Barbara Peters, da icônica Poisoned Pen, onde, na minha primeira noite de autógrafos, vendi exatamente um livro — porque Barbara o comprou.

Aos meus leitores — novamente, em todo o mundo —, como posso começar a agradecê-los? Como começo a expressar quanto vocês significam para mim? Devo a vocês todas as boas coisas materiais que tenho na vida, e, mais que isso, agradeço a vocês por todo o apoio, a apreciação, o afeto que me demonstraram em leituras e outros eventos. Significou tudo para mim. Tentei dar meu melhor a vocês, e minha grande esperança é jamais tê-los decepcionado.

Eu sempre disse que você vai reconhecer os verdadeiros amigos em duas ocasiões: quando tiver um grande sucesso e um grande fracasso, porque eles serão as mesmas pessoas. Fui abençoado com muitos amigos — David Nedwidek e Katy Allen, Pete e Linda Maslowski, Jim Basker e Angela Vallot, Teressa Palozzi, Drew Goodwin, Tony e Kathy Sousa, John e Theresa Culver, Scott e Jan Svoboda, Jim e Melinda Fuller, Ted Tarbet, Thom Walla, Mark Clodfelter, Roger Barbee, Donna Sutton, Virginia e

Bob Hilton, Bill e Ruth McEneaney, Andrew Walsh, Nehru King, Wayne Worcester, Jeff e Rita Parker, Bruce Riordan, Jeff e Michelle Weber, Don Young, Mark Rubinsky, Cameron Pierce Hughes, Rob Jones, David e Tammy Tanner, Ty e Dani Jones, Deron e Becky Bisset, "Prima" Pam Matteson, David Schniepp... tantos. Eu os estimo.

E como agradecer a Shane Salerno, meu agente e amigo tão querido? Você tomou conta da minha carreira quando estava na sarjeta, a virou e a colocou na estrada, para onde jamais teria ido sem você. Foi incansável, corajoso, criativo e feroz em meu nome. Eu realmente não sei como agradecer, a não ser dizendo que tentei lhe dar o melhor trabalho que podia. Obrigado, irmão.

A meu filho, Thomas, e sua noiva, Brenna: vocês me deram tanta alegria e tanto orgulho nesses anos. Eu sei, Thomas, que ser seu pai foi minha melhor obra, e a mais feliz.

À minha esposa, Jean: o que posso dizer? Como posso agradecer? Você literalmente deu sangue, suor e lágrimas, ficou alegremente comigo por anos muito magros; foi tão paciente, afetuosa, solidária, entusiasmada e enérgica, foi tanto uma mãe quanto uma mulher maravilhosa enquanto lutávamos para construir uma vida. Eu amei cada momento disso, porque estava com você. Eu te amo loucamente.

Despedidas são difíceis.

Depois de uma carreira longa e maravilhosa — muito mais do que jamais sonhei — só posso dizer um simples e sincero "obrigado" a todos vocês.

Muito, muito obrigado.

Este livro foi impresso pela Vozes, em 2025, para a HarperCollins Brasil.
O papel do miolo é avena 70g/m² e o da capa é cartão 250g/m².